AF130935

CLAUDIA ROSSBACHER
Steirerherz

VON HERZEN Abteilungsinspektorin Sandra Mohr und Chefinspektor Sascha Bergmann vom LKA in Graz werden in die Weststeiermark gerufen, um einen grausamen Mord aufzuklären. Die bildhübsche Studentin Valentina Trimmel wurde gepfählt und wie eine Vogelscheuche auf dem Kürbisacker ihres Vaters aufgestellt, der die Leiche dort auffindet. Die Spuren führen zunächst nach Graz, wo das Opfer zuletzt mit seinem Freund Egon Hausner, dem Sohn eines wohlhabenden Autohändlers, gelebt hat. Auch die Wohngemeinschaft von Pia Fürnpass, die ihrer besten Freundin Valentina nach einem Streit mit Egon Unterschlupf gewährt hat, gerät ins Visier des Ermittlerduos. Intuitiv befürchtet Sandra, dass der Täter ein weiteres Mal zuschlagen könnte. Und tatsächlich: Kurze Zeit später kommt es zu einem zweiten Mordfall im Schilcherland ...

© Hannes Rossbacher

Claudia Rossbacher wurde in Wien geboren. Nach einem Tourismusstudium war sie Model, Werbetexterin und Kreativdirektorin, bevor sie sich 2006 der Schriftstellerei zuwandte. Ihre Steirerkrimis waren allesamt Bestseller in Österreich und dienen als literarische Vorlagen für die erfolgreichen TV-Filme, die im ORF als steirische »Landkrimis«, in der ARD als »Steirerkrimis« ausgestrahlt werden. Die Wahlsteirerin durfte sich über zahlreiche Auszeichnungen wie den »Buchliebling«, »Bacchus-Preis«, »Fine Crime Award«, das »Goldene Ehrenzeichen des Landes Steiermark«, »Platinbuch« und den »Josef Krainer-Heimatpreis für Literatur« freuen. Zudem fungiert sie ehrenamtlich als »Steiermark-Botschafterin mit Herz«.

CLAUDIA ROSSBACHER

Steirerherz

SANDRA MOHRS ZWEITER FALL

GMEINER

Immer informiert

Spannung pur – mit unserem Newsletter informieren wir Sie regelmäßig über Wissenswertes aus unserer Bücherwelt.

Gefällt mir!

Facebook: @Gmeiner.Verlag
Instagram: @gmeinerverlag

Besuchen Sie uns im Internet:
www.gmeiner-verlag.de

© 2012 – Gmeiner-Verlag GmbH
Im Ehnried 5, 88605 Meßkirch
Telefon 07575/2095-0
info@gmeiner-verlag.de
Alle Rechte vorbehalten
14. Auflage 2026

Lektorat: Claudia Senghaas, Kirchardt
Satz: Christoph Neubert
Umschlaggestaltung: U.O.R.G. Lutz Eberle, Stuttgart
unter Verwendung des Fotos von: Tom Lamm I ikarus.cc
Druck: CPI books GmbH, Leck
Printed in Germany
ISBN 978-3-8392-1243-1

Ein Glossar der steirischen bzw. österreichischen Ausdrücke befindet sich am Ende des Buchs.

Der Lesbarkeit zuliebe wurde auf die gleichzeitige Verwendung der männlichen, weiblichen beziehungsweise diversen Sprachformen verzichtet.

PROLOG

Still, mein Mädchen,
schweig still!

Dein ist sein,
sein ist mein,
alles ist eins.
Am Ende so rein wie am Anfang.
Keine Schuld, kein Schmerz, keine Sehnsucht.

Komm, mein Mädchen,
komm heim!

Dein ist mein,
mein ist sein,
alles ist ewig.
Vereint im Anblick des Todes
weicht die Finsternis dem unsterblichen Licht.

Schlaf nun, mein Mädchen,
schlaf ein!

KAPITEL 1

Freitag, 26. August

»Zwischen Krottendorf und Ligist ... Ja, ich kenne die Straße. Wir sollten in einer halben bis dreiviertel Stunde dort eintreffen. Pfiat di, Lubensky.« Abteilungsinspektorin Sandra Mohr beendete ihr morgendliches Telefongespräch mit der Landesleitzentrale der Landespolizeidirektion Steiermark, ehe sie das Handy in die Halterung der Freisprecheinrichtung steckte und den silbergrauen VW Passat startete. Als Nächstes würde sie ihren Partner abholen und die Stadt verlassen. Hoffentlich noch, bevor der Morgenverkehr einsetzte. Die sommerlichen Baustellen sorgten noch immer für nervenaufreibende Verkehrsverzögerungen auf dem Grazer Joanneumring und auf der A2, die sie nehmen musste, um zum Einsatzort in der Weststeiermark zu gelangen. Vor allem in der Landeshauptstadt war es selbst mit Blaulicht mühsam, sich durch den Stau zu quälen, waren die Straßen erst einmal verstopft.

Als Sandra Mohr den zivilen Dienstwagen in die Sterngasse lenkte, sah sie den Kollegen bereits auf dem Gehsteig warten. In der linken Hand hielt Sascha Bergmann den obligaten Pappbecher mit Kaffee, mit der Rechten zündete er sich eben eine Zigarette an. Sandra bremste den Wagen direkt neben dem Chefinspektor ab und ließ das Fenster auf der Beifahrerseite hinunter, während er seelenruhig einen Schluck Kaffee nahm, um hernach noch genussvoll an seiner Zigarette zu ziehen.

»Jetzt steig schon ein, Sascha!«, drängte sie ihn.

»Ich wünsche dir auch einen wunderschönen guten Morgen, Liebling«, säuselte Bergmann übertrieben freundlich und schnippte die Zigarette mit zwei Fingern ins Kanalgitter. Dann stieg er endlich in den Wagen.

Sandra gab Gas und fuhr in Richtung Stadtausfahrt. »Ich dachte, du hättest dir das Rauchen ein für alle Mal abgewöhnt«, rügte sie ihn.

»Offensichtlich hab ich wieder damit angefangen«, meinte er lakonisch und schnallte sich an. »Und? Welche Leiche hat es denn heute so eilig?«, lenkte er das Thema in berufliche Bahnen.

Sandra seufzte. Die Tote, die nach Sonnenaufgang auf dem Acker ihrer Eltern aufgefunden worden war, war gerade einmal 19 Jahre alt gewesen, hatte ihr Lubensky soeben berichtet. Sandra wusste auch, dass die Kollegen von der Polizeiinspektion Krottendorf-Gaisfeld den Einsatzort bereits abgesperrt hatten und die Tatortgruppe unterwegs war. »*Wir* haben es eilig, nicht die Leiche. Wegen dieser Scheißbaustellen«, echauffierte sie sich und wechselte zügig die Spur.

»Wer wurde denn ermordet? Und wie?«, wollte Bergmann wissen.

»Eine junge Frau. Lubensky hat von einem möglichen Ritualmord gesprochen. Die zuständigen Kollegen sind komplett überlastet, deshalb haben sie gleich uns verständigt«, erklärte Sandra. »Als ob wir im LKA nicht auch genug zu tun hätten«, setzte sie hinzu und seufzte erneut.

»Ein Ritualmord? Interessant. Und wer ist das Opfer?«

»Die Tochter eines Landwirts. Valentina Drimmel …
Trimmel oder so ähnlich«, versuchte sich Sandra den
Namen der Ermordeten ins Gedächtnis zu rufen.

»Vielleicht auch Pimmel oder Bimmel? Wie wär's
mit einem Telefonjoker, Frau Mohr?«, meinte Bergmann mit süffisantem Grinsen.

»Sascha, bitte! Ich steh nicht auf dumme Scherze in
aller Herrgottsfrüh. Schon gar nicht, wenn sie auf Kosten des Opfers gehen. Das solltest du eigentlich längst
wissen«, ermahnte sie ihn.

Sandra Mohr und Sascha Bergmann arbeiteten nun-
mehr seit einem Jahr zusammen, was Sandra anfangs
gehörig gegen den Strich gegangen war. An den schrä-
gen, oft schwarzen Humor des Wieners, der sich aus
privaten Gründen nach Graz versetzen hatte lassen und
ausgerechnet ihr vor die Nase gesetzt worden war, hatte
sie sich noch immer nicht so recht gewöhnt. Obwohl
Bergmann sie doch ab und zu zum Lachen brachte.
Inzwischen waren die beiden sogar ein richtig gutes
Team geworden. Zumindest, was das Berufliche betraf.
Dass der Chefinspektor, der privat nichts anbrennen
ließ, zu Beginn auch in sie verknallt gewesen war, hatte
Sandra mittlerweile erfolgreich verdrängt. Sein erotisch-
romantisches Interesse an ihr war damals ziemlich rasch
erkaltet, was ihr nur sehr recht gewesen war. Nicht, dass
der 37-Jährige kein attraktiver Mann gewesen wäre,
aber ihr Typ war er eben nicht. Um Hallodris wie ihn
machte sie seit jeher einen großen Bogen. Und Liebe
am Arbeitsplatz führte in den meisten Fällen ohnehin
nur zu Problemen.

»Was lässt die Kollegen denn vermuten, dass wir es
mit einem Ritualmord zu tun haben?«, fragte Berg-

mann ernst und nahm einen weiteren Schluck von seinem Kaffee.

»Offenbar wurde die junge Frau gepfählt und auf dem Kürbisacker ihres Vaters aufgestellt.«

»Gepfählt? Auweia«, entkam es ihm, »das klingt aber übel. Was wissen wir sonst noch?«

»Noch nicht viel. Außer, dass ausgerechnet ihr Vater, ein Biogemüsebauer, die Leiche morgens gegen halb sieben bei den Kürbissen entdeckt hat. Der psychosoziale Notdienst ist bereits vor Ort und kümmert sich um sie.«

»Um die Kürbisse?«

»Um die Familie, Himmelherrgott, Sascha!«

»Jetzt übertreibst du aber«, meinte er trocken.

Sandra warf ihm einen fragenden Blick zu, den Bergmann mit einem Grinsen beantwortete. »Na, wie ein Gott fühle ich mich nun nicht gerade«, erläuterte er ihr die verborgene Komik in ihrer letzten Aussage.

Sandra verdrehte genervt die Augen, während Bergmann den restlichen Kaffee in einem Zug hinunterstürzte und den leeren Pappbecher in die Mittelkonsole steckte. Dann verschränkte er die Arme vor der Brust, schloss die Augen und döste ein. Sandra war erleichtert, dass er fortan schwieg. Es war wirklich noch viel zu früh für seine dämlichen Scherze.

Die Baustellen ließ Sandra im vorgeschriebenen reduzierten Tempo, aber ohne nennenswerte Verzögerungen, hinter sich. Sie war heilfroh, dass sie sich so sehr beeilt hatte, aus der Stadt hinauszukommen.

Kurz nach acht Uhr trafen die beiden Kriminalpolizisten auf die Straßensperre, die die uniformierten Kollegen auf der Landstraße errichtet hatten, um Schaulustige vom Einsatzort fernzuhalten. Von der Anhöhe aus war nichts zu erkennen als übermannshohe Maisstauden, die links und rechts entlang der Straße emporragten. Erst nachdem Sandra die lang gezogene Kurve passiert hatte, die in sanftem Gefälle hinabführte, erblickte sie den Schauplatz des Verbrechens. Hätte sie nicht gewusst, dass die Figur dort unten keine Vogelscheuche war, die über den Kürbisacker wachte, wären ihr nur die vielen Menschen und Fahrzeuge aufgefallen, die den friedlichen Anblick der Felder in der gleißenden Morgensonne störten. So aber jagte ihr das Bild der Leiche mit dem breitkrempigen Sonnenhut, die von heroben aus betrachtet etwa einen Meter über dem Boden zu schweben schien, eine Gänsehaut über den Rücken. An manches gewöhnte man sich einfach nie, selbst wenn man noch so lange bei der Mordgruppe arbeitete. Kein Wunder, dass einige Kollegen regelmäßig zur Flasche griffen, um das Erlebte zu verdrängen. Oder auch zu anderen Drogen. Sachte bremste Sandra den Wagen ab und stieß Bergmann mit dem Ellenbogen an. »Sascha! Wir sind da. Jetzt wach schon auf!«

Bergmann schreckte hoch und rieb sich die Augen.

»Dort unten ist unser Opfer.« Sandra deutete auf die leblose Gestalt in der Talsenke, während Bergmann gähnte. »Ich seh's. Und worauf wartest du noch?«, meinte er scheinbar unbeeindruckt und streckte den Rücken durch.

Sandra stellte den Wagen etwa 300 Meter weiter unten am Straßenrand ab. An die 50 Meter trennten sie jetzt noch von der Leiche, die soeben von einem der Tatortermittler fotografiert wurde. Etwas steifer als sonst schlüpfte sie unter dem Polizeiabsperrband hindurch und näherte sich dem toten Mädchen, dessen

Arme oberhalb der Ellenbogen und an den Handgelenken mit breitem, schwarzem Klebeband an einem Stock hinter dem Rücken befestigt waren, sodass diese fast waagrecht zur Seite standen. Die feingliedrigen Hände der jungen Frau gehorchten hingegen der Schwerkraft und hingen herab, genauso wie der vornübergebeugte Kopf mit dem Strohhut, der ihr Gesicht verbarg. Die schweren dunkelbraunen Locken, die über Brust und Schultern fielen, bewegten sich kaum in der frischen Morgenbrise. Im Gegensatz zu dem duftig-leichten Rock des rosa geblümten Chiffonkleides, der sanft um die Knie der Toten wehte. Sandra zog die Einweghandschuhe an und trat noch näher an die Leiche heran, um den Unterleib, der sich auf ihrer Augenhöhe befand, genauer zu inspizieren. Wie gut, dass sie noch nichts gegessen hatte, denn augenblicklich drehte sich ihr der Magen um. Es war viel Blut den Holzpfahl hinabgeronnen und im Boden zwischen den Kürbissen versickert. Der Rest stank zum Himmel. Sandra wandte sich ab, in der Hoffnung, den Brechreiz unterdrücken zu können. Ob die Frau gestorben war, weil man ihr – wie im finstersten Mittelalter – einen Pfahl rektal in den Leib gerammt hatte oder ob sie schon vor dem Pfählen getötet worden war, würde spätestens der Obduktionsbericht der Grazer Gerichtsmedizin klären. Sandra hoffte, dass Letzteres zutraf, und zwang sich – einige Schritte abseits –, ein paar Mal tief durchzuatmen. Dann sah sie sich um. Bergmann sprach mit einem uniformierten Kollegen hinter dem Absperrband, während die Kriminaltechniker in ihren weißen Schutzanzügen ihrer Arbeit nachgingen. Die Gerichtsmedizinerin wartete nur ein paar Schritte von

Sandra entfernt. Die beiden Frauen nickten einander zu. Doktor Kehrer näherte sich schließlich mit emotionsloser Miene. »Guten Morgen, Frau Mohr! Können wir die Leiche dann herunterholen, damit ich sie mir mal genauer ansehen kann?«

Sandra winkte den Chef der Kriminaltechniker herbei und stellte ihm dieselbe Frage.

»Von mir aus. Wir sind hier ohnehin so weit fertig«, lautete Manfred Siebenbrunners Antwort. »Aber achten Sie darauf, dass Sie meinen Tatort nicht kontaminieren. Zerstören Sie bitte die Schleifspuren dort drüben nicht. Und die Reifenabdrücke dahinter.«

»Das ist nicht unser erster Einsatz, Herr Siebenbrunner«, merkte Sandra an und blickte zu dem jüngeren Kriminaltechniker hinüber, der gerade die Spuren auf dem Boden vermaß. »Können Sie denn schon etwas Konkretes sagen?«, erkundigte sie sich bei Siebenbrunner.

»Wie es aussieht, wurde das Opfer mit einem Kleintransporter oder Family-Van hergebracht und an den Fundort geschleift«, erklärte der Cheftechniker der Tatortgruppe, »die Pfählung hat dann wohl direkt hier stattgefunden«, fügte er hinzu und deutete auf eine weitere Blutlache etwa zwei Meter hinter der Toten, die auch Sandra nicht entgangen war.

»Und wie hat es der Täter geschafft, den Pfahl samt der jungen Frau aufzustellen? Oder haben wir es gar mit mehreren Tätern zu tun?«, fragte sie.

»Es gibt in der Tat frische Schuhabdrücke. Der Boden war noch feucht vom Regen der vergangenen Tage. Wenn die Spuren nicht vom Bauern selbst stammen, könnten sie vom Täter sein.«

14

»Also doch ein Einzeltäter?«

»Wie gesagt: Es könnte ein Einziger gewesen sein. Auf alle Fälle hätte ein Mann ausgereicht, um den Pfahl mit dem Mädchen aufzustellen. Sehen Sie mal her ...« Siebenbrunner hockte sich direkt vor den Pfahl. »Der Täter hat ein PVC-Rohr in den Boden gesteckt. Ich gehe davon aus, dass er den Zaunpfahl nur noch hier einführen und anschließend hochheben musste. Einfache Hebeltechnik. Das schaffen sogar Sie, wenn Sie sich ein bisschen anstrengen.«

Obwohl Sandra die letzte Bemerkung des Kollegen überflüssig fand, überging sie diese. Normalerweise hätte sie gekontert, doch momentan benötigte sie all ihre Kräfte, um den Brechreiz, der sie in kurzen Abständen immer wieder überkam, zu unterdrücken. Also bückte sie sich wortlos, um das aus dem Boden ragende Ende des PVC-Rohrs, in dem der Holzpfahl steckte, zu begutachten. »Haben Sie schon ein Fundortvideo machen lassen?«, erkundigte sie sich bei Siebenbrunner.

»Was glauben Sie denn? Das ist schließlich nicht mein erster Einsatz, Frau Mohr«, entgegnete der Kriminaltechniker.

Sandra ignorierte die verbale Revanche des Kollegen und betrachtete die nackten Füße der Leiche, deren Zehennägel passend zum Kleid in zartem Rosé lackiert waren. Vor allem auf den Fersen klebten Erde und Schmutz. »Sie sagten vorhin etwas von Schleifspuren? Und Sie haben keine Abdrücke von Frauenfüßen gefunden?«, wandte sie sich neuerlich an Siebenbrunner.

»Das ist korrekt«, bestätigte dieser.

»Sie ist dem Täter also nicht freiwillig auf den Acker

gefolgt ... Möglicherweise war sie bewusstlos oder auch schon tot«, kombinierte Sandra laut.

»Könnte sein.«

»Warum hat er sie nicht getragen? Das Mädchen wiegt doch keine 50 Kilo ...«

Siebenbrunner zuckte mit den Schultern und winkte zwei uniformierte Polizisten herbei, die ihm helfen sollten, den Pfahl mit der Leiche aus dem Rohr im Ackerboden zu ziehen. Sandra drehte sich um, damit ihr wenigstens dieser Anblick erspart blieb. Bergmann eilte herbei und begrüßte die Gerichtsmedizinerin, die ebenso erfreut zu sein schien, ihn zu sehen, wie er. Sandra verdrehte die Augen. Gab es denn wirklich keine Gelegenheit, die dieser Mann ausließ, um sich an potenzielle Beischläferinnen heranzumachen? Genervt wandte sie sich wieder ab, um einen weiteren Blick auf die Tote zu werfen, die nun – noch immer mit dem Pfahl im Leib – auf der Erde des väterlichen Kürbisackers lag. Der Hut war ihr beim Manöver der Kollegen vom Kopf gefallen, und Sandra konnte nun erstmals in ihr Antlitz sehen. Trotz der Schwellung im Gesicht war zu erkennen, dass das Mädchen zu Lebzeiten bildhübsch gewesen war. Wäre sie einen Kopf größer gewesen, hätte sie mit ihrem schlanken, wohlproportionierten Körper wahrscheinlich als Model arbeiten können, kam es Sandra in den Sinn, als ihr ein dünner Striemen am Hals der Leiche auffiel. Sie kniete sich nieder, um die Spur genauer zu betrachten. Vorsichtig hob sie das schwarze Lederhalsband an, tastete hinter den Nacken der Toten und fand einen silbernen herzförmigen Anhänger, auf dessen Vorderseite eine geschwungene Initiale eingraviert war: V ... wie

16

Valentina. Sandra winkte den Kriminaltechniker mit der Kamera herbei und ließ ihn weitere Fotos vom Hals der Toten schießen. Dann nahm sie ihr das Lederband ab. »Das könnte doch die Tatwaffe sein, oder nicht?«, meinte sie, zu Siebenbrunner gewandt.

Der überprüfte das Schmuckstück kurz und nickte. »Sieht jedenfalls stabil genug aus«, stimmte er ihr zu und packte die Asservate in einen Plastikbeutel, den Sandra vorerst wieder an sich nahm. »Frau Doktor Kehrer!«, rief sie über ihre Schulter. »Schauen Sie sich das einmal an!« Die Medizinerin unterbrach ihr Gespräch mit Bergmann und ging ebenfalls in die Knie, um die feine, blutunterlaufene Strangmarke zu inspizieren. Dann sah sie sich Gesichtshaut und Augen der Toten näher an. »Eindeutig Strangulation … Wir haben hier die typische Stauungssymptomatik der Gesichtsweichteile sowie Petechien«, erklärte sie Sandra, als ob diese die auffälligen Zeichen nicht längst selbst bemerkt hätte.

»Punktförmige Blutungen auf der Haut …«, mischte sich Bergmann ein, der nun hinter den Frauen stand.

»… und in den Augenbindehäuten. Die Frau wurde eindeutig erdrosselt«, bestätigte die Ärztin Sandras Verdacht.

»Wie lange ist das her?«

»Nachdem ich die Rektaltemperatur der Leiche nicht messen kann, lässt sich die Tatzeit nicht so ohne Weiteres bestimmen. Der Haltung nach zu urteilen, wurde sie gepfählt, als ihr Körper noch biegsam war«, überlegte die Ärztin laut.

»Lässt sich daraus nicht der ungefähre Todeszeitpunkt erschließen?«

»Sie ist mindestens sechs Stunden, jedoch weniger als 20 Stunden tot. Die Leichenstarre hat bereits voll eingesetzt, aber die Leichenflecken lassen sich noch wegdrücken. Sehen Sie?«

Sandra blickte auf das Bein, an dem die Gerichtsmedizinerin herumdrückte, dann auf ihre Armbanduhr. »Sie müsste demnach spätestens heute Morgen gegen drei Uhr gestorben sein.«

»Korrekt«, erklärte Doktor Kehrer, während sie die Nadelelektroden des Reizstromgeräts an den Lidern der Leiche festmachte, um dieser einen leichten Stromstoß zu versetzen. Als deren Gesichtsmuskeln zuckten, lächelte die Gerichtsmedizinerin. »Und damit wissen wir, dass die Frau hier frühestens kurz nach Mitternacht gestorben ist«, erklärte sie, während sie die Elektroden wieder löste.

»Todeszeitpunkt: Zwischen 0 und 3 Uhr«, sprach Sandra in ihr Aufnahmegerät.

»Ob der Mord hier passiert ist, lässt sich aber nicht feststellen?«, fragte Bergmann.

»Aus meiner Sicht kann ich das weder bestätigen noch ausschließen.«

»Können Sie sagen, ob sie bei lebendigem Leib gepfählt wurde?«, fragte Sandra.

Doktor Kehrer schüttelte den Kopf. »Das wird die Obduktion klären«, meinte sie, »sie könnte mit dem Pfahl im Leib erdrosselt worden sein. Oder aber der Strangulationstod ist kurz vor der Pfählung eingetreten.«

Sandra war nach der letzten Antwort nicht schlauer als zuvor. Seufzend stand sie auf.

»Was hast du da?« Bergmann blickte auf den Plastikbeutel in ihrer Hand.

»Ach so … Das hier könnte unsere Tatwaffe sein«, meinte Sandra.

Bergmann betrachtete das Schmuckstück durch den transparenten Beutel. »Ein V …«

»Wie Valentina«, ergänzte Sandra.

»Vielen Dank. Darauf wäre ich selbst nicht gekommen«, ätzte Bergmann und überreichte das Beweisstück einem Kriminaltechniker für die Laboruntersuchungen.

Sandra sah sich erneut um. Keine zweieinhalb Meter von ihr entfernt zog einer der Tatortermittler gerade das etwa 30 Zentimeter lange PVC-Rohr aus dem Ackerboden und wickelte es als Asservat für weitere forensische Untersuchungen in Plastikfolie ein.

»Sie gehört jetzt Ihnen, Frau Doktor«, hörte Sandra den Chefinspektor hinter ihrem Rücken sagen. Im Umdrehen sah sie noch, wie er die Gerichtsmedizinerin anstrahlte, als hätte er ihr eben ein wertvolles Geschenk überreicht. Wie konnte man unter solchen Umständen nur ans Flirten denken?, fragte sie sich und zog Bergmann am Oberarm mit sich. »Komm jetzt, Sascha! Lass uns die Eltern des Opfers vernehmen. Hast du die Adresse?« Noch immer war ihr speiübel, doch offenbar war es ihr bisher gelungen, sich nichts anmerken zu lassen. Wenigstens sprach sie niemand auf ihren maroden Zustand an. Auch Bergmann nicht. Stattdessen markierte er vor der attraktiven Ärztin das Alphamännchen. »Was dachtest du denn, was ich vorhin mit dem Kollegen zu besprechen hatte? Immerhin leite ich hier die Ermittlungen«, schnauzte er Sandra an. Frau Doktor Kehrer ignorierte seinen überflüssigen Dominanzausbruch. Sie hatte sich längst wieder der Leiche zugewandt.

»Bringen wir es einfach hinter uns«, bemühte sich Sandra um Gelassenheit. Nicht nur, dass ihr schlecht war, stand ihnen auch noch eine der unerfreulichsten Aufgaben der Polizeiarbeit bevor: Eltern mit dem Tod ihres Kindes zu konfrontieren. Die Trimmels wussten zwar schon, dass ihre einzige Tochter ermordet worden war, einfach würde die Befragung dennoch nicht werden. Im Gegenteil. Sandra hoffte, dass Franz Trimmel überhaupt vernehmungsfähig war, nachdem er die grausam inszenierte Leiche seiner Tochter erst vor wenigen Stunden aufgefunden hatte. Wenn Sandra, die bei der Mordgruppe schon einige, teils auch verstümmelte Leichen gesehen hatte, beim Anblick des gepfählten Mädchens schon übel wurde, wie mochte es dann erst dem Vater des Opfers ergangen sein?

Zurück im Auto, trank sie einige Schlucke aus ihrer Wasserflasche und atmete tief durch, bevor sie losfuhr. Bergmann schwieg. Entweder hatte sie ihn in seiner Männlichkeit gekränkt oder er hing den eigenen Gedanken nach. Wenigstens nahm endlich ihre Übelkeit ab. Je weiter sie sich vom Einsatzort entfernten, desto besser fühlte sich Sandra wieder.

Als sie den Wagen vor dem Hof der Familie Trimmel – vulgo Peterbauer – abstellte, hatte sich ihr Magen wieder beruhigt. Dafür knurrte er jetzt nach Nahrung. Sandra beugte sich über Bergmanns Knie und griff ins Handschuhfach. »Magst du auch einen?«, fragte sie und hielt ihm einen Cranberry-Müsliriegel unter die Nase.

»Verschon mich bloß mit deinem Körndlfutter«, lehnte er ihr Angebot ab.

Kommentarlos verpasste Sandra der Klappe des Handschuhfachs einen heftigen Schubs, sodass diese wieder ins Schloss fiel. Dann riss sie die Folie des Müsliriegels auf und biss gierig hinein.

Es dauerte eine Weile, bis den beiden Kriminalpolizisten die Tür des Peterhofs geöffnet wurde. Ein blasser Junge namens Florian, der an die zwölf Jahre alt sein mochte, stellte sich ihnen als Bruder der Verstorbenen vor und führte sie in die Stube. Sein erwachsener Bruder Franz saß mit dem Vater und einer Flasche Schnaps am Tisch und blickte auf, als die beiden Fremden eintraten. Sandra zückte pro forma ihren Dienstausweis und bat die Anwesenden, ein paar Fragen stellen zu dürfen. Endlich hob auch Franz Trimmel senior langsam den Kopf und sah sie aus glasigen Augen an. »Nehmen S' doch Platz«, sagte er mit zittriger Stimme.

»Danke, Herr Trimmel«, erwiderte Bergmann und folgte seiner Aufforderung. Sandra setzte sich ebenfalls und musterte den etwa 50-jährigen Mann, dem sich der Schmerz tief ins Gesicht gegraben hatte. »Unser Beileid, Herr Trimmel«, sagte sie so sanft, wie sie konnte. Der Biobauer schluckte und presste ein kaum hörbares »Danke« hervor.

»Wir werden alles tun, um den Mörder Ihrer Tochter möglichst rasch zu finden und ihn seiner gerechten Strafe zuzuführen«, versprach Sandra und meinte es von Herzen.

Der Peterbauer schloss die Augen und nickte. »Was wollen S' denn von mir wissen?«, fragte er, nachdem er die Augen wieder geöffnet hatte.

Bergmann zückte die Notizen, die er sich beim Gespräch mit dem Polizisten am Einsatzort gemacht hatte. »Ist es richtig, dass Sie gegen halb sieben Uhr morgens am Acker vorbeigefahren sind und Ihre Tochter Valentina dort vorgefunden haben?«, vergewisserte er sich.

Wieder nickte der Landwirt. »Die Sonn' war noch nicht lang auf'gangen«, bestätigte er mit weinerlicher Stimme.

»Wann haben Sie Ihre Tochter denn zuletzt gesehen? Sie ist doch schon vor ein paar Monaten von hier ausgezogen.« Bergmann hatte also bereits einiges über das Opfer in Erfahrung bringen können. In einem Ort wie Krottendorf-Gaisfeld bei Ligist war das auch kein besonders schwieriges Unterfangen, überlegte Sandra, die selbst aus einem kleinen Dorf im steirischen Krakautal stammte, in dem jeder etwas über jeden zu berichten wusste.

»Die Valentina ist im März nach Graz gezogen. Zu ihrem Freund«, kam Franz junior der Antwort seines Vaters zuvor. »Die beiden studieren dort an der Uni und …«

»Die Valentina hat sich für gestern Nachmittag angekündigt«, unterbrach der Vater den Sohn, »die ganze nächste Woche wollt sie dableiben und uns mit den Kürbissen helfen. Die sind heuer besonders zeitig dran … Aber sie ist nicht gekommen. Mei' Frau, die Linde, hat sich große Sorgen um sie g'macht, und ich hab mehrmals versucht, die Tochter am Handy zu erwischen.«

»Hat Valentina nicht abgehoben oder war ihr Handy abgeschaltet?«, fragte Sandra nach.

Der Peterbauer überlegte kurz, bevor er antwortete: »Es hat ein paar Mal geklingelt, bevor sich das Tonbandl gemeldet hat. Ich hab ihr aufig'sprochen, dass sie uns anrufen soll.«

»Aber Ihre Tochter hat nicht zurückgerufen«, sagte Sandra.

Vater Trimmel biss sich auf die Lippen und schüttelte den Kopf.

»Wann haben Sie denn das letzte Mal etwas von ihr gehört?«

»Am vorigen Sonntag hat die Linde das letzte Mal mit der Valentina telefoniert.«

»Wie lautet denn Valentinas Handynummer?«, fragte Sandra weiter.

Der ältere Sohn fischte sein Mobiltelefon aus der Hosentasche und sagte Sandra die gewünschte Nummer an.

»Wie wäre Ihre Tochter überhaupt hierhergekommen? Hatte sie denn ein Auto?«, wandte sich Bergmann an den Vater. Der nickte abermals.

»Das Auto gehörte ihrem Freund, dem Hausner Egon. Oder eigentlich seinem Vater«, stellte der junge Peterbauer klar.

»Aha. Haben Sie denn gar nicht bei ihrem Freund nachgefragt, wo Ihre Tochter sein könnte?«, wollte Sandra vom Altbauern wissen.

Der schüttelte heftig den Kopf. »Wir hab'n ka Nummer von dem. Wir mögen eam und seine Leut' ned«, erklärte er seine Abneigung gegen den Hausner-Clan im breitesten Weststeirisch.

»Ach so. Und warum mögen Sie ihn nicht?«

»Die hab'n der Valentina nur Flausen in den Kopf g'setzt, bis sie am End g'meint hat, sie is' was Besser's wie wir.«

»Das ist doch Unsinn, Vater«, widersprach Franz junior. »Der Egon hat halt einen g'stopften Alten. Dafür kann er doch nix. Warum habts ihr mich denn nicht nach seiner Nummer g'fragt? Ich hab sie doch«, fügte er vorwurfsvoll hinzu. Sandra bezweifelte, dass er damit den Mord an seiner Schwester verhindern hätte können, notierte sich aber die Daten von Valentinas Freund für die weiteren Ermittlungen.

»Egon Hausner heißt ihr Freund?«, hakte Bergmann nach. »Ist der zufällig mit diesem ›Ferrari-Hausner‹ verwandt?«

»Ja. Seinem Vater Engelbert Hausner gehört das Autohaus in Liebenau und noch einige Schnellimbissstandl in Graz und Umgebung dazu«, erklärte Franz junior.

Sandra wunderte es nicht, dass der alte Trimmel mit dem neureichen Autoverkäufer Engelbert Hausner, der keine Gelegenheit ausließ, die steirischen Klatschblätter mit seinen mehr oder weniger peinlichen Auftritten zu füllen, nicht zurechtkam. Sie selbst fand den korpulenten älteren Herrn, der seine hübschen, viel zu jungen Begleiterinnen wechselte wie andere die Hemden, auch nicht gerade sympathisch, wenngleich sie ihm persönlich noch nie begegnet war. »Wie war denn Valentinas Beziehung zu Egon Hausner? Respektive zu seinem Vater?«, wollte sie wissen.

»Die Valentina hat ihn geliebt, den Egon. Sie waren seit über einem Jahr zusammen. Und mit dem alten Hausner hat sich meine Schwester auch ganz gut vertragen. Sonst hätt' er sie doch nicht ständig mit seinen Luxusschlitten fahren lassen«, wusste der junge Franz zu berichten.

»Der alte Weiberheld sollt' sich was schämen. Der ist doch hinter jedem Rock her, wenn er nur zu einem jungen, feschen Dirndl g'hört. Das ist doch zum Speib'n«, warf Franz senior sichtlich angewidert ein.

»Gab es denn irgendjemanden, der Ihre Schwester nicht so gern mochte?«, fragte Sandra.

»Nicht, dass ich wüsste«, erwiderte der jüngere Franz Trimmel, ohne zu zögern.

»Die Valentina war überall beliebt«, setzte sein Vater nach. »Wenn ich den derwisch, der ihr das angetan hat …« Der Landwirt presste seine Hand gegen den Mund und unterdrückte ein Schluchzen.

»Wir gehen davon aus, dass Ihre Tochter vorher erdrosselt wurde, Herr Trimmel …« Sandra hoffte, dass ihre Annahme den Schmerz der Hinterbliebenen ein wenig lindern würde.

»Dann hat sie also gar nimmer gespürt, wie die perverse Drecksau sie aufgespießt hat?«, vergewisserte sich der jüngere Franz.

»Sie hat wohl nicht sehr lange leiden müssen.« Ob diese Behauptung der Wahrheit entsprach, wusste Sandra zwar noch nicht, aber sie war froh, dass die erhoffte Wirkung bei den beiden Männern eintrat. Sie konnte deren Erleichterung förmlich spüren, wenngleich der Strohhalm, an den sie sich nun klammerten, mehr als zerbrechlich war. Nur Florian reagierte überhaupt nicht und kratzte weiterhin mit seinen angeknabberten Fingernägeln über das bunt bestickte Leinentischtuch.

»Wie war sie denn so, die Valentina?«, lenkte Bergmann vom Tod des Mädchens ab. »Hatten Sie jemals irgendwelche Probleme mit Ihrer Tochter? Ich meine, bevor ihr Freund Egon Hausner auf der Bildfläche erschienen ist? Mädchen können ja manchmal ganz schön schwierig sein.«

»Nicht die Valentina. Die war allweil brav. Auch in der Schul'. Nicht eine Nachhilfestund' hat sie mich gekostet. Sonst wär's auch sofort vorbei g'wesen mit dem Gymnasium.« Der Bauer würgte. »Sie war wirklich ein anständig's Dirndl – hilfsbereit und fleißig«, fügte er hinzu, ehe er endgültig die Fassung verlor.

Sandra fiel es schwerer als sonst, sich zu beherrschen, um nicht selbst mit dem verzweifelten Mann mitzuheulen. Franz junior schenkte indes Schnaps ein und schob eines der beiden Gläser dem Vater hinüber. »Da, Papa, trink einen Maschanzka! Der hilft.« Alkohol war zwar auch keine Lösung, aber in dieser extremen Situation war es naheliegend, den Schmerz – wenn auch nur vorübergehend – betäuben zu wollen. Schweigend sah Sandra zu, wie die beiden Männer die vollen Stamperln in einem Zug leerten. Wenigstens wurde Florian noch nicht mit Schnaps ruhiggestellt, wie sie es erst vor Kurzem nach einem Verkehrsunfall bei Judenburg zufällig miterlebt hatte. Der dort ansässige Bauer war sofort herbeigeeilt, um dem 13-jährigen Fahrradfahrer, der auf der Straße direkt vor seinem Hof verunglückt war, mit Hochprozentigem vom offenen Schienbeinbruch abzulenken. Was Generationen als Hausmittel gedient hatte, wurde oft auch heute noch bedenkenlos angewendet. Im Bedarfsfall galt das auch für Alkohol bei Minderjährigen. »Wo ist denn deine Mutter?«, wandte sich Sandra direkt an den jüngeren Sohn. Florian deutete mit dem Zeigefinger zur Decke. »Ob'n«, erklärte er mit versteinerter Miene.

»Eine Psychologin versucht, die Mama zu beruhigen, bis der Arzt endlich daherkommt. Sie hat vorhin komplett durchgedreht«, erklärte Franz junior, während der

Senior ein letztes Mal schluchzte, um sich anschließend lautstark zu schnäuzen.

»Es tut mir leid, dass ich Sie das jetzt frage, aber es muss sein: Wo waren Sie heute Nacht? Zwischen null und drei Uhr früh?«, fragte Sandra.

»Um diese Zeit ist es also passiert?,« fragte Franz junior.

Sandra nickte.

Der junge Peterbauer schluckte, ehe er antwortete: »Wo sollen wir denn schon gewesen sein? Wir waren daheim – todmüd' von der Arbeit. Der Flo ist zuerst liegen gegangen, danach die Mutter. Der Vater und ich hab'n noch über die neuen Flaschenetiketten fürs Kernöl diskutiert, dann sind wir auch ins Bett.«

»Wie spät war es da?«

»Das muss so um halb elf gewesen sein.«

Der alte Landwirt nickte und schnäuzte sich noch einmal lautstark.

»Und heute Morgen?«, fragte Sandra.

»Die Mutter hat wie jeden Tag das Frühstück gemacht. Und der Vater und ich haben gemeinsam g'frühstückt. Er hat das Haus verlassen, bevor der Kleine in der Kuchl aufgetaucht ist, und ich bin dann gleich ins Büro – dort wollt ich noch rasch was auf unserer Homepage ändern. Wir verkaufen unsere Produkte nämlich auch online. Kurze Zeit später hat der Vater schon ang'rufen vom Acker, gleich nachdem er die Polizei verständigt hat. Und die hat ihn dann heimgebracht.« Allmählich verlor auch der junge Mann seine bewundernswerte Haltung. Dass seine Bewegungen fahriger und die Stimme immer zittriger wurden, schien auch Bergmann nicht zu entgehen. »Gestatten Sie uns noch eine letzte Frage:

Hat Valentina in der letzten Zeit ein schwarzes Lederband mit einem silbernen Herzanhänger um den Hals getragen, in den ein V eingraviert war?«, fragte er.

»Mir ist nix aufg'fallen«, meinte der Vater nach kurzem Überlegen.

»Mir auch nicht«, sagte der ältere Sohn und stupste Florian an, der ebenfalls mit einem Kopfschütteln reagierte.

»Gut. Das wär's dann für heute«, beendete Bergmann die Vernehmung. »Könnten wir uns noch kurz in Valentinas Zimmer umsehen?«, setzte er nach. »Ich nehme doch an, sie hat noch eines hier im Haus?«

»Sicher. Florian, bring die Herrschaften aufi«, forderte Franz junior seinen Bruder auf, während er ein weiteres Mal zur Apfelschnapsflasche griff. Wie ferngesteuert erhob sich der jüngste Trimmel und führte die beiden Kriminalbeamten wortlos über die alte Holztreppe in den ersten Stock hinauf. Aus einem der Zimmer drang das laute Schluchzen einer Frau, das der Kleine beharrlich ignorierte. Sandra warf Bergmann einen vielsagenden Blick zu. Die Befragung von Linde Trimmel würde heute wohl nicht mehr stattfinden können, bestätigte er ihr durch ein angedeutetes Kopfschütteln. Florian streckte seinen mageren Arm aus und zeigte zur Tür gegenüber. Sandra bedankte sich bei dem Buben. Noch bevor sie ihm tröstend über den Kopf streicheln konnte, wie sie es eigentlich vorgehabt hatte, war er schon wieder unterwegs zur Treppe.

»Wenn du mich fragst, steht der Kleine unter Schock und muss dringend behandelt werden«, meinte sie, zu Bergmann gewandt.

»Wahrscheinlich geht's der Mutter noch beschissener«, entgegnete der Chefinspektor und deutete zu jenem Zimmer hinüber, aus dem noch immer das Schluchzen der Frau drang. Dann öffnete er die Tür zu Valentinas Reich. Der Raum war aufgeräumt und wirkte mit seinen kahlen, weißen Wänden wesentlich nüchterner, als Sandra es von einem Jungmädchenzimmer erwartet hätte. Die rosa Vorhänge mit dem weißen Lilienmuster entsprachen noch am ehesten ihren Vorstellungen. Auf der Bettwäsche aus pflegeleichtem Seersucker, mit der das schmale Einzelbett in der Ecke bezogen war, prangten braune, grüne und orangefarbene Ornamente, die weder zu den Vorhängen noch zu einem zarten Geschöpf wie Valentina passten. Bergmann trat an den leergeräumten Schreibtisch, der direkt vor dem Fenster stand, und öffnete die einzige Schublade unter der furnierten Platte. Außer ein paar Stiften, einem Radiergummi und einem alten Taschenrechner kam nichts weiter zum Vorschein. In dem antiken zweitürigen Bauernschrank, den Sandra durchsuchte, hing ein weißes, spitzenbesetztes Kleid, das selbst der zierlichen Valentina zu klein gewesen sein musste. Vielleicht hatte sie es zuletzt bei ihrer Firmung getragen, spekulierte Sandra. Daneben fand sie zwei Paar abgetragene Jeans in Größe 27, eine schwarze Hose und eine gelbe Regenjacke in Größe 34 beziehungsweise 36, in den Fächern bunte Baumwollunterwäsche, Socken, T-Shirts und einige Sweater in XS und S. Ganz unten – auf dem Boden des Kastens – standen je ein Paar schwarze Ballerinas, Sportschuhe und grüne Gummistiefel – allesamt in Größe 37. Außer, dass die Kleidungsstücke sauber und ordentlich aufbewahrt waren, fiel Sandra nichts auf.

»Besonders oft scheint die Kleine ja nicht mehr hier

gewesen zu sein«, zog Bergmann seine Schlüsse, nachdem Sandra den Bauernschrank wieder geschlossen hatte. Dann ging er auf die Knie und sah unter dem Bett nach, was keinerlei weitere Erkenntnisse brachte. Nur, dass in diesem Haus besonders gründlich geputzt wurde.

»Was ist eigentlich mit Valentinas Handtasche? Und mit ihrem Handy?«, fragte Sandra.

»Die Kollegen haben nichts dergleichen gefunden. Wir werden das Handy orten und ein Bewegungsprofil erstellen lassen, sobald wir wieder in Graz sind. Vielleicht liefern die Verbindungsdaten irgendwelche Hinweise, die uns zum Täter führen.«

»Ich kümmere mich dann gleich um den richterlichen Beschluss. Und sonst?«, fragte Sandra.

»Was sonst?«

»Na, konntest du vorhin sonst noch irgendetwas über das Opfer herausfinden?«

»Nichts, was uns weiterbrächte«, sagte Bergmann.

»Valentina Trimmel scheint also das perfekte Mädchen gewesen zu sein …«

»Bis auf die Tatsache, dass sie in den Augen ihres Vaters den falschen Freund hatte.«

»Das soll mitunter in den besten Familien vorkommen«, warf Sandra ein.

»Vielleicht hatte unsere Miss Perfect ja auch noch eine dunkle Seite, von der hier niemand etwas ahnt«, meinte Bergmann.

»Oder über die niemand sprechen möchte. Wenn es eine solche Seite tatsächlich gegeben hat, werden wir das am ehesten in ihrem Grazer Dunstkreis herausfinden«, vermutete Sandra.

Bergmann war bereits auf dem Weg zur Tür. »Lass uns von hier verschwinden«, sagte er und trat hinaus in den Flur.

Eine Viertelstunde später fuhr Sandra von der Packer Bundesstraße auf die A2 auf, um nach etwa zehnminütiger Fahrt doch noch in den Stau zu geraten, der sich drei Kilometer vor der nächsten Baustelle gebildet hatte. Genervt stellte sie den Motor ab und ließ das Fenster hinunter. Für Ende August waren 28 Grad Außentemperatur noch recht beachtlich. Um die unfreiwillige Wartezeit zu nutzen, griff Sandra zum Handy und versuchte, Egon Hausner zu erreichen. Doch dieser verkündete auf Tonband, dass er sich bis auf Weiteres im Ausland aufhalte und daher weder seine Mobilbox abhören noch zurückrufen würde. Dennoch hinterließ ihm Sandra eine Nachricht, in der sie um seinen dringenden Rückruf bat.

»Wenn der junge Hausner nicht erreichbar ist, statten wir doch gleich mal dem Alten einen Besuch ab. Lass uns in das Autohaus in Liebenau fahren.«

»Du denkst doch nicht etwa daran, dir so einen Luxusboliden zuzulegen, der in wenigen Sekunden von null auf hundert beschleunigt?«, neckte Sandra den Kollegen. Allein bei der Vorstellung musste sie lauthals lachen. Bisher hatte Bergmann nur ein einziges Mal hinterm Steuer des Dienstwagens gesessen, weil Sandra – dank ihres kriminellen Halbbruders – eine eingegipste Nase gehabt hatte und ihr Sichtfeld stark eingeschränkt gewesen war. Dass Bergmann die Anspielung verstanden hatte, bestätigte ihr seine leicht verzogene Oberlippe. Verbal ging er nicht darauf ein.

»Sag mal, meinst du nicht, dass es an der Zeit wäre, endlich die Klimaanlage einzuschalten?«, schlug er stattdessen vor.

»Du weißt doch, dass ich davon Verspannungen bekomme.«

»Dann entspann dich doch einfach mal, Liebling.« Bergmann klimperte mit den Augen und grinste sie unverschämt an.

»Ich *bin* ganz entspannt. Und hör auf, mich immer Liebling zu nennen!«, protestierte Sandra. Dann ließ sie auch noch die anderen drei Fenster hinunter, damit die warme Luft im Auto zirkulieren konnte.

»Apropos: Da fällt mir doch gleich Frau Doktor Kehrer wieder ein …«

Sandra konnte Bergmanns Assoziation nicht folgen und wollte es auch gar nicht. Seinem Grinsen nach zu urteilen, war diese ziemlich sicher nicht jugendfrei. Kommentarlos startete sie den Wagen, um im Schritttempo 50 Meter weiterzufahren, bis die Blechlawine vor ihr erneut ins Stocken geriet. Warum gab es auf Österreichs Straßen jeden Sommer zahlreiche kilometerlange Baustellen, auf denen man weder untertags noch nachts jemanden arbeiten sah?, ärgerte sich Sandra nicht zum ersten Mal über jene staatseigene Infrastrukturgesellschaft, die für Autobahnen und Schnellstraßen in der Alpenrepublik verantwortlich zeichnete. Und damit auch für die miserable Koordination der notwendigen Sanierungsmaßnahmen.

»Jutta war sich doch noch gar nicht sicher, dass Valentina Trimmel bereits tot war, bevor sie gepfählt wurde«, lenkte Bergmann ihre Gedanken auf den Fall zurück. »Oder hab ich da vorhin etwas falsch verstanden?«

»Jutta? Wer ist Jutta?«, stellte sich Sandra unwissend.

»Doktor Jutta Kehrer, die Gerichtsmedizinerin. Du verarschst mich doch gerade, oder?«

Nun grinste Sandra, weil Bergmann ihr auf den Leim gegangen war. Allmählich lernte sie, seine Spielchen zu spielen. Und wieder schlich die Kolonne knappe 100 Meter vorwärts.

Bergmann musterte Sandra von der Seite und wiederholte seine Frage. Ihr Ablenkungsmanöver hatte also doch nicht funktioniert.

Sandra verneinte. »Doktor Kehrer konnte noch nichts Konkretes über den zeitlichen Ablauf des Verbrechens sagen. Du bist ja direkt hinter uns gestanden. Aber Siebenbrunner, der Kriminaltechniker, hielt es für wahrscheinlich, dass die junge Frau leblos oder zumindest bewusstlos war, als sie auf den Acker geschleppt wurde.« Dann erzählte sie Bergmann von den Spuren am Boden und auf den Füßen der Leiche, die die Kollegen von der Tatortgruppe sichergestellt hatten. Eine konkrete Auswertung erwartete sie frühestens für Dienstag. Siebenbrunner hatte ihr versprochen, sich zu beeilen.

Sandra war heilfroh, dass Bergmann es mit der Wahrheit selbst nicht so genau nahm und ihr die gut gemeinte Notlüge gegenüber Valentinas Familie nachsah. Normalerweise verabscheute sie Unwahrheiten, doch in diesem Fall war sie erstens ziemlich sicher, dass ihre Vermutung den Tatsachen entsprach, und zweitens ersparte sie sich und den Hinterbliebenen die unmenschliche Vorstellung, was die junge Frau andernfalls erleiden hätte müssen.

»Gehen wir also davon aus, dass Valentina Trimmel

mit ihrem Lederhalsband erdrosselt und anschließend gepfählt wurde«, griff Bergmann ihre Annahme auf.

»Noch dazu auf dem Acker ihres Vaters. Warum ausgerechnet dort?«, ergänzte Sandra, während ihr Partner sich nachdenklich das unrasierte Kinn kratzte. Und wieder fuhr sie den Passat ein paar Meter weiter.

»Er hat die Leiche nicht versteckt, um möglichst nicht entdeckt zu werden, wie es die meisten Täter tun würden. Stattdessen hat er ein Zeichen gesetzt, sie öffentlich zur Schau gestellt. Er wollte, dass alle sie sehen können. Aber warum?«, grübelte Bergmann laut vor sich hin.

»Entweder hat es dieser Bestie Lust bereitet, sie derart zu misshandeln und auszustellen, oder er musste es tun.«

»Du meinst, er ist zwanghaft irgendeiner Stimme in seinem kranken Gehirn gefolgt?«

»Gut möglich, dass er ein visionärer Typus ist«, bestätigte Sandra. Erst unlängst hatte sie einen Workshop bei der Kriminalpsychologin Doktor Christiane Reichelt besucht, die als eine der besten Operativen Fallanalytikerinnen Österreichs galt. »Vielleicht war er aber auch ein missionarischer Typus und wollte sein Opfer für irgendetwas bestrafen«, mutmaßte Sandra weiter.

»Frei nach dem Motto: Seht her, was mit Frauen wie dieser hier geschieht?«

»Genau. Unser Täter könnte eine Kombination aus beidem sein. Er folgte seinem Wahn – vielleicht einem religiösen – und wähnte sich als ihr Erlöser vor dem Bösen. Daher musste er sie bestrafen und öffentlich zur Schau stellen.«

»Aber wofür? Was könnte sie bloß so Schlimmes getan haben?«, spann Bergmann Sandras Theorie weiter.

»Fragen über Fragen … Ich hoffe nur, dass wir nicht noch vor einem weitaus größeren Problem stehen«, meinte Sandra.

Bergmann hob die Augenbrauen und sah sie erwartungsvoll an.

»Na, wenn er damit durchkommt, wird er es vielleicht wieder versuchen«, sprach Sandra ihre schlimmste Befürchtung aus.

»Dann sollten wir keine Zeit mehr verlieren.« Bergmann wandte sich zur Rückbank um. Wenig später hatte er das Blaulicht auf dem Autodach fixiert. »Na los! Worauf wartest du noch? Schalt das Martinshorn ein«, forderte er Sandra auf.

»Du bist der Boss«, sagte sie und schlängelte sich schließlich mit Blaulicht und Folgetonhorn durch die Kolonne, die nach und nach Platz für den zivilen Einsatzwagen machte.

Keine 20 Minuten später stellte Sandra den Passat auf dem Kundenparkplatz des Liebenauer Autohauses zwischen zwei auf Hochglanz polierten Edelkarossen ab und stieg aus.

»Bist du deppert!« Bergmann starrte begeistert auf das anthrazitfarbene Cabrio neben sich. »Ein funkelnagelneuer Maserati GranCabrio. Ist das nicht ein geiles Gefährt?«

»Ja. Sehr hübsch. Ich frag mich nur, wie sich ein derart miserabler Autofahrer wie du so sehr für einen Sportwagen begeistern kann.«

»Na ja, so schlimm sind meine Fahrkünste nun auch wieder nicht.«

»Doch. Noch viel schlimmer.«

»Moment mal ...«, setzte Bergmann hinter ihrem Rücken zum Protest an.

Sandra beeilte sich, den Haupteingang des zweigeschossigen Glaspalastes zu erreichen, um der verbalen Rache ihres Partners zu entkommen. Erst hinter der elektrischen Glasschiebetür holte er sie ein und bedachte sie mit einem grimmigen Blick. »Na warte, du Luder!«, raunte er ihr zu, während sie dem Informationsschalter entgegenstrebten.

»Kriminalpolizei?«, fragte die überschminkte Wasserstoffblondine sichtlich erschrocken, nachdem Sandra sich und den Kollegen vorgestellt und den Chef des Autohauses zu sprechen verlangt hatte. Wahrscheinlich musste man so aussehen, wenn man in diesem überdimensionalen Spielzeugladen für testosterongesteuerte Besserverdiener arbeitete, überlegte Sandra, während Bergmanns Blick noch weiter im üppigen Dekolleté der Dame versank. Wie schön, dass ihr Partner in solchen Belangen kein Klischee ausließ. Das machte ihn wenigstens in dieser Hinsicht berechenbar.

»Einen Moment, bitte«, fiepste die Blondine und hämmerte mit bunt verzierten Gel-Fingernägeln auf die Tastatur der Telefonanlage ein. Bergmann schien fürs Erste genügend Silikon gesehen zu haben, denn seine Aufmerksamkeit galt inzwischen dem gelben Lamborghini, der unweit des Informationsschalters im gläsernen Schauraum präsentiert wurde.

»Herr Hausner lässt bitten ... Dort hinten ist der Aufzug ... erste Etage. Die Sekretärin holt Sie dann oben ab und führt Sie zum Chef«, vermeldete die Empfangsdame, nachdem sie aufgelegt hatte.

Die Brünette, die Sandra und Bergmann wie ange-

36

kündigt im Obergeschoss empfing, war um einiges graziler und jünger als die Blondine am Empfang und entsprach rein optisch Engelbert Hausners Beuteschema, das man allgemeinhin aus den Klatschgazetten kannte. Bergmann schien die Kleine ebenfalls zu gefallen. Seine Blicke waren deutlich diskreter als zuvor, was bei ihm ein Zeichen von tiefer reichendem als nur sexuellem Interesse war, wusste Sandra aus eigener Erfahrung. Abgesehen davon, dass das Mädchen für ihren Geschmack zu viel Make-up und zu wenig Rock trug, konnte sie die Reaktion des Kollegen im Gegensatz zu vorhin sogar nachvollziehen. Die Anfangzwanzigerin, der sie über den Korridor folgten, war schlichtweg eine Augenweide. Für Bergmann war sie jedoch viel zu jung. Erst recht für Engelbert Hausner. Auch wenn die beiden Männer das vermutlich völlig anders sahen als Sandra.

Die Frage der jungen Dame nach ihren Kaffeewünschen beantwortete Bergmann mit einem begeisterten »Oh-ja-bitte-sehr-gern-einen-doppelten-Espresso«. Sandra lehnte dankend ab und bat um ein Glas Leitungswasser.

Kaum hatten sie das lichtdurchflutete Büro des Firmenchefs betreten, begrüßte dieser sie mit kräftiger Stimme und stereotypem Verkäuferlächeln. Sandra empfand hier nicht nur die Raumtemperatur als ziemlich unterkühlt. Diesmal übernahm Bergmann ihre Vorstellung, wie bereits vorhin am Empfang ohne zu erwähnen, dass sie von der Mordgruppe waren.

Sandra betrachtete den Ausblick durch die gebogene Panoramascheibe hinter Hausners gläsernem Schreibtisch, der sich in die entgegengesetzte Richtung der Scheibe wölbte. Von hier aus konnte man den weitläufigen Parkplatz und das benachbarte Industriegelände auf der grünen Wiese sowie einige weiter entfernte Einfamilienhäuser sehen. Das größte Einkaufszentrum der Stadt, der Murpark, und die UPC Arena lagen nur einen Steinwurf entfernt. Früher hatte die Sportstätte den Namen Arnold Schwarzeneggers getragen, bis der kalifornische Gouverneur einmal zu oft für seine Haltung gegenüber der Todesstrafe kritisiert worden war. Der Entscheidung des Grazer Gemeinderates, das Stadion umzubenennen, kam der weltweit bekannteste Steirer zuvor, indem er der Stadt kurzerhand die Verwendungsrechte seines Namens entzog.

Sandra musste blinzeln. Wie konnte Engelbert Hausner bei dieser Helligkeit nur an seinem schicken 24-Zoll-Bildschirm arbeiten? Oder diente das gute Stück dem Toupetträger ohnehin nur als Designobjekt? Geschmacklich stand das Büro jedenfalls in krassem Gegensatz zu den schlampig aufgekrempelten Hemdsärmeln, der scheußlichen gelbvioletten Krawatte und der schweren, goldenen Rolex des Selfmade-Millionärs, der ihnen nun Platz auf den Freischwingern vor seinem Schreibtisch anbot. »Was kann ich für Sie tun?«, fragte der Autohändler mit demselben professionellen Lächeln, mit dem er sie soeben begrüßt hatte.

»Sie kennen Valentina Trimmel?«, beantwortete Bergmann die Frage seines gewichtigen Gegenübers mit einer Gegenfrage.

»Sicher. Sie war die Freundin meines Sohnes. Was ist denn mit ihr? Steckt sie 'leicht in Schwierigkeiten?«, zeigte sich Hausner immer noch freundlich, aber aalglatt.

Bergmann und Sandra antworteten nicht gleich, was

das Lächeln in Hausners Gesicht erst recht wie eingefroren wirken ließ. Vermutlich lag dies nicht an der Raumtemperatur, die Sandra mittlerweile frösteln ließ. »Sie *war* seine Freundin?«, hakte sie nach. War das eben ein verräterischer Versprecher gewesen? Wusste Hausner bereits, dass Valentina tot war? Oder warum sprach er in der Vergangenheit von ihr? Die Medien hatten bisher noch nicht über den Mord in der Weststeiermark berichtet.

»Egon, mein Sohn, hat sich vor Kurzem von der Valentina getrennt, bevor er nach Mauritius geflogen ist«, erklärte Hausner. »Ich finde das übrigens sehr schade. Das Mädchen hätte eine bezaubernde Schwiegertochter abgegeben.«

»Ihr Sohn ist auf Mauritius?«, fragte Sandra. »Im Urlaub, nehme ich an.«

Hausner nickte. Sein Dauerlächeln gab ihr auf einmal das Gefühl, er halte sie für geistig minderbemittelt. Was sollte man denn sonst auf Mauritius machen, wenn nicht Urlaub?, schien er zu denken. Zumindest glaubte Sandra, dass er sich so etwas in dieser Art dachte. »Ist Ihr Sohn alleine dort?«, fuhr sie irritiert fort.

»Nein. Mit seiner neuen Flamme. Carolina heißt das Mädchen. Mehr weiß ich noch nicht über sie.«

Da war immer noch dieses verdammte Lächeln in seinem schwammigen Gesicht! Hörte der Mann denn niemals zu grinsen auf? Sandra wandte ihren Blick ab und kramte Notizblock und Kugelschreiber aus der Tasche.

»Wann sind die beiden denn abgereist? Und wann erwarten Sie sie wieder zurück?«, fragte sie weiter.

»Lassen Sie mich kurz überlegen … Egon ist vorgestern weggeflogen und sollte am kommenden Mittwoch wieder hier sein. Aber wieso fragen Sie mich das eigentlich alles?« Hausner sah auf seine protzige Armbanduhr, ohne dabei seinen maskenhaften Gesichtsausdruck zu verändern.

»Valentina Trimmel ist tot«, erklärte Bergmann ansatzlos. »Sie wurde ermordet.«

Hausner blickte hoch. Seine Mundwinkel senkten sich in Zeitlupe. Sein korpulenter Oberkörper plumpste auf die Lehne des Chefsessels zurück, der mit demselben cremefarbenen Leder überzogen war wie die Freischwinger, auf denen die beiden Kriminalbeamten saßen. »Was? Wieso? Was ist denn passiert? Ich meine, wie …? Oh, mein Gott!«, stammelte er endlich ohne sein penetrantes Lächeln.

»Sie wurde heute Morgen erdrosselt auf dem Acker ihres Vaters aufgefunden«, erklärte Sandra dem sichtlich entsetzten Mann. Die grausigen Details ersparte sie ihm vorerst, die würde er noch früh genug aus den Medien erfahren.

»Wo waren Sie denn heute Nacht, Herr Hausner?«, fuhr Bergmann ohne Rücksicht auf etwaige Gefühle fort. Noch ehe der Autohändler antworten konnte, brachte seine Sekretärin die Getränke und schwebte elfengleich wieder aus dem Zimmer.

Bergmann wiederholte seine Frage und nahm dann gierig einen großen Schluck Kaffee. Der morgendliche Einsatz hatte ihn um die übliche Koffeindosis gebracht, wusste Sandra. Es bedurfte noch etlicher Tassen, bis er wieder auf seinem normalen Level war. Was für ein Wunder, dass die Hände des Chefinspektors nicht zitterten, so kaffeesüchtig, wie er war. Sandra konnte hingegen gar nicht mehr aufhören zu zittern. Allerdings vor Kälte.

Hausner schlürfte seinen Kaffee mehr, als ihn zu trinken, um danach endlich mit einer Antwort rauszurücken. »Abends um viertel acht war ich bei einer Charity-Veranstaltung im Kunsthaus. Danach hab ich meine Begleiterin nach Hause gebracht und bin anschließend selbst heimgefahren.«

»Wann genau war das denn?«, fragte Sandra nach.

»So genau kann ich das nicht sagen. Es muss so zwischen 21 Uhr 30 und 22 Uhr gewesen sein, als ich sie vor ihrer Wohnung abgesetzt habe.«

Sandra schrieb seine Aussage auf.

»Heißt das, Sie waren gar nicht mehr mit in ihrer Wohnung?«, wollte Bergmann wissen.

Hausner schüttelte den Kopf. »Jacqueline ist aus dem Testarossa ausgestiegen, und ich bin gleich nach Hause gefahren. Ich hatte heute Morgen um acht einen wichtigen Geschäftstermin. Da wollte ich ausgeschlafen sein. Den Termin können Sie übrigens gerne nachprüfen.«

Dass es problemlos möglich gewesen wäre, die Tat in Krottendorf zu begehen und rechtzeitig um acht Uhr zum Geschäftstermin in Graz zurück zu sein, behielt Sandra vorerst für sich.

»Verstehe«, meinte Bergmann mit einem spöttischen Unterton in der Stimme. »Kann denn jemand bezeugen, wann Sie gestern heimgekommen sind?«, setzte er nach.

»Es waren leider nur meine beiden Boxerhunde zu Hause.«

»Zu schade, dass wir die nicht befragen können«, meinte Bergmann noch um eine Spur süffisanter. »Hat Ihre Begleitung denn auch einen Nachnamen?«, fuhr er fort.

»Sicher. Der steht spätestens morgen in jeder Zeitung – direkt neben meinem«, meinte Hausner selbstverliebt.

»Die Telefonnummer etwa auch?«, fragte Bergmann.

Sandra unterdrückte ein Grinsen und sah den Autohändler an, bereit, sich weitere Informationen zu notieren. Der räusperte sich, ehe er fortfuhr. »Die Dame heißt Jacqueline Schellander.«

Sandra schrieb die Daten von Hausners neuester Eroberung auf und wettete insgeheim, dass diese nicht älter als 25, dunkelhaarig, nicht besonders groß und zierlich war. Dass die Dame womöglich nur vom Geld und der Bekanntheit des mediengeilen Autohändlers profitieren und vielleicht auch selbst in der Öffentlichkeit stehen wollte, unterstellte sie ihr zum jetzigen Zeitpunkt noch nicht, wenngleich diese Vermutung doch ziemlich nahelag. Sandra konnte beim besten Willen nichts Anziehendes an ihrem Gegenüber entdecken. Doch über Geschmack ließ sich bekanntlich streiten. Über die arktische Raumtemperatur jedoch nicht. »Könnten Sie bitte die Klimaanlage abschalten, solange wir hier sind?«, fragte sie und rieb sich demonstrativ die Oberarme.

Hausner griff zu einer der Fernbedienungen auf seinem Schreibtisch und drückte den roten Knopf, was das leise Surren des Klimagerätes abrupt verstummen ließ.

»Wann haben Sie Valentina Trimmel zuletzt gesehen?«, nahm Bergmann die Befragung wieder auf.

»Das muss so zwei, drei Monate her sein.«

»Na, was denn nun? Zwei oder drei Monate?« Bergmann sah Hausner aus schmalen Augen an. Der Autohändler hielt seinem Blick stand. »Sie glauben doch nicht, dass ich sie umgebracht habe? Ich bitte Sie …«, polterte Hausner und setzte sein einstudiertes Lächeln wieder auf.

»Fakt ist, dass Sie für die Tatzeit kein Alibi haben«, meinte Bergmann streng. »Also noch einmal: Wann genau haben Sie Valentina Trimmel zuletzt gesehen?«, wiederholte er seine Frage um einige Nuancen unwirscher und wischte damit das Lächeln ein weiteres Mal aus Hausners Gesicht.

Sandra fragte sich, ob es Bergmann nun gelungen war, die Fassade des Mannes endgültig zum Bröckeln zu bringen. Von Hausners oberflächlicher Freundlichkeit war jedenfalls nichts mehr zu bemerken. Mit ernster Miene lockerte er seinen Krawattenknoten und stand auf, um einen der weißen Jalousieschränke zu durchsuchen. Schließlich zog er eine Illustrierte hervor, blätterte eine Weile darin und reichte sie Bergmann. »Da haben wir's!« Hausner zeigte auf eine Fotoserie. »Am 26. Juni hab ich die Valentina zum letzten Mal gesehen. Sie war in Begleitung meines Sohnes bei mir zu Hause, als wir meinen Geburtstag mit ein paar Freunden nachgefeiert haben. Genügt Ihnen das?«

Der Chefinspektor sah sich die Fotos genau an und reichte das bunte Wochenmagazin dann an Sandra weiter. »Besaß Valentina ein schwarzes Lederhalsband mit einem silbernen Herzanhänger?«, fragte Sandra, die auf dem Foto kein solches Schmuckstück am Hals der jungen Frau erkennen konnte.

»Keine Ahnung. Sie hatte ziemlich viel Schmuck. Mein Sohn ist sehr großzügig, müssen Sie wissen. Diese Eigenschaft hat er von mir.«

Sandra schluckte. Es gab kein Geschenk der Welt, das sie freiwillig von einem Mann wie Engelbert Hausner angenommen hätte.

»Sie haben doch nichts dagegen, wenn wir das Heft behalten?«, fragte Bergmann.

»Bitte schön. Nehmen Sie es ruhig mit. Die Chefredakteurin schickt mir sicher gern ein neues Exemplar.« Wieder blickte Hausner auf seine Rolex. »War es das dann?«

»Ja, das war's dann – fürs Erste«, meinte Bergmann und erhob sich.

Sandra sprang von ihrem Stuhl hoch, an dem sie wider Erwarten noch nicht festgefroren war. Die wenigen Minuten ohne Klimaanlage hatten ihr Wohlbefinden nicht wesentlich steigern können. Sie fror noch immer. »Wenn sich Ihr Sohn bei Ihnen meldet, richten Sie ihm doch bitte aus, dass er uns unbedingt sofort kontaktieren soll. Hier ist meine Karte«, sagte sie und verabschiedete sich von Hausner, ohne ihm ihre eiskalte Hand zu reichen. Was für ein Kotzbrocken, dachte sie, als er sein Verkäuferlächeln wieder aufsetzte. Genauso hatte sie sich ›Ferrari-Hausner‹ vorgestellt. Vielleicht nicht ganz so schlimm. Aber war er auch gestört genug, um die Freundin seines Sohnes zu erdrosseln, zu pfählen und sie als Vogelscheuche zur Schau zu stellen?

Sandra atmete erleichtert auf, als sie endlich wieder hinaus auf den sonnigen Parkplatz traten. Sie konnte nur hoffen, dass sie sich in diesem Eispalast keine Verkühlung eingefangen hatte.

KAPITEL 2

I.

Samstag 27. und Sonntag 28. August

Am Wochenende begleitete Sandra ihre Freundin Andrea – trotz heftigen Schnupfens, den sie sich in Hausners Büro geholt hatte – auf die slowenische Halbinsel Piran. Nicht nur, weil sie den Samstag am Meer verbringen und abends im gleichnamigen pittoresken Hafenstädtchen knusprig gegrillte Goldbrassen zu Mangoldkartoffeln und einer Flasche Malvazija genießen konnte, sondern vor allem, weil sie dort der medialen Konfrontation mit dem Mord an Valentina Trimmel in der Heimat entkam. Auf diese angenehme Weise versuchte Sandra, ein wenig Abstand zum aktuellen Fall zu gewinnen, bevor sie am Montag wieder in die Ermittlungsarbeit eintauchen musste. Jedenfalls war das der Plan gewesen. Ihre Gedanken an die bestialisch ermordete Bauerntochter ließen sich jedoch auch am Sonntag nicht ganz abschalten. Insbesondere als sie auf der Rückfahrt die österreichischen Nachrichten im Radio hörte, die von einem Ritualmord berichteten, obwohl noch lange nicht feststand, dass es sich überhaupt um einen solchen handelte. Sandra schnäuzte sich zum gefühlten tausendsten Mal an diesem Wochenende und hoffte, dass die Tat bei Weitem zu grausam war, als dass diese Nachricht Nachahmungstäter auf den Plan rufen würde. Vielmehr noch hoffte sie, dass der Täter nicht ein weiteres Mal zuschlagen würde.

2.

Montag, 29. August

Am Montag steckte Sandra bereits wieder mitten im Trimmel-Mordfall drin. Soeben hatte ihr die Mobilfunkgesellschaft das Bewegungsprofil von Valentina Trimmels Handy gemailt. Gespannt öffnete sie das Dokument und scrollte ans Ende, als Bergmann sie unterbrach.

»Irgendetwas Neues für den Boss? Er möchte auf den letzten Stand gebracht werden ...«

»Schon wieder?« Sandra blickte von ihrem Bildschirm hoch und zu Bergmann hinüber. »Ich habe hier die letzte Handyverbindung des Opfers. Sie ist am Dienstag, dem 23. August, um 19 Uhr 03 zustande gekommen. Valentina muss sich zu diesem Zeitpunkt im Grazer Bezirk Geidorf aufgehalten haben, in der Nähe des Klosters der Kreuzschwestern. Danach sind nur noch Sprachnachrichten auf ihrer Mobilbox eingegangen. Und einige SMS.«

»Und mit wem hat sie zuletzt gesprochen?« Bergmann griff nach einem Bleistift und dem Spitzer.

»Mit einer gewissen Pia Fürnpass, ebenfalls wohnhaft in Geidorf.«

»Worauf wartest du noch? Ruf sie an.« Bergmann steckte seinen ohnehin spitzen Bleistift in den Spitzer und drehte ihn mehrmals entschlossen herum. Diese völlig überflüssige Tätigkeit lenke ihn vom Rauchen ab, hatte er Sandra erst neulich verraten. Der österreichische Steuerzahler würde die paar Stifte im Monat schon verkraften, war er sich sicher.

»Ich war noch nicht fertig«, erwiderte Sandra. »Valentinas E-Mail-Kontakte beschränken sich hauptsächlich auf Facebook-Nachrichten. Sie hatte 536 Freunde auf der Plattform.«

»Miriam soll mal checken, ob sich irgendetwas Auffälliges auf diesem Facebook-Account befindet. Wo ist sie überhaupt? Ich hab sie seit der Mittagspause nicht mehr gesehen«, meinte Bergmann und hielt mit dem Bleistiftspitzen inne, um auf seine Armbanduhr zu blicken.

»Arzttermin«, erinnerte ihn Sandra.

»Ach ja, richtig. Na, dann hoffen wir mal, dass die Gute nicht schwanger ist«, meinte er trocken.

»Wie bitte? Weißt du was, was ich nicht weiß? Wehe dir, Sascha! Nicht auch noch Miriam …« Sandra traute dem Kollegen diesbezüglich alles zu.

Bergmann lachte nur. »Wofür hältst du mich eigentlich? Für George Clooney?«, fragte er und legte Bleistift und Spitzer beiseite.

Dass ihnen Miriam Seifert vor drei Monaten zugewiesen worden war, war für alle Beteiligten ein Segen. Die junge Inspektorin entlastete sie, insbesondere was den Papierkram anbelangte, mit dem sich Sandra nur höchst widerwillig beschäftigte. Und Bergmann am liebsten überhaupt nicht. »Für George Clooney halte ich dich wahrlich nicht. Außerdem wechselt der nicht so oft die Freundinnen wie du«, meinte Sandra.

»Selber schuld.« Bergmann lachte erneut auf.

Sandra hätte ihn gern gefragt, wie weit die Scheidung von seiner Frau inzwischen gediehen war, doch verwarf sie die allzu private Frage gleich wieder. Wenn Bergmann ihr etwas erzählen wollte, musste er das schon von sich aus tun. Außerdem ging sie sein Privatleben gar nichts an. Stattdessen wählte sie die Nummer von Pia Fürnpass.

»Sie rufen wegen der Valentina an, nicht wahr?«, fragte die junge Stimme am anderen Ende der Leitung, kaum dass sich Sandra als LKA-Polizistin vorgestellt hatte.

Als Nächstes erfuhr sie, dass Valentinas Bruder Franz ihr die schreckliche Nachricht noch am Freitagabend telefonisch mitgeteilt hatte.

»Sie waren demnach mit Frau Trimmel befreundet?«, fragte Sandra. Sie hörte ein kurzes Schluchzen, dann sprach die Stimme in weinerlichem Tonfall weiter. »Wir waren bereits als Kinder beste Freundinnen – schon vor der Oberstufe in Deutschlandsberg.« Pia Fürnpass zog hörbar die Nase hoch.

»Könnten wir uns mit Ihnen persönlich unterhalten? Es gibt da einige Fragen, die Sie uns möglicherweise beantworten können«, meinte Sandra.

»Ja, natürlich.«

»Wo sind Sie denn gerade?«

»Eben von der Arbeit heimgekommen. Sie können bei mir vorbeischauen, wenn Sie möchten.« Pia Fürnpass wollte ihre Adresse durchgeben, doch Sandra wiegelte ab. »Wir wissen, wo Sie wohnen, Frau Fürnpass, danke.«

»Ach so …« Ein Anflug von Überraschung in ihrer Stimme war nicht zu überhören. »Dann läuten Sie bitte bei Top Nummer zehn an – unten an der Gegensprechanlage«, erklärte die junge Frau.

Sandra schloss das Dokument auf ihrem Bildschirm und fuhr den PC herunter. »Du hast mir noch gar nicht erzählt, was die Sektion der Leiche ergeben hat«, wandte sie sich an Bergmann. Ausnahmsweise hatte er sich darum gerissen, beim morgendlichen Obduktionstermin im Gerichtsmedizinischen Institut persönlich anwesend zu sein, was Sandra sehr recht gewesen war. Ihr lag noch immer der Leichenfund im Magen. Dass Bergmanns plötzliches Interesse vermutlich weniger dem außergewöhnlichen Fall als der dafür zuständigen Gerichtsmedizinerin galt, spielte an dieser Stelle keine Rolle.

»Jutta hat bestätigt, dass Valentina Trimmel post mortem durch den Anus gepfählt wurde«, sagte er.

Sandra atmete erleichtert auf. »Sie hat also nichts mehr davon mitbekommen …«

Bergmann nickte. »Den Obduktionsbericht bekommen wir morgen. Jutta möchte noch einen Laborbefund abwarten.«

»Die wichtigste Frage ist für mich damit ohnehin geklärt.«

»Sei dir da bloß nicht zu sicher. Tote sind oft noch für so manche Überraschung gut.«

Sandra sah Bergmann fragend an.

»Hat die Dame gesagt, die es wissen muss«, fügte er hinzu.

»Du meinst Frau Doktor Kehrer? Wie gut kennst du die Dame inzwischen denn schon?«

»Der Gentleman genießt und schweigt«, meinte Bergmann und grinste Sandra an.

»Alter Angeber«, erwiderte sie und schnappte sich ihre Tasche und die Jeansjacke. Trotz der außergewöhnlich warmen Tagestemperaturen kühlte es mit dem Nebel im Grazer Becken über Nacht schon empfindlich ab. Allmählich interessierte Sandra wirklich, was zwischen Bergmann und der attraktiven Gerichtsmedizinerin lief. Bevor sie ihn jedoch noch einmal danach gefragt hätte, biss sie sich lieber die Zunge ab. In nächster Zeit würde sie den Kollegen im Auge behalten, damit er nichts tat, was er später womöglich bereute. Er musste sich ja nicht auch noch durch das Gerichtsmedizinische Institut vögeln.

3.

Die junge Frau, die Sandra Mohr und Sascha Bergmann an der Tür der Altbauwohnung in Geidorf begrüßte, hatte dem ersten Eindruck nach zu urteilen nichts mit der toten Valentina Trimmel gemeinsam. Obwohl die ehemaligen Klassenkolleginnen im selben Jahr geboren waren, wirkte Pia Fürnpass um einiges reifer und ziemlich burschikos, was nicht nur an ihren Bewegungen lag. Das schlanke Mädchen war über einen Meter achtzig groß, hatte die breiten Schultern und das schmale Becken einer Athletin und kurz geschnittene, platinblond gefärbte Haare. Sie war blass, hatte rote Augen und sah erschöpft aus, als hätte sie in den vergangenen Tagen zu viele Tränen vergossen und zu wenig geschlafen. In ihrer linken Faust steckte ein zerknülltes Taschentuch. »Kommen Sie doch weiter«, bat sie die beiden Kriminalbeamten herein.

Sandra vernahm in der Wohnung noch weitere Stimmen. »Haben Sie Besuch? Oder läuft der Fernseher?«

»Das sind meine Mitbewohner. Die essen gerade in der Küche.« Pia Fürnpass deutete zur offenen Tür im Vorzimmer.

»Und Sie? Sie essen gar nicht mit ihnen?«, fragte Sandra, während Bergmann seinen Blick über die gerahmten Poster im Vorraum schweifen ließ. Auf allen dreien waren eindrucksvolle steirische Landschaften abgebildet.

»Ich hab keinen Appetit«, antwortete Pia.

»Wie viele Leute leben denn in dieser Wohngemeinschaft?«, meldete sich Bergmann nun auch zu Wort.

»Wir sind zu dritt. Bella wohnt dort drüben, Volker hinten im Hofzimmer und ich hier vorne zur Straße hin.« Pia zeigte zuerst zu der einen, dann zu zwei weiteren geschlossenen Türen, die vom Flur in die drei Schlafzimmer führten.

»Kannten Ihre Mitbewohner Valentina Trimmel?«, fragte Bergmann.

»Ja, sicher. Die Valentina hat mich oft hier besucht. Vergangene Woche ist sie sogar kurzfristig bei mir eingezogen, nachdem sie sich wieder mal mit ihrem Freund gestritten hatte.« Pia kämpfte mit den Tränen.

Sandra wartete einen Augenblick, bis sich die junge Frau geschnäuzt hatte. »Mit Egon Hausner?«, fuhr sie fort.

Pia nickte mit zusammengekniffenen Lippen. »Kommen Sie, gehen wir in mein Zimmer«, schlug sie vor und führte die Kriminalisten in den großen Erkerraum, den sie bewohnte. Über dem quadratischen Bett rechts vom Erker hing ein Moskitonetz von der Decke herab. Ein türkisfarben gestrichener Holzparavent mit Muschelapplikationen und eine hochgewachsene, schlanke Kentia-Palme trennten den Schlafbereich optisch vom Wohn- und Arbeitsbereich. Pia hatte sich inzwischen wieder einigermaßen gefasst und bat die Besucher, auf der kobaltblauen Couch im Erker Platz zu nehmen. Sie selbst ließ sich auf den grünen Sitzsack aus Cordsamt fallen, der vor dem Plexiglastischchen zwischen ihr und dem Sofa platziert war.

»Wann genau hatte Valentina denn diesen Streit mit ihrem Freund, respektive wann ist sie zu Ihnen gezogen?«, fragte Sandra.

»Das war vor genau einer Woche am Montag. Sie hat mich gegen 18 Uhr heulend angerufen, hat gefragt, ob sie ein paar Nächte bei mir schlafen darf. Wenig später ist sie mit dem Nötigsten hier aufgetaucht.«

»Und das wäre?«, fragte Bergmann.

»Na, mit ihren Toilettesachen, frischer Wäsche, T-Shirts und Sweater. Nichts Besonderes.«

»Trug sie vielleicht ein schwarzes Lederhalsband mit einem silbernen Herzanhänger?«, fragte Sandra möglichst beiläufig.

Pia überlegte kurz und schüttelte den Kopf. »Nein. Ganz sicher nicht. Sie trug weder ein Halsband noch eine Kette. Früher einmal hat sie ein Lederhalsband getragen. An einen Herzanhänger kann ich mich allerdings nicht erinnern. Nur an ein silbernes Seepferdchen. Valentina liebte Seepferdchen. Warum fragen Sie?«

»Die Handtasche Ihrer Freundin befindet sich nicht zufällig noch bei Ihnen in der Wohnung?«, lenkte Bergmann von dem Schmuckstück ab. Dass es sich dabei aller Wahrscheinlichkeit nach um die Tatwaffe handelte, sollte nicht an die Öffentlichkeit dringen. Nur die Ermittler wussten darüber Bescheid. Und der Täter, der sein Opfer damit erdrosselt hatte.

»Ihre Handtasche hat die Valentina mitgenommen,

als sie wieder abgehauen ist.« Erneut biss sich Pia auf die Unterlippe, um ihre Beherrschung nicht zu verlieren.

»Eins nach dem anderen«, lenkte Sandra die Einvernahme in chronologische Bahnen. »Ihre Freundin ist also am Montagabend hier aufgetaucht. Was hat sie Ihnen denn erzählt?«

»Nun ja. Ihr letzter Streit mit Egon muss ziemlich heftig gewesen sein. Es ging wieder mal um einen seiner Seitensprünge ... mit einer gewissen Carola ...«

»Könnte die Frau auch Carolina geheißen haben?«, fragte Sandra nach.

»Ja, genau! Carolina war der Name«, bestätigte Pia. »Die Valentina war total aufgelöst, weil der Egon sie schon wieder betrogen hat. Es wäre nun endgültig vorbei mit ihm, hat sie behauptet. Und den Balg wollte sie auch abtreiben.«

Sandra stutzte. War das etwa die Überraschung, die die Gerichtsmedizinerin vor Bergmann angedeutet hatte? Auch ihr Kollege hob erstaunt die Augenbrauen. »Moment mal«, fuhr sie fort, »Valentina war schwanger?«

»Ja. In der achten Woche, glaub ich. Geplant war das allerdings nicht. Ist wohl so passiert.« In Pias Tonfall schwang Verachtung mit.

»Sie mögen Egon Hausner nicht besonders, oder irre ich mich da?«, hakte Sandra nach.

Pia schüttelte den Kopf. »Nein. Sie haben vollkommen recht. Egon ist ein rückgratloses Arschloch. Er hat die Valentina nach Strich und Faden betrogen. Na ja, bei *dem* Vater kann man ihm nicht einmal einen Vorwurf machen.«

Noch ein Fan von ›Ferrari-Hausner‹, dachte Sandra, diesmal wenig überrascht. Gab es eigentlich irgendjemanden, der diesen alternden Playboy mochte? Und war sein Sohn womöglich genauso ein Kotzbrocken wie er? »Ihre Freundin wollte das Kind also abtreiben?«, kam Sandra wieder auf den Punkt.

»Ich glaube, das hat sie nur im ersten Zorn so dahergesagt. Wie ich die Valentina kenn', hätte sie eine Abtreibung eh nicht übers Herz gebracht.«

»Wer hat denn alles von der Schwangerschaft gewusst?«

Pia überlegte nicht lang. »Der Egon und ich. Na ja, meine Mitbewohner Volker und Bella haben es spätestens an diesem Abend auch mitbekommen. Und Valentinas älterer Bruder Franz wusste ebenfalls Bescheid.«

»Ach ja? Franz Trimmel auch? Und Valentinas Eltern?«, fragte Sandra.

»Nein. Die nicht. Die hassen die Hausners abgrundtief. Valentina wollte ihren Eltern die Nachricht persönlich und möglichst schonend beibringen. Keine Ahnung, wie sie das anstellen hätte wollen.«

»Hat Engelbert Hausner von ihrer Schwangerschaft gewusst?«

»Das hat die Valentina nicht erwähnt. Ich nehme es aber fast an. Wenn's brenzlig wird, rennt der Egon doch immer zu seinem g'stopften Papi.«

»Ihre Freundin hat also die Nacht von Montag auf Dienstag hier bei Ihnen verbracht. Und was geschah am nächsten Morgen?«, fragte Sandra weiter.

»Ich bin am Dienstagmorgen zur Arbeit gefahren. Eigentlich ist es nur ein ziemlich langweiliger Ferialjob bei der Telekom. Aber dafür ganz gut bezahlt.«

»Ansonsten studieren Sie?«

»Internationales Marketing und Sales Management auf der Fachhochschule am Campus 02. Das kann nicht schaden, wenn ich später den Betrieb meiner Eltern übernehme.«

»Welcher Betrieb ist das und wo?«

»Unser Weingut in Sankt Stefan ob Stainz.«

»Ganz in der Nähe vom Peterhof der Trimmels also ... Hat Valentina dasselbe Studium wie Sie belegt?«

»Nein. Sie hat Betriebswirtschaft an der SOWI studiert. Der Egon auch – nach einem kurzen, erfolglosen Gastspiel auf der TU. Aber der ist sowieso mehr Sohn als Student.«

»Und wo hat Valentina den vergangenen Dienstag verbracht?«

»Das weiß ich nicht. Ich hab sie ausschlafen lassen. Als ich gegen 17 Uhr 30 nach Hause gekommen bin, war sie nicht mehr hier. Zuerst hab ich mir gedacht, sie ist vielleicht einkaufen gegangen. Das hat sie am liebsten getan, wenn sie schlecht drauf war. Vorzugsweise mit Egons Kreditkarte ... Ungefähr anderthalb Stunden später hab ich sie dann doch angerufen. Hab mir langsam Sorgen um sie gemacht. Dabei war sie nur mit dem Volker, meinem Mitbewohner, unterwegs und hat schon ein wenig beschwipst geklungen.«

»Mit Ihrem Mitbewohner«, wiederholte Sandra.

»Ja. Ich hab den Volker gleich am nächsten Morgen zur Rede gestellt. Er hat erzählt, dass sich Valentina gegen ein Uhr morgens von ihm verabschiedet hätte, um sich mit Egon zu versöhnen. Ich war stinksauer auf sie. Es war ja nicht das erste Mal, dass sie mit wehenden

Fahnen zu diesem Seicherl zurückgelaufen ist.« Pia fuhr sich mit der Hand über die feuchtglänzenden Augen und schluckte.

»Und am Mittwoch?«, fragte Sandra.

»Da hab ich dann doch wieder versucht, sie zu erreichen, hab ihr eine Nachricht auf der Mobilbox hinterlassen und eine, nein, zwei SMS geschickt, von wegen, dass sie selber schuld sei, wenn sie immer wieder zu diesem Idioten zurückkehrt. Ich mein, was nützt einem schon die ganze Kohle, wenn man sich dafür so verarschen lassen muss? Dabei war die Valentina zu diesem Zeitpunkt womöglich schon längst ...« Pia verlor den Kampf gegen ihre Tränen endgültig.

Sandra und Bergmann warteten eine Weile, bis sich die junge Frau wieder beruhigt hatte und bereit war, mit der Beantwortung ihrer Fragen fortzufahren. »Seit Ihrem Telefongespräch am Dienstag haben Sie also nichts mehr von Valentina gehört?«, nahm Sandra die Vernehmung wieder auf.

»Nein. Am Mittwochabend hab ich sogar noch versucht, den Egon zu erreichen, um endlich zu erfahren, was denn nun los ist. Ich wollt wissen, ob es der Valentina gut geht. Aber bei dem ist nur die Mailbox gelaufen. Er ist verreist ... Ich hab mir gedacht, die beiden haben sich wieder versöhnt und sind gemeinsam in den Urlaub gefahren. Und ich hab mir geschworen, mich nie wieder von der Valentina wegen dem Egon vollsempern zu lassen. Ich konnte doch nicht ahnen, dass sie längst ...« Erneut brach Pia in Tränen aus.

»Das konnten Sie nicht ahnen, nein«, meinte Sandra und stand auf. »Vielen Dank, Frau Fürnpass. Sie haben uns sehr geholfen.«

»Bitte finden Sie dieses Schwein«, schluchzte Pia und zog ein neues Taschentuch aus der Kartonbox auf dem Couchtisch. Sandra nickte und schenkte der verzweifelten Frau ein zuversichtliches Lächeln.

Bergmann erhob sich ebenfalls. »Bleiben Sie ruhig sitzen«, sagte er. »Wir werden uns jetzt noch mit Ihren Mitbewohnern unterhalten. Wir finden allein in die Küche, vielen Dank!«

Während Pia Fürnpass wie ein Häufchen Elend in ihrem Zimmer zurückblieb, suchten Sandra und Bergmann die Küche auf. Der junge Mann saß am Küchentisch vor einer Reihe bunter Pillen und sah erschrocken hoch, als die beiden Fremden eintraten. Die junge Rothaarige, die gerade mit dem Abwasch beschäftigt war, wischte ihre Hände in einem Küchentuch ab. »Wir haben Sie schon erwartet. Pia hat uns gesagt, dass die Kripo kommt. Einfach schrecklich, das mit der Valentina …«, meinte sie und stellte sich ihnen als Isabella Rauschenbach vor. »Und der hier ist Volker Neidhardt«, fügte sie hinzu.

»Das sind aber ganz schön viele Tabletten, die Sie da nehmen«, sagte Sandra, die Medikamente verabscheute. Was von selbst gekommen war, ging auch von allein wieder weg, redete sie sich im Krankheitsfall immer ein. Dieser typisch steirische Therapieansatz funktionierte bei ihr meistens. Auf ihre Selbstheilungskräfte konnte sie sich üblicherweise verlassen. Einmal abgesehen von seltenen Ausnahmen – etwa nach dem Überfall durch ihren Halbbruder Mike, der auch eine medikamentöse Therapie nach sich gezogen hatte. Im Zweifelsfall griff Sandra aber viel lieber zu natürlichen Hausmitteln als zu den chemischen Keulen der Pharmaindustrie.

»Ich bin herztransplantiert«, erwiderte Volker Neidhardt emotionslos und steckte eine leuchtend rote Kapsel in den Mund.

Damit hatte Sandra nicht gerechnet. Sie musste sich insgeheim eingestehen, dass sie den jungen Mann aus der Perspektive eines gesunden Menschen allzu schnell vorverurteilt hatte. Volker Neidhardt war kein Tabletten-Junkie, der die vielen Pillen hier freiwillig einwarf, um sein Bewusstsein zu erweitern, sich aufzuputschen oder zu betäuben. Und er war mit Sicherheit kein Hypochonder.

»Er lebt schon seit fünf Jahren mit einem fremden Herzen«, erklärte Isabella Rauschenbach.

Volker trank einen Schluck Wasser. »Seit sechs Jahren«, korrigierte er sie und griff zur nächsten Tablette.

War es überhaupt möglich, so lange mit einem transplantierten Herzen zu leben?, fragte sich Sandra verblüfft. Mit diesem Thema hatte sie sich bisher noch nicht auseinandergesetzt. Auch Bergmann schien ausnahmsweise keinen Kommentar parat zu haben und sah schweigend zu, wie der junge Mann die nächste Pille mit Wasser hinunterspülte.

»Heutzutage ist eine HTX – das ist der Fachbegriff für eine Herztransplantation – ein Routineeingriff. Die Lebenserwartung für Herzpatienten steigt ständig an – dank immer besserer Medikamente«, beantwortete die junge Frau die unausgesprochene Frage der Ermittlerin. Wahrscheinlich war diese in ihrem Beisein schon öfter gestellt worden, vermutete Sandra.

»Bella, bitte! Das interessiert die Polizei doch nicht«, warf Volker ein.

Bevor Sandra ihm widersprechen konnte, ergriff

Bergmann das Wort. »Wir möchten Ihnen ein paar Fragen über Valentina Trimmel stellen.«

Die beiden jungen Leute nickten mit betroffenen Mienen. »Wollen Sie sich nicht setzen?«, fragte Bella.

»Nein, danke. Wir stören Sie nicht lange«, lehnte Sandra das Angebot ab. Volker warf die nächste Tablette ein. »Herr Neidhardt, Sie waren am Dienstag mit Valentina Trimmel aus? Ist das richtig?«, fragte Sandra.

»Ja«, bestätigte Volker.

»Von wann bis wann waren Sie mit ihr zusammen?«, forderte Sandra ihn auf weiterzureden.

Einen Moment lang dachte er nach. »Ich bin gegen 16 Uhr heimgekommen. Die Valentina ist in der Küche gesessen, hat telefoniert und gleich aufgelegt, als sie mich bemerkt hat. Ich hab ihr dann vorgeschlagen, mit mir ein bisschen an die frische Luft zu gehen. Wir waren erst in der Innenstadt spazieren. Danach hat sie mich auf einen Drink am Schloßberg eingeladen. Gegen 19 Uhr waren wir dann bei unserem Italiener in der Bergmanngasse essen. Später hab ich sie noch auf einen Absacker ins Jazzlokal – gleich unten am Eck – eingeladen. Na ja, es sind dann allerdings doch einige Getränke mehr geworden …«

»Es ging ihr nicht besonders gut, nachdem ihr Freund, der Egon, sie vor die Tür gesetzt hat«, mischte sich Bella ein.

»Ich wollte sie deshalb ein wenig aufmuntern. Kurz vor ein Uhr früh hat sie dann den Jazzkeller verlassen, um zu Egon zurückzukehren. Sie wollte sich mit ihm wieder versöhnen«, ergänzte Volker.

»Die Valentina war nämlich schwanger«, verkündete Bella.

»Wissen wir bereits.« Allmählich schienen Bergmann die Zwischenrufe der Frau zu nerven. Sein strenger Blick wanderte von ihr zurück zu Volker. »Und wie wollte sie mitten in der Nacht zu ihrem Freund kommen? Der wohnt doch ein ganzes Stück weit weg von hier – in Waltendorf.«

Volker zuckte mit den Schultern. »Ich nehme an, mit dem Auto.«

Bella übernahm erneut das Wort: »Die Valentina war immer mit den geilsten Schlitten unterwegs – alle vom alten ›Ferrari-Hausner‹, Egons Vater. Dem gehört nämlich das Autohaus in ...«

»Wissen wir auch schon«, stoppte Bergmann ihren Redefluss.

»Was für ein Auto fuhr sie denn zuletzt?«, fragte Sandra.

»Einen weißen Porsche, glaub ich«, meinte Bella.

»Welches Modell?«

Bella zuckte mit den Schultern. »So genau weiß ich das nicht. Ich interessier mich nicht besonders für Autos.«

Bergmann sah Volker an.

»Ich schon gar nicht«, meinte der wie aus der Pistole geschossen.

»Hatte Valentina denn nicht viel zu viel getrunken, um noch mit dem Auto zu fahren?«, wollte Sandra von Volker wissen. Noch dazu war sie schwanger gewesen.

»Ja, schon ... Vielleicht ist sie ja auch zu Fuß gegangen.«

»Eine Strecke von gut vierzig Minuten? Mitten in der Nacht? Noch dazu, wo es heftig geregnet hat?«

»Vielleicht hat sie sich ja auch ein Taxi genommen.

Was weiß denn ich? Ich war selbst nicht mehr ganz nüchtern. Meine Medikamente vertragen sich nicht besonders gut mit Alkohol. Aber *ich* war zu Fuß unterwegs …«

»Wir sind nicht von der Verkehrspolizei«, stellte Bergmann klar.

»Du solltest überhaupt keinen Alkohol trinken«, rügte Bella ihren Mitbewohner.

Volker verdrehte die Augen. »Führ dich nicht immer wie meine Mutter auf! Da hätt ich ja gleich daheim wohnen bleiben können«, meinte er genervt.

»Wo waren Sie denn am Dienstagabend?«, wandte sich Sandra an Bella.

»Ich? Ich war bis 18 Uhr an meinem PC und bin dann zu meinem Freund nach Eggenberg gefahren. Wir haben uns Pizza bestellt, ferngesehen und, na ja … ich hab die ganze Nacht bei ihm verbracht.« Sandra notierte sich die Daten des Freundes.

»Sind Sie beide eigentlich Studienkollegen von Frau Fürnpass?«, wollte Bergmann wissen.

»Nur ich«, antwortete Bella, »Volker ist Fotograf. Ein ziemlich genialer noch dazu.«

»Und was fotografieren Sie so?«

»Wenn es nur nach mir ginge, hauptsächlich Landschaften«, erklärte der junge Mann und zeigte auf das gerahmte Poster an der Wand, das jenem im Vorzimmer ähnelte. Auf diesem hier ging gerade die Sonne in einem südsteirischen Weingarten auf. Dass der stimmungsvolle Moment dort festgehalten worden sein musste, erkannte Sandra vor allem an den Klapotetz – jenen besonders für diese Region typischen hölzernen Windrädern, die alljährlich ab der dritten Juliwoche lautstark klapperten, um Vögel von den reifenden Weintrauben fernzuhalten.

»Ansonsten bin ich Assistent beim Charly Kramer«, erzählte Volker weiter.

»Dem bekannten Mode- und Werbefotografen«, setzte Bella ungefragt hinzu. Bergmann verzog die Mundwinkel.

»Und an den Wochenenden fotografier ich manchmal auf Hochzeiten und Taufen. Das bringt noch ein bisschen was extra ein.«

»Verstehen Sie mich bitte nicht falsch, aber das klingt für mich ziemlich anstrengend«, erwiderte Sandra.

»Wieso?« Volker verstand nicht gleich. »Ach, deshalb«, meinte er schließlich und griff sich mit der Hand an die Brust. »Alles halb so wild. Es gibt noch einen zweiten Assistenten. Der Dietmar ist für die körperlich anstrengenden Arbeiten zuständig. Er schleppt die Trafos, Scheinwerfer, Windmaschinen und das ganze andere schwere Klumpert. Ich kümmere mich mehr um die technischen Details, wie Licht messen, Blenden einstellen und so weiter. Und um die Abwicklung mit den Kunden, den Werbeagenturen und den Models.«

»Zeig ihnen doch noch ein paar von deinen Fotos! Er macht wirklich kunstvolle Landschaftsaufnahmen. Die im Vorzimmer sind auch alle von ihm«, meinte Bella begeistert.

»Sie arbeiten auch mit Models?« Bergmann interessierte sich weniger für landschaftliche als für weibliche Naturschönheiten.

»Mein Boss arbeitet mit Models aus aller Welt, ja. Nur die Testshootings mit den Anfängerinnen überlässt er meistens mir. Ich sorge dann dafür, dass die Mädchen ein paar anständige Aufnahmen für ihre Model-Bücher bekommen.«

»Die meisten Mädchen sehen nicht viel besser aus als wir«, meinte Bella, zu Sandra gewandt, »die sind nur größer, dünner und halt perfekt gestylt. Ich wollte es anfangs gar nicht glauben, bis Volker eines Tages professionelle Fotos von mir und ein paar anderen *normalen* Mädchen geschossen hat.« Den Ausdruck ›normal‹ unterstrich Bella, indem sie Gänsefüßchen in die Luft malte.

Bergmanns skeptischer Blick verriet, dass er sich weder Sandra mit ihrer relativ bescheidenen Größe von gerade mal ein Meter siebzig noch die blasse, pummelige Rothaarige mit den vielen Sommersprossen als Fotomodell vorstellen konnte.

»Haben Sie denn auch Fotos von Valentina Trimmel gemacht?«, wollte Sandra von Volker wissen.

Der junge Mann nickte. »Valentina war sehr fotogen. Allerdings 20 Zentimeter zu klein, um professionell zu modeln«, bestätigte er Sandras ersten Eindruck vom Opfer.

»Könnten Sie uns vielleicht eines von diesen Fotos für unsere Ermittlungen überlassen?« Sandra bevorzugte es, Zeugenbefragungen mit Bildern der Opfer vor deren Ableben durchzuführen. Aufnahmen von Leichen hielt sie den Menschen, die sie vernahm, nur sehr ungern unter die Nase. Die meisten erschraken über den ungewohnten Anblick. Vor allem, wenn sie das Opfer zuvor gekannt hatten. Die Trimmels hatte Sandra am Tag des Leichenfundes nicht mit der Frage nach einem Foto von Valentina behelligen wollen. Und auch jetzt ließ sie die Familie der Ermordeten lieber in

Ruhe. Wenngleich sie mit Franz Trimmel junior noch ein Hühnchen zu rupfen hatte, weil dieser ihnen die Schwangerschaft seiner Schwester verschwiegen hatte.

»Die meisten Fotos hab ich unten im Keller. Mein Zimmer ist nämlich nicht besonders groß. Soll ich Ihnen die Bilder von Valentina heraufholen?«, fragte Volker.

»Nicht nötig. Wir begleiten Sie gern hinunter. Noch eine Frage an Sie beide: Ist Ihnen an Valentina ein schwarzes Lederhalsband mit einem silbernen Herzanhänger aufgefallen?«

»Nicht, dass ich wüsste …«, meinte Bella.

Diesmal fiel Volker ihr ins Wort. »Nein. Mir wäre so ein Schmuckstück ganz sicher aufgefallen. Ich schau nämlich immer ganz genau hin. Berufskrankheit …«, meinte er bestimmt.

Sandra und Bergmann verabschiedeten sich von Bella und folgten dem Fotografen ins Treppenhaus. »Sie nehmen gar nicht den Fahrstuhl?«, wunderte sich Sandra erneut über seine körperliche Fitness. Sie hatte geglaubt, dass er sich wegen seines Herzens schonen müsste.

»Ein bisschen Bewegung schadet mir nicht. Im Gegenteil. Regelmäßige körperliche Betätigung tut mir sogar gut. Deswegen bin ich meistens mit dem Fahrrad unterwegs. Sehr gemächlich zwar, aber doch«, erklärte der schlaksige, großgewachsene Mann, den Sandra für ein medizinisches Wunder hielt. Drei Stockwerke weiter unten war Volker kaum merklich außer Atem. Er drehte am alten Lichtschalter und sperrte das schmiedeeiserne Gittertor auf, hinter dem sich eine schmale Steintreppe in den Keller hinabwand. Nach wenigen Stufen kamen sie an einer Tür vorbei, die sie links liegen ließen. Bergmann hielt kurz inne, um durch das kleine Fenster in der Tür zu sehen. »Gehört der Parkplatz hier zum Haus?«, fragte er.

»Ja. Im Innenhof sind allerdings nur sieben Stellplätze, einer davon gehört der Pia.«

»Und wo parken Sie?«, wollte Bergmann wissen.

»Mein Fahrrad steht gleich rechts im überdachten Bereich.«

»Sie haben gar kein Auto?«

Volker lachte. »Nein. Wozu denn? In der Stadt bin ich, wie schon gesagt, mit dem Fahrrad, zu Fuß oder aber mit den Öffis unterwegs. Zur Not gibt es ja auch noch Taxis. Und wenn es unbedingt einmal sein muss, leih ich mir einen Wagen. Meistens von meinem Chef. Ist doch viel günstiger.« Inzwischen hatten sie den Keller erreicht und folgten dem jungen Mann bis zur letzten grauen Feuertür am Ende des unterirdischen Ganges. »Es ist sehr eng da drinnen, staubig und nicht besonders aufgeräumt … Wollen Sie trotzdem mit hineinkommen?«, fragte Volker die Kriminalbeamten.

»Nein, danke. Wir warten hier auf Sie«, wiegelte Bergmann ab und fasste sich an die Nase. Sandra sah zu, wie Volker die massive, feuersichere Tür aufsperrte und drinnen einen weiteren Lichtschalter betätigte. Der junge Mann mit dem fremden Herzen faszinierte sie. Er zwängte sich an einigen Metallkoffern mit Fotoausrüstung und alten Scheinwerfern vorbei in den Kellerraum, dessen Ziegeldecke mit Spinnweben übersät war. Schließlich verschwand er hinter einem breiten, dunkelgrauen Metallschrank, an dessen Front Sandra mehrere Spinde vermutete. Bergmann nieste heftig und trat ein paar Schritte zur Seite, um seine Stauballergie nicht noch weiter zu strapazieren, wenngleich der restliche Keller auch nicht gerade vor Sauberkeit glänzte.

Sandra reichte ihm ein Taschentuch. Ihr Schnupfen hatte sich inzwischen verabschiedet. Dafür hallte jetzt Bergmanns lautes Schnäuzen durch die alten Gewölbe.

Es dauerte nicht lange, bis Volker Neidhardt mit einigen Kontaktbögen zurückkehrte, die er Sandra überreichte. »Das sind die letzten Porträts von Valentina. Ich hab sie erst vor ein paar Wochen geschossen. Sie wollte sich damit für irgendein Praktikum bewerben. Können Sie damit etwas anfangen?«

»Ja, vielen Dank. Ich behalte nur diesen einen Bogen hier.«

»Ach, nehmen Sie ruhig alle mit«, meinte Volker, während er das Licht in seinem Kellerraum ausknipste. »Sie können sie mir ja irgendwann zurückschicken, wenn Sie sie nicht mehr brauchen«, bot er Sandra an. Er sperrte die Feuertür wieder zu, während Bergmann ihr die Kontaktbögen abnahm, um diese näher zu betrachten. »Das sind großartige Bilder! Das Mädchen war ja eine Schönheit.« Bergmann war sichtlich beeindruckt.

»Ja, das war sie.« Volker schluckte und wandte sich ab, um voranzugehen. Er und Bella hatten sich von Valentinas Tod zwar betroffen, aber bei Weitem nicht so erschüttert gezeigt wie Pia, überlegte Sandra, als sie in gemächlichem Tempo im Gänsemarsch treppauf stiegen. »Wie lange wohnen Sie eigentlich schon in dieser WG?«, fragte sie, als sie im Erdgeschoss haltmachten.

»Ein knappes Jahr. Pia ist die Hauptmieterin. Sie ist vor fast zwei Jahren mit ihrer Freundin in die Wohnung eingezogen. Nachdem sie von ihr verlassen wurde, hat sie nach einem Untermieter gesucht. Allein hätte sie sich die Miete nicht mehr leisten können. Und ich wollte ohnehin unbedingt ausziehen, bevor mich die übertriebene Fürsorglichkeit meiner Mutter in den Wahnsinn getrieben hätte.«

»Und Frau Rauschenbach?«, fragte Bergmann.

»Bella ist Anfang des Jahres zu uns gestoßen. Pia kennt sie von der Fachhochschule. Bella hat sich in ihrer alten WG nicht mehr wohlgefühlt.«

»Hatte Frau Fürnpass zuvor denn eine lesbische Beziehung?« Wieder ein Thema, das Bergmann besonders beschäftigte. Sandra hätte wetten können, dass er es noch einmal ansprechen würde.

Im Gegensatz zu ihm fand Volker Neidhardt an gleichgeschlechtlicher Liebe zwischen Frauen offenbar nichts Aufregendes. Er nickte nur stumm und drückte den Knopf, um den Aufzug zu rufen.

»War sie denn auch mit Valentina Trimmel intim?« Bergmann wollte es ganz genau wissen.

»Glaub ich nicht. Aber fragen Sie das besser die Pia selbst.«

»Woher kennen Sie Frau Fürnpass eigentlich?«, erkundigte sich Sandra.

»Über eine E-Mail, die mir ein Freund damals weitergeleitet hat, als die Pia einen Mitbewohner gesucht hat.«

Das surrende Geräusch des herannahenden Fahrstuhls endete mit einem abrupten Rumpeln. Die Tür glitt zur Seite und Volker stieg ein.

»Eine Frage noch«, sagte Sandra und hielt ihr Bein vor den Sensor, um das automatische Schließen der Lifttür zu verhindern.

»Ja?«

»Wo waren Sie in der Nacht von Donnerstag auf Freitag?«

»Warten Sie mal ... Zu Hause in meinem Bett. Ich bin am Freitagmorgen schon sehr früh raus, gegen sieben Uhr, weil ich für Charly Locations scouten musste.«

Sandra sah Volker fragend an.

Er lächelte. »Entschuldigen Sie den Fachjargon. Ich war fast den ganzen Tag unterwegs, um interessante Plätze für den nächsten Kalender zu finden, den Charly fotografieren wird.«

»Gibt es dafür Zeugen?«

»Dass ich am Donnerstag früh schlafen gegangen bin, wird Ihnen die Pia sicher bestätigen. Bella hat die Nacht wieder mal bei ihrem Freund verbracht. Und dass ich am nächsten Tag auf Location-Scouting war, weiß mein Boss. Dem hab ich am späten Nachmittag die Fotos abgeliefert.«

»Hat Sie jemand gesehen, als Sie morgens das Haus verlassen haben?«

Volker überlegte kurz. »Mir ist niemand aufgefallen. Zumindest keiner, den ich kenne.«

»Okay.« Sandra bedankte sich noch einmal für die Fotos und zog ihr Bein zurück, sodass sich der Stahlkäfig automatisch hinter Volker Neidhardt schließen konnte.

Auf der Straße hielt Bergmann vergeblich nach einem weißen Porsche Ausschau. Dass er nicht im Innenhof parkte, hatte er bereits auf dem Weg in den Keller registriert. Er ließ Sandra einmal um den Block herumfahren, in der Annahme, Valentina Trimmel habe den Sportwagen vielleicht irgendwo ums Eck abgestellt. »Keine Spur von einem weißen Porsche«, gab er die Suche schließlich auf. »Was ist mit Parkgaragen im näheren Umkreis?«

»Lass uns zuerst ›Ferrari-Hausner‹ nach dem Wagen fragen. Ihm gehört er ja schließlich. Danach können wir immer noch die Garagen in der Gegend abklappern. Der Mann ist uns ohnehin noch ein paar Erklärungen schuldig«, spielte Sandra auf Valentinas Schwangerschaft an.

»Miriam soll sich morgen um dieses Schmuckstück kümmern. Sieht doch ganz danach aus, als hätte der Mörder seinem Opfer ein letztes tödliches Geschenk gemacht. Oder was meinst du?«

Sandra nickte. »Franz Trimmel junior werden wir uns auch noch einmal vorknöpfen.«

»Und überprüf mir die Alibis der WG-Bewohner. Kannst du mich zu Hause absetzen?«

»Aber sicher«, meinte Sandra und schlug den Weg zur Keplerbrücke ein. Morgen war schließlich auch noch ein Tag.

KAPITEL 3

Dienstag, 30. August

1.

»Das gerichtsmedizinische Gutachten bestätigt Valentina Trimmels Schwangerschaft. Nicht nur das Ergebnis ihres Bluttests ist positiv, Doktor Kehrer konnte sogar Zellmaterial des Fötus sicherstellen.« Sandra überflog das pdf-Dokument auf ihrem Bildschirm noch einmal und blätterte möglichst rasch weiter, um sich die Details über die massiven inneren Verletzungen des Opfers weitestgehend zu ersparen. Auch wenn sie bereits wusste, dass die junge Frau tot gewesen war, als ihr diese zugefügt worden waren, bereitete ihr die Vorstellung einer Pfählung immer noch Übelkeit.

»Geht es dir nicht gut?«, fragte Miriam, die soeben mit zwei Kaffeebechern das Büro betrat. Bergmann nahm den seinen lächelnd entgegen.

»Ich seh mir gerade die Ergebnisse der gerichtsmedizinischen Untersuchungen an«, erklärte Sandra und nippte an ihrem Tee.

»Die Vogelscheuche …« Miriam ließ sich mit dem zweiten Becher Kaffee verkehrt herum auf den Besuchersessel vor Bergmanns Schreibtisch plumpsen, sodass ein wenig von der hellbraunen Flüssigkeit auf ihre Hose schwappte.

»Miriam, bitte«, ermahnte Sandra sie.

»Sind doch eh nur Jeans«, beschwichtigte Miriam.

»Den Kaffeefleck hab ich nicht gemeint, sondern deine Ausdrucksweise«, stellte Sandra klar, während Bergmann in sich hineingrinste. Offenbar belustigte es ihn, dass zur Abwechslung jemand anders als er für seine flapsige Wortwahl gerügt wurde.

»'Tschuldigung«, erwiderte Miriam. »War nicht bös gemeint. Echt nicht … Ähm, ich meinte die gepfählte Bauerntochter.«

Sandra nickte. Der Mord an Valentina Trimmel hatte höchste Priorität. Alle anderen Fälle, in denen sie schon länger ermittelten, waren vorerst hintangestellt. Die Mordgruppe war endgültig an ihrer Kapazitätsgrenze angelangt. Auch im Landeskriminalamt wurde beim Personal gespart. Ältere Beamte wurden in Frühpension geschickt, deren Stellen einfach nicht nachbesetzt. Dabei hatte das LKA Steiermark in diesem Jahr 13 Prozent mehr Mordfälle aufzuklären als im vorangegangenen. So gesehen, grenzte es fast an ein Wunder, dass Miriam zu ihnen gestoßen war. Wenngleich die junge Inspektorin das Budget nicht einmal halb so stark belastete wie ein erfahrener Kollege.

»Darf ich das gerichtsmedizinische Gutachten lesen?«, fragte Miriam.

»Wenn du dir das unbedingt antun möchtest, bitte schön«, erwiderte Sandra. »Soll ich dir den Obduktionsbericht auch weiterleiten?«, wandte sie sich an Bergmann, obwohl sie genau wusste, dass er sich nicht gern mit Details aufhielt.

»Mir? Nein, danke. Mir reicht das Wesentliche«, entgegnete er, wie nicht anders erwartet, und stellte seinen Kaffeebecher neben der Tastatur ab. Dann lehnte er sich auf seinem Bürostuhl zurück und verschränkte die Arme hinterm Kopf. Sandra wunderte sich nicht zum ersten Mal, dass er noch nie Kaffee auf seinem Keyboard verschüttet hatte. Sie selbst hatte bereits einen Laptop mit Tee zerstört. Seither standen ihre Getränke in sicherer Entfernung vom Computer und abseits von jeglichem elektronischen Zubehör. »Dann lasst uns doch einmal unseren aktuellen Wissensstand zusammenfassen«, kehrte sie zum Fall zurück. Sandra erhob sich und ging zur Magnettafel hinter ihrem Schreibtisch, auf der neben Fotos und einem markierten Stadtplan die wesentlichen Fakten zum aktuellen Fall auf der Wand prangten. Je nach Information waren diese in unterschiedlichen Farben geschrieben. »Valentina Trimmel war also schwanger – laut Auskunft ihres Gynäkologen in der neunten Woche. Das hab ich inzwischen überprüft. Nach einem Streit mit ihrem Freund Egon Hausner am Montag, dem 22. August, ist sie abends bei ihrer Freundin Pia Fürnpass untergekommen und hat in der Folge bei dieser übernachtet.«

»Wissen wir schon, was sie am darauffolgenden Dienstag tagsüber gemacht hat?«, wollte Bergmann von Miriam wissen.

»Sie hat von halb elf Uhr vormittags bis ungefähr drei Uhr nachmittags immer wieder auf Facebook gepostet. Dafür hat sie den PC ihrer Freundin Pia Fürnpass benutzt«, berichtete Miriam.

»Sie hat sich zu diesem Zeitraum also in der Wohngemeinschaft in der Grillparzerstraße aufgehalten?«

Miriam nickte. »Ja.«

Sandra löschte das rote Fragezeichen, das unter dem entsprechenden Datum stand. Stattdessen hielt sie die neue Information mit dem blauen Edding auf der Magnettafel fest. »Und was stand in diesen Postings?«

»Sie hat ihren Beziehungsstatus auf Single geändert und sich anschließend von ihren Freunden den Rücken stärken lassen.«

»Von was denn für Freunden?«, fuhr Bergmann die junge Kollegin ungewöhnlich harsch an.

»Na, von Facebook-Freunden halt … Die meisten waren weiblich und auf ihrer Seite. Und dann waren da noch eine Handvoll Typen, die wohl gern Egons Nachfolger geworden wären«, erklärte Miriam.

Bergmann runzelte die Stirn, um seine Abneigung gegen die angesprochene soziale Internetplattform zu unterstreichen, und nahm noch einen Schluck Kaffee. Ab und zu erstaunte es Sandra noch immer, wie borniert der Wiener von einer Sekunde auf die andere wirken konnte. In diesem Moment hätte sie große Lust gehabt, ihn an seine Kontakte auf der ausschließlich sexuell orientierten Internetplattform zu erinnern, die ihn vor einem Jahr um ein Haar den Job gekostet hätten. Doch diese alte Geschichte ging Miriam nichts an. »War Valentinas Schwangerschaft auch ein Thema auf Facebook?«, fragte Sandra stattdessen.

Miriam schüttelte den Kopf. »Es ging um Egon. Und um diese Carolina Holzinger, mit der er sie offensichtlich zuletzt betrogen hat.«

»Und mit der er jetzt auf Mauritius urlaubt«, ergänzte Sandra.

»Das fehlte mir gerade noch …« Bergmann unterstrich seinen Kommentar mit einem verächtlichen Schnauben.

Die Frauen sahen ihn fragend an. »*Was* fehlt dir? Urlaub?«, hakte Sandra nach.

»Nein, dieses Facebook. Damit jeder weiß, mit wem ich wann …, na ja, lassen wir das lieber …« Bergmann räusperte sich und blickte auf den Bleistift in seiner Hand. Offenbar war ihm soeben wieder eingefallen, dass er zum Thema Internetplattformen besser schwieg.

Miriam kicherte. Wusste die junge Kollegin etwa doch über die alte Geschichte Bescheid?, wunderte sich Sandra.

»Sehen wir uns doch einmal an, mit wem Valentina Trimmel an diesem Tag alles telefoniert hat«, schlug Bergmann vor.

Miriam blätterte in den Unterlagen. »Mit ihrem Bruder Franz. Und zuvor mit der Geburtshilflich-Gynäkologischen Universitäts-Klinik in Graz. Sie hat sich dort erkundigt, was ein Schwangerschaftsabbruch kostet, hat eine konkrete Terminvereinbarung jedoch abgelehnt. Hab ich alles schon gecheckt.«

»Sehr gut«, lobte Sandra sie. Miriam mauserte sich schneller zu einer brauchbaren Kriminalistin, als sie es von ihr erwartet hatte. Wie es der jungen Kollegin gelungen war, trotz ärztlicher Schweigepflicht und ohne richterlichen Beschluss an diese Auskunft zu gelangen, fragte sie lieber nicht.

»Um 15 Uhr 53 hat Valentina dann Engelbert Hausner angerufen und bis 16 Uhr 02 mit ihm telefoniert«, fuhr Miriam fort.

»Fragt sich nur, was sie mit dem noch zu besprechen hatte«, meinte Sandra. Auch deshalb hatten sie den Autohändler für den Nachmittag zur neuerlichen Einvernahme zu sich gebeten.

»Das werden wir ihn dann selbst fragen.« Bergmann legte den Bleistift beiseite, ohne ihn vorher gespitzt zu haben, fiel Sandra auf.

»Darf ich bei der Vernehmung dabei sein?«, beeilte sich Miriam zu fragen.

»Besser, du siehst von nebenan zu. Sonst wird es zu eng im Verhörraum.«

Miriam nickte enttäuscht.

»Du darfst demnächst mal mit hinein«, versprach Sandra. Bergmann hob eine Augenbraue. Was immer dieser Blick zu bedeuten hatte, Sandra wandte sich wieder der Tafel zu. »Wir wissen jedenfalls, dass Valentina ihr Telefongespräch mit dem alten Hausner beendete, sobald Volker Neidhardt auftauchte.«

»Offensichtlich war der Inhalt nicht für seine Ohren bestimmt«, meinte Bergmann.

»Wir wissen auch, dass Volker Neidhardt und Valentina Trimmel kurz vor 18 Uhr am Schloßberg waren. Danach waren sie bei diesem Italiener in Geidorf essen und anschließend im Jazzkeller in ihrer Straße. Bis auf den Spaziergang in der Innenstadt, für den sich bisher keine Zeugen auftreiben haben lassen, habe ich das gestern alles noch überprüft«, bestätigte Sandra.

»So weit, so gut. Danach verliert sich aber die Spur des Opfers. Oder gibt es etwas Neues?«, fragte Bergmann.

»Ich konnte den Taxifahrer, der sie nach dem Streit mit ihrem Freund von Waltendorf in die Grillparzerstraße gefahren hat, auftreiben. Valentina hat ihn auf der Waltendorfer Hauptstraße herbeigewinkt. Bis dorthin ist sie vermutlich gelaufen.« Sandra markierte einen weiteren Punkt auf der Graz-Karte mit einer roten Nadel.

»Und was ist mit einer möglichen Taxifahrt vom

Jazzkeller in Geidorf nach Waltendorf?«, fragte Bergmann.

»Leider hat sich noch kein Taxifahrer gemeldet.
Wenigstens keiner, der eine junge Frau, auf welche die
Personenbeschreibung passt, zum fraglichen Zeitpunkt
auf dieser Route mitgenommen hat«, berichtete Sandra,
die längst eine entsprechende Anfrage über die Grazer
Taxifunkzentrale hinausgeschickt hatte.

»Und was war am Mittwoch? Haben wir schon was
Neues zum 24. August?«, fragte Bergmann.

»Eine Nachricht von Franz Trimmel junior und eine
von Pia Fürnpass auf Valentina Trimmels Mobilbox.
Und zwei SMS – ebenfalls von Pia.«

»Und? Die Inhalte?«, fragte Bergmann weiter.

»Ähm … wieso? Die Inhalte stehen uns doch nicht
zur Verfügung – Datenschutz, dachte ich«, meinte
Miriam verunsichert.

»Tun sie auch nicht«, sagte Sandra und warf Bergmann einen bösen Blick zu. Dass sich der Chefinspektor gerne über Regeln hinwegsetzte, war seine Sache.
Die Konsequenzen hatte er selbst zu tragen. Aber dass
er dies nun auch von einer jungen Kollegin seines Teams
verlangte, ging Sandra entschieden zu weit. »Hast du
dir das Bewegungsprofil schon genauer angesehen?«,
wandte sie sich an Miriam.

»Mittwochnacht verschwand ihr Handy spurlos. Es
hat sich zuletzt beim Funkmast in der Grillparzerstraße
eingeloggt, danach haben keine Bewegungen mehr stattgefunden.«

»Entweder wurde der Akku entfernt oder zerstört«,
meinte Sandra.

»Seit sie sich von Neidhardt verabschiedet hat, fehlt

uns also noch immer jede Spur von ihr.« Bergmann klang ein wenig vorwurfsvoll. Sandra wusste, dass er von oben gehörig unter Druck gesetzt wurde, zumal die Medien wie die Geier auf neue Ermittlungsergebnisse warteten.

»Sie könnte vor dem Lokal entführt worden sein«, mutmaßte Miriam.

»Und ihr Handy?«, fragte Sandra.

»Vielleicht hat sie sich gewehrt. Ihr Handy könnte dabei runter- und der Akku herausgefallen sein.«

»Und wo sind die Teile geblieben?« Sandra wurde vom Klingeln ihres Telefons unterbrochen. Sie kehrte an den Schreibtisch zurück, um abzuheben. »Ist gut. Wir kommen gleich. Sie sollen im Verhörraum auf uns warten.«

»Hausner?«, fragte Bergmann, nachdem sie aufgelegt hatte.

»Nein. Linde Trimmel und ihr Sohn Franz«, antwortete Sandra. »Ich druck dir noch rasch das gerichtsmedizinische Gutachten aus«, sagte sie, zu Miriam gewandt, und gab den Druckbefehl in den PC ein. »Und kümmer dich bitte um das Schmuckstück. Wir brauchen zu allererst eine Herkunftsfeststellung, um dann in der Folge herauszufinden, wer damit beliefert wurde«, fügte sie hinzu.

Miriam nickte, während sie das erste Blatt aus dem Drucker nahm.

Linde Trimmel erschien wie in Trance im Vernehmungszimmer. Offenbar stand sie unter dem Einfluss von starken Beruhigungsmitteln und war daher kaum in der Lage, den Fragen der Ermittler zu folgen, geschweige denn, diese sinnvoll zu beantworten. Sie entließen die

Mutter des Opfers nach wenigen Minuten, ohne auch nur eine einzige neue Erkenntnis gewonnen zu haben. Stattdessen baten sie ihren Sohn herein. Die tiefen Ringe unter den Augen des jungen Franz Trimmel fielen Sandra als Erstes auf. Er sah aus, als hätte er seit Tagen nicht geschlafen. Sie bedankte sich, dass er mit seiner Mutter nach Graz gekommen war. Dann bot sie ihm einen Platz an. »Ich will gar nicht lang um den heißen Brei herumreden, Herr Trimmel. Sie wussten, dass Ihre Schwester schwanger war?«, ging Sandra gleich aufs Ganze. Eine spontane Reaktion auf eine direkte Frage verriet oft mehr als viele zähe Antworten, die einer ausgeklügelten polizeilichen Einvernehmungstaktik folgten. Obwohl das vorhin bei Linde Trimmel auch nichts gebracht hatte.

Franz Trimmel senkte den Blick und betrachtete seine Finger. »Ja, ich hab's gewusst«, gab er unumwunden zu. Anscheinend hatte er mit dieser Frage schon gerechnet.

»Und warum haben Sie uns das bisher verschwiegen?«

Franz zuckte mit den Schultern. »Ich wollte das vorm Vater nicht erwähnen. Ich hab's der Valentina doch versprochen …« Der junge Mann biss sich auf die Lippen und blickte zur Decke. Dabei blinzelte er einige Male, um seine Tränen am Fließen zu hindern. Dann atmete er tief durch und sah Sandra aus feuchten Augen an. »Sie war im zweiten Monat.«

»Anfang dritter, meinte ihr Gynäkologe«, korrigierte Sandra ihn. »Egal. Noch hätte sie abtreiben können … Hat Sie mit Ihnen jemals über einen Schwangerschaftsabbruch gesprochen?«

Franz nickte und wandte seinen Blick wieder ab. »Ja«, meinte er leise, »aber ich hab versucht, ihr das auszureden.«

»Warum? Ich meine, warum wollte sie die Schwangerschaft unterbrechen?«

Franz atmete erneut tief durch. »Sie war sich nicht sicher, ob das Kind vom Egon war.«

»Ist das denn ein Grund abzutreiben? Angeblich zieht ein Zehntel aller Männer Kuckuckskinder groß. In Großstädten soll dieser Anteil sogar noch wesentlich höher liegen«, warf Bergmann ein.

Sandra ließ den für den Kollegen unüblichen Ausflug in die Statistik unkommentiert im Raum stehen. Wenngleich sie interessiert hätte, woher er ausgerechnet diese Fakten kannte. »Von wem hätte Ihre Schwester denn sonst noch schwanger sein können?«

»Das hat sie mir nicht verraten. Jedenfalls wollte sie unter keinen Umständen ein Kind von diesem Mann bekommen.« Franz schwieg einen Moment lang. »Ich glaub, er hat sie vergewaltigt«, verkündete er schließlich. Noch so eine Überraschung, die Sandra für einen Augenblick verstummen ließ.

»Was heißt, Sie glauben es?«, fragte Bergmann.

»Valentina hat einmal erwähnt, dass sie nicht ganz freiwillig mit diesem Mann geschlafen hat.«

»Hat er sie gewaltsam dazu gezwungen? Oder ihr gedroht?«, fragte Sandra weiter.

»Das wohl nicht. Aber angeblich waren irgendwelche Drogen im Spiel«, meinte Franz.

Auch diese Neuigkeit musste Sandra erst einmal verdauen.

Bergmann übernahm erneut das Wort. »Hat Ihre Schwester denn Drogen genommen?«

»Nein, niemals! Sie hat vermutet, dass dieser Mann ihr irgendwas ins Getränk gemischt hat, bevor er ihr an die Wäsche gegangen ist. Sie hat sich nur bruchstückhaft daran erinnern können – wie durch einen Schleier –, hat sie mir erzählt. Und dass sie sich nicht wehren konnte, weil sie völlig willenlos war.«

»Klingt nach GHB«, sagte Bergmann.

»Landläufig auch K.o.-Tropfen oder Liquid Ecstasy genannt«, erläuterte Sandra. »Kommt leider immer häufiger vor.«

»Ihre Schwester hat aber keine Vergewaltigung angezeigt«, stellte Bergmann klar. Eine derartige Anzeige, noch dazu in der jüngeren Vergangenheit, hätte der Computer längst ausgespuckt, wusste auch Sandra.

»Das hätte die Valentina niemals getan. Und mir hat sie auch verboten, mit irgendjemandem darüber zu sprechen. Erst recht nicht mit der Polizei. Sie hat sich viel zu sehr dafür geschämt.«

Als ob sich die Opfer dafür schämen mussten, vergewaltigt worden zu sein!, ärgerte sich Sandra. Solange sich an dieser Einstellung nichts änderte, hatten die Täter leichtes Spiel. »Wofür hat sie sich denn geschämt?«, fragte sie unwirsch.

»Sie hat gemeint, es wär auch ihre Schuld gewesen, dass das passiert ist.«

»Warum denn das? War ihr Rock zu kurz? Oder ihr Make-up zu grell? Das rechtfertigt doch noch lange keinen sexuellen Übergriff«, platzte Sandra der Kragen.

»Das habe ich doch gar nicht behauptet.«

»Nein. Aber warum, um alles in der Welt, fühlte sich Ihre Schwester dann schuldig?«

»Das kann ich Ihnen nicht sagen.«

»Können Sie nicht oder wollen Sie nicht?«, übernahm Bergmann in ruhigem Tonfall. »Ich rate Ihnen, uns keine weiteren Informationen vorzuenthalten. Sie reiten sich sonst immer tiefer hinein.«

Franz Trimmel sah den Chefinspektor erschrocken an. »Ich schwöre Ihnen, ich weiß nicht mehr. Meine Schwester hat sich geweigert, noch einmal über diesen Vorfall zu sprechen.«

»Hat sie denn erwähnt, ob sie den Mann vorher schon gekannt hat? Oder war es ein ihr zuvor unbekannter Täter?«, fragte Sandra.

»Das hat sie nicht erwähnt.«

»Ist Ihnen denn gar nicht in den Sinn gekommen, dass der Mann, der Ihre Schwester vergewaltigt und möglicherweise sogar geschwängert hat, sie auch umgebracht haben könnte?«, stellte ihn Bergmann zur Rede.

Franz Trimmel schluckte hart. »Ich kann seit Tagen an nichts anderes mehr denken.«

»Und warum kommen Sie mit einem solchen Verdacht nicht sofort zu uns? Vielleicht hätten wir den Mörder Ihrer Schwester längst gefunden! Was, wenn der Mann noch eine Frau unter Drogen setzt, vergewaltigt und ermordet?«, trieb Bergmann seine Vorwürfe auf die Spitze.

Sandra konnte die Panik in Trimmels Augen sehen.

»Daran hab ich noch gar nicht … Meinen Sie wirklich …? Oh, mein Gott!« Franz Trimmel vergrub sein Gesicht in den Händen.

Sandra blickte kurz in ihre Unterlagen. »Herr Trimmel, worum ging es in dem Telefongespräch, das Sie am Dienstag vor einer Woche mit Valentina geführt haben?«

Trimmel ließ seine Hände langsam sinken und sah Sandra aus geröteten Augen an. »Ich hab die Valentina angerufen, um ihr von einem Vaterschaftstest zu erzählen, den man schon vor der Geburt des Kindes machen lassen kann. Hätte doch sein können, dass das Baby doch vom Egon war. Dann wär vielleicht alles wieder in Ordnung gekommen.«

»Und? Was hat sie zu einem solchen Test gesagt?«

»Sie hat gemeint, dass das jetzt keine Rolle mehr spielt. Sie hatte sich am Tag zuvor endgültig von Egon getrennt. Ich hab sie daraufhin gebeten, schon früher nach Hause zu kommen, damit wir in Ruhe über alles reden können. Aber sie wollte, wie ausgemacht, erst am Donnerstag heimfahren.«

»Hat Valentina sonst noch jemandem von dieser Vergewaltigung erzählt?«

»Nur mir und dem Egon. Dem Herrn Pfarrer wollte sie am Wochenende auch noch alles beichten. Aber dazu ist es dann nicht mehr gekommen.«

»War Ihre Schwester denn gläubig?«

»Ja, schon. Sie ist früher jeden Sonntag zum Gottesdienst gegangen, solange sie noch daheim gewohnt hat. Seit sie in Graz war, aber nimmer. Sie hat sich sehr verändert in der Stadt.«

Der letzte Satz rief bei Sandra unwillkürlich unliebsame Erinnerungen an ihre Mutter hervor. Die hatte ihr unter anderem genau denselben Vorwurf auch immer wieder gemacht, schweifte sie gedanklich in die eigene Vergangenheit ab.

»Sagt Ihnen der Name Carolina Holzinger etwas?«, holte Bergmann sie ins Hier und Jetzt zurück.

»Die Valentina hat den Namen Carolina am Telefon erwähnt, ja. Egon hatte wohl was mit der«, meinte Franz Trimmel.

»Warum haben Sie bei Ihrer ersten Einvernahme eigentlich behauptet, dass Ihre Schwester glücklich mit ihrem Freund war?«, fragte Sandra.

»Das hat sie doch selbst immer wieder behauptet. Sie hat dieses ewige Auf und Ab mit dem Egon anscheinend gebraucht. Alles andere wäre ihr viel zu langweilig gewesen, hat sie mir mal gestanden. Sie wollte den Egon ja sogar heiraten«, verteidigte Trimmel seine frühere Aussage.

»Und seine Affären haben sie nicht gestört?«

»O ja, schon. Deswegen haben sie sich auch so oft gestritten. Aber schlussendlich hat die Valentina wohl geglaubt, das wäre der Preis dafür.«

»Der Preis wofür?«

»Für einen wohlhabenden Mann, der ihr jeden Luxus ermöglicht. Valentina wollte eine Dame von Welt sein, keine Landwirtin. Sie ist auf teure Kleidung, Autos und Partys gestanden. Und auf Egon, der ihr das alles bieten konnte. Nur wenn sie daheim auf Besuch war, war sie fast wieder das anspruchslose Dirndl von früher.«

Aus ihrer Sicht hatte Valentina Trimmel mit dem jungen Hausner vielleicht wirklich das große Los gezogen, überlegte Sandra, während der Bruder des Mordopfers neuerlich mit den Tränen kämpfte. Dennoch bezweifelte Sandra, dass das Mädchen glücklich gewesen war. Aber das spielte nun ohnehin keine Rolle mehr.

Bergmann informierte Franz Trimmel, dass die Leiche seiner Schwester von der Gerichtsmedizin freigegeben war. Er könne sich demzufolge um deren Bestattung kümmern. Dann verabschiedeten sie den Jungbauern und ließen ihn gehen.

Miriam sah vom Obduktionsbericht auf, als die beiden ranghöheren Kollegen das Büro betraten. »Wusstet ihr, dass das Opfer zuletzt Spaghetti Bolognese und grünen Salat mit Kernöl gegessen hat?«, eröffnete sie ihnen beinahe enthusiastisch. »Darauf hätte ich jetzt auch Lust«, fügte sie hinzu und leckte sich die Lippen.

Während Sandra sich ekelte, brach Bergmann in schallendes Gelächter aus, und Miriam stimmte mit ein. In Sachen Humor waren die junge Kollegin und der Chefinspektor auf einer Wellenlänge.

»Ihr seids so was von grauslich«, beschwerte sich Sandra und ließ sich dann doch vom Lachen der Kollegen anstecken, obwohl sie Miriams Bemerkung noch immer nicht witzig fand.

Bergmann sank lachend auf seinen Stuhl und wischte sich die Tränen aus den Augenwinkeln. Sandra schrieb das Wort ›Vergewaltigung‹ in Grün auf die Tafel und daneben ein Fragezeichen. Miriam verstummte augenblicklich und ließ sich von der Einvernehmung erzählen. Auch Bergmann war wieder ernst geworden. »Wir brauchen die DNA-Profile vom Fötus und von seiner Mutter. Und einen Mundhöhlenabstrich vom jungen Hausner, sobald er wieder in Graz ist«, ordnete er an. »Ich will wissen, ob er die Kleine geschwängert hat. Oder ob es der ominöse Vergewaltiger war.«

Sandra nickte, während sich ihr Magen durch lautes Knurren bemerkbar machte.

»Hunger?«, fragte Miriam.

»Ja. Was gibt's denn heute für ein Menü in der Kantine?« Kaum hatte Sandra die Frage ausgesprochen, kannte sie Bergmanns Antwort.

»Spaghetti Bolognese«, meinte er und klopfte sich lachend auf die Schenkel.

Nach dem Mittagessen traten Sandra und Bergmann noch einmal den Weg in den Verhörraum an. Miriam verschwand wie vereinbart im Nebenzimmer, aus dem sie durch die große Scheibe, die auf der anderen Seite verspiegelt war, die Einvernahme verfolgen konnte. Engelbert Hausner wartete dort bereits auf sie – mit demselben platten Lächeln, das Sandra schon kannte. Und das sie verabscheute. Sie vergewisserte sich, dass der Autohändler nichts gegen eine Tonbandaufzeichnung der bevorstehenden Einvernehmung einzuwenden hatte. »Hat sich Ihr Sohn inzwischen bei Ihnen gemeldet?«, begann sie die Befragung.

»Nein. Tut mir leid. Hat er nicht. Und ich konnte ihn auch nicht erreichen. Deswegen bestellen Sie mich hierher? Egon hat doch ein hieb- und stichfestes Alibi, wie man so schön sagt«, erwiderte Hausner lächelnd. Damit hatte er zweifelsfrei recht. Sandra hatte inzwischen in Erfahrung gebracht, dass Egon Hausner und Carolina Holzinger tatsächlich am Mittwochmorgen vor der Mordnacht von Graz über München nach Mauritius geflogen waren. Sofern sie auch den geplanten Rückflug antraten, würden sie morgen Abend in Graz Thalerhof landen. Zudem hatte Engelbert Hausners Begleiterin Jacqueline Schellander bestätigt, dass dieser sie in jener Nacht kurz vor zehn Uhr vor ihrem Wohnhaus abgesetzt hatte. Womit der Autohändler aber immer noch genügend Zeit gehabt hätte, den Mord an Valentina Trimmel und deren Leichenschändung durchzuführen.

»Im Gegensatz zu Ihnen, Herr Hausner. Sie haben nämlich noch immer kein Alibi für die Tatzeit«, erinnerte ihn Bergmann an dieses Manko.

Hausner zuckte mit den Schultern. »Tja ... Deswegen hab ich die Valentina aber noch lange nicht umgebracht.«

»Das Mädchen war schwanger. Wussten Sie das?«, fragte Sandra ohne Umschweife.

»Natürlich wusste ich das.« Noch immer lächelte Hausner.

»War es denn nicht Ihr Enkelkind, das gleichzeitig mit Valentina ermordet wurde?«, legte Sandra ein Scherflein nach. Auch jetzt behielt Hausner seine Maske auf. Der Mann war ekelerregend.

Völlig unvermittelt griff Bergmann nach der beigen Aktenmappe, die vor Sandra lag. »Vielleicht vergeht Ihnen das Grinsen ja, wenn Sie sich die hier mal ansehen ...« Blitzschnell zog er einige Fotos aus der Akte und schob sie mit Schwung zu Hausner hinüber. Als der die Aufnahmen von dem aufgespießten Leichnam des Mädchens erblickte, veränderte sich sein Gesichtsausdruck schlagartig. Auf einmal starrte ihnen blankes Entsetzen entgegen. Hausner fasste sich mit der Hand an den Mund, würgte, schluckte und hüstelte, ohne den Blick von den Bildern abzuwenden.

»Geht's? Oder müssen Sie auf die Toilette?«, erkundigte sich Sandra und sammelte die Fotos rasch wieder ein, um sie in der Akte verschwinden zu lassen. Hausner griff sich an die Brust, dann ließ er die Hand auf die Tischplatte fallen. »Entschuldigen Sie ...«

»Sind Sie herzkrank?«, erkundigte sich Sandra und tadelte Bergmann mit Blicken. So weit hätte der Kollege nicht gehen dürfen. Obgleich die grausamen Bilder ihre Wirkung nicht verfehlt hatten. Endlich zeigte Hausner echte Gefühle, die mit körperlichen Reaktionen einhergingen. Auf seiner Stirn glänzten Schweißperlen. »Mein Herz ist völlig in Ordnung. Es geht schon wieder.« Hausner lockerte seinen Krawattenknoten. Das erbsengrüne Modell, das er heute trug, war auch nicht viel besser als das Ungetüm vom vergangenen Freitag. Sandra bot ihm ein Glas Wasser an. Doch Hausner lehnte ab. »Warum hat sich Ihr Sohn von Valentina getrennt?«, fuhr sie fort.

»Soweit ich weiß, war sie sehr eifersüchtig. Das hat der Egon wohl nicht länger ertragen.«

»Das Mädchen war schwanger. Und Ihr Sohn hat sie einfach sitzen lassen, um sich mit einer anderen zu vergnügen?«

»Wenn Sie das so sehen wollen, bitte schön.«

Sandra holte tief Luft, um nicht die Beherrschung zu verlieren.

Hausner öffnete indes seinen obersten Hemdknopf.

»Ist Ihnen jemals zu Ohren gekommen, dass Valentina vergewaltigt wurde?«, fragte Sandra.

Hausner stutzte einen Moment lang. »Nein. Das höre ich zum ersten Mal. Wer behauptet denn so was?«, fragte er zurück.

»Das tut hier nichts zur Sache«, entgegnete Bergmann. »Sie wollen also nichts von einer Vergewaltigung mitbekommen haben?«, formulierte er Sandras Frage neu.

Hausner schüttelte den Kopf und neigte seinen Körper leicht seitwärts. Dann zog er ein Taschentuch aus dem Hosensack, um sich damit über die Stirn zu wischen. Er wirkte alles andere als gesund auf Sandra.

Nachdem er das mit seinem Monogramm bestickte Tuch wieder eingesteckt hatte, blickte er auf seine Rolex, die ihr einmal mehr bestätigte, dass man guten Geschmack nicht kaufen konnte. Die vollgoldene Uhr mit Diamantziffernblatt und brillantbesetzter Lünette wäre nach Sandras Ermessen höchstens bei einem Ölscheich oder einem Gangster-Rapper durchgegangen. »Sie sollten sich untersuchen lassen, wenn wir hier fertig sind«, riet sie ihm.

Hausner schnaubte verächtlich und lehnte sich zurück. »Machen Sie schon weiter. Ich hab nicht ewig Zeit«, erwiderte er und verschränkte die Arme vor der Brust. Zum Glück verschwand das angedeutete Grinsen sofort wieder aus seinem Gesicht, sonst hätte Sandra auf der Stelle den Raum verlassen müssen. Aus irgendeinem unerfindlichen Grund machte sie dieser Mann ungewöhnlich aggressiv. Was sonst nur selten einem Zeugen oder Verdächtigen gelang. Einmal abgesehen von ihrem Halbbruder Mike, den sie im vergangenen Jahr in einem Mordfall als Beschuldigten befragt hatte. Noch einmal holte Sandra tief Luft und atmete langsam wieder aus, ehe sie fortfuhr: »Es gab ein Telefongespräch zwischen Ihnen und Valentina. Und zwar am Nachmittag des 23. August. Das war der Dienstag nach dem Streit zwischen Ihrem Sohn und Valentina, der am Montag zuvor stattgefunden hat.«

»Ja?«

»Ja.«

»Ach ja, richtig! Die Valentina hat mich angerufen. Sie wollte, dass ich bei Egon ein gutes Wort für sie einlege, damit er sich wieder mit ihr versöhnt.«

»Und? Haben Sie das getan?«

»Ich hatte vor, mit meinem Sohn darüber zu sprechen – gleich nach seinem Urlaub. Immerhin war die
Valentina ja schwanger von ihm – mit meinem Enkelkind …«

Das wird sich noch herausstellen, dachte Sandra. Der
plötzliche Anflug von Scheinheiligkeit machte Hausner
für sie nur noch unsympathischer. Wenngleich sie eine
solche Steigerung bis vor Kurzem kaum für möglich
gehalten hätte. »Wissen Sie, ob Valentina in der Nacht
nach dem Streit noch einmal bei Ihrem Sohn war, um
sich mit ihm auszusöhnen?«, fragte sie weiter.

»Nein, das weiß ich nicht. Ich habe mit meinem Sohn
schon länger nicht mehr gesprochen.«

»Auch nicht am Telefon?«

»Nein.«

»Das lässt sich überprüfen«, warf Bergmann ein.

»Tun Sie das ruhig. Ich sage die Wahrheit.«

»Woher wissen Sie dann so genau über die Reisepläne
Ihres Sohnes Bescheid? Verkehren Sie etwa schriftlich
miteinander?« Bergmann klang spöttisch.

»Die Buchung der Reise hat wie immer meine Sekretärin erledigt. Und mit ihr spreche ich täglich. Na ja,
fast zumindest …«

»Verstehe. Und der Herr Papa zahlt die Reise natürlich«, erwiderte Bergmann noch eine Spur süffisanter.

»Selbstverständlich. Ich kann es mir schließlich leisten, meinen einzigen Sohn standesgemäß verreisen zu
lassen. Das ist doch nicht verboten.«

»Solange Sie seine Urlaubsreise nicht von der Steuer
absetzen, ist zumindest rechtlich alles in Ordnung«,
meinte Bergmann.

Hausner stutzte erneut. Ob er befürchtete, dass Bergmann ihm als Nächstes die Finanzbehörde auf den Hals hetzen würde? Sandras Mitleid mit dem neureichen Autohändler hielt sich in Grenzen, obwohl ihm der Schweiß inzwischen über die Schläfen rann. Falls er steuerrechtlich Dreck am Stecken hatte, sollte er ruhig ein wenig schwitzen. »Haben Sie Valentina Trimmel ein Fahrzeug zur Verfügung gestellt?«, lautete Sandras nächste Frage.

»Ja. Das ist aber nicht verboten, oder?«

»Wenn Sie einen Führerschein hatte, nicht«, meldete sich Bergmann wieder zu Wort. »Es sei denn … na, egal. Das tut hier nichts zur Sache«, meinte er und knetete seine unrasierten Wangen.

Hausners Blick nach zu urteilen, verstand er diesmal nicht, was Bergmann mit seiner Bemerkung andeuten wollte. Wohingegen Sandra wusste, dass ihr Kollege den Autohändler damit nur verunsichern wollte. Die Mätzchen des Chefinspektors kannte sie bereits zur Genüge. Im konkreten Fall bereiteten ihr diese ausnahmsweise sogar Vergnügen, was sie sich jedoch nicht anmerken ließ. »Welches Auto hat Valentina denn zuletzt gefahren? Und wo befindet sich das Fahrzeug jetzt?«, fragte sie weiter.

»Für den Sommer hab ich ihr ein 911er Cabriolet zur Verfügung gestellt«, sagte Hausner stolz.

»Einen Porsche Carrera?« Bergmann konnte seine Begeisterung über das Modell nur schwerlich verbergen.

»Carrera 4S«, ergänzte Hausner.

»Und wo ist der jetzt?«

»Das fragen Sie mich? Ich hoffe, in der Garage meines Sohnes – in der Unteren Teichstraße.«

»Kennzeichen? Farbe?«

»Cremeweiß. Das Kennzeichen muss ich erst in der Firma erfragen.«

»Dann tun Sie das, bitte.«

»Jetzt gleich?« Hausner holte noch einmal sein verschwitztes Taschentuch hervor, um sich damit das Gesicht, so gut es ging, zu trocknen.

»Wir warten solange.«

Nur wenige Minuten später hatte sich Sandra das KFZ-Kennzeichen des Porsche notiert. Vorerst hatten sie keine weiteren Fragen an Hausner. »Wollen Sie auf das Protokoll Ihrer Einvernehmung warten? Sie müssen es noch unterschreiben«, sagte sie.

»Kommt drauf an, wie lang das dauert.«

»Eine Stunde in etwa.« Wegen Engelbert Hausner würde sich niemand von ihnen freiwillig ein Bein ausreißen, dachte Sandra.

»Kann ich meine Aussage auch ein anderes Mal unterschreiben? Ich hab jetzt noch einen dringenden Termin.«

»Sicher. Ab 16 Uhr können Sie vorbeikommen. Bis um 18 Uhr spätestens. Oder morgen ab acht.« Sandra verzichtete darauf, die schweißnasse Hand zu ergreifen, die ihr der Autohändler zum Abschied entgegenstreckte. Bei Bergmann versuchte es Hausner erst gar nicht.

Miriam empfing ihre Kollegen auf dem Korridor. »Der Typ ist ja voll grauslich«, kommentierte sie Hausners Auftreten. »Darf ich mir die Akte mal ansehen?«

»Sicher. Kannst du seine Aussage dann gleich niederschreiben, bitte?«, fragte Sandra und reichte

Miriam den Akt und das Tonband von der Einvernehmung.

»Klaro.«

»Gehst du vorher mit mir eine rauchen?«, fragte Bergmann.

»Aber ich rauche doch gar nicht«, erwiderte Miriam erstaunt.

»Schade eigentlich«, brummte Bergmann und verschwand in die andere Richtung. Sandra sah ihm kopfschüttelnd nach.

»Was sollte das jetzt wieder?«, fragte Miriam verwirrt.

»Keine Ahnung. Der Mann ist und bleibt ein Rätsel für mich. In jedem Fall wäre ich an deiner Stelle vorsichtig«, warnte Sandra die junge Kollegin nicht zum ersten Mal vor den Annäherungsversuchen des Chefinspektors, wenngleich sie nicht glaubte, dass er diese ernst meinte. Offenbar konnte Bergmann einfach nicht anders, als mit hübschen Frauen zu flirten. Und Miriam war mehr als nur hübsch. Die beiden Frauen kehrten ins Büro zurück und Sandra kümmerte sich erst einmal um ihre E-Mails.

»Wo habt ihr denn die Porträts von der Trimmel her? Die sind ja voll schön«, meldete sich Miriam nach einer Weile zu Wort. Vor sich auf dem Schreibtisch hatte sie die Fotos aus der Akte Trimmel ausgebreitet.

»Die hat ein Zeuge fotografiert. Volker Neidhardt, einer der WG-Bewohner in der Grillparzerstraße«, erklärte Sandra, die immer noch mit ihren E-Mails beschäftigt war.

»Sagtest du Volker Neidhardt? Das gibt's ja nicht! Volker Neidhardt ...« Miriam tippte sich auf die Stirn.

»Wieso?« Sandra sah von ihrem Bildschirm auf.

»Das ist doch dieser Typ mit dem transplantierten Herzen! Den kenn ich von früher. Der ist im selben Ort wie ich aufgewachsen – in Anger – und auf dieselbe Volksschule gegangen. Zwei Klassen über mir. Damals war der Volker aber noch kerngesund.«

»Wirklich? Die Welt ist klein«, staunte Sandra. »Weißt du zufällig auch, warum später diese Transplantation nötig wurde?«

»Angeblich hat er irgendeine Infektion verschleppt und die hat sich dann auf sein Herz geschlagen. Ich war damals schon im Realgymnasium in Birkfeld, als sie ihn operiert haben. Schon unglaublich, was heutzutage alles möglich ist.«

»Kann man wohl sagen. Wenn ich es nicht besser wüsste, hätte ich den jungen Mann für pumperlg'sund gehalten«, meinte Sandra.

»Es geht dem Volker also gut? Und er ist Fotograf geworden. Sieh einer an … Ich hätt jeden Betrag gewettet, dass er längst den Löffel abgegeben hat.«

»Miriam!«, ermahnte Sandra sie. Die Kleine trug ihr Herz auf der Zunge, was einerseits erfrischend, andererseits manchmal einfach zu viel des Guten war. Wenn sie im Landeskriminalamt weiterkommen wollte, musste sie lernen, ihr loses Mundwerk zu zügeln. Bergmann nahm zwar auch kein Blatt vor den Mund und war dennoch zum Chefinspektor aufgestiegen, aber der war ein Mann, was leider immer noch einen großen Unterschied machte. »Soweit ich das beurteilen kann, ist Volker Neidhardt sehr talentiert. Er assistiert einem Modefotografen … Charly Kramer«, berichtete Sandra.

»Er ist der Assistent vom Charly Kramer? Echt? Der ist voll super! Hat sogar schon für die deutsche Vogue fotografiert.« Miriam war sichtlich aus dem Häuschen. Dass sich die einen Meter 80 große, gertenschlanke Blondine für Mode interessierte, war nicht schwer zu erraten, so gestylt, wie sie immer zur Arbeit erschien. Dass sie sich offenbar näher mit der Modebranche beschäftigte, war Sandra allerdings neu. »Sag bloß, du kennst auch noch diesen Charly Kramer.«

Miriam lachte auf. »Nur aus Modemagazinen. Leider nicht persönlich.«

»Ach so.«

»Ich wollte früher immer Model werden«, gestand Miriam, »aber das haben meine Eltern zu verhindern gewusst. Ich sollte lieber etwas Anständiges lernen.«

»Bereust du es, dass du Polizistin geworden bist?«

»Nein. Obwohl ich mir manchmal schon mehr Action wünsche. Allweil nur Büroarbeit ist doch voll langweilig.«

Sandra nahm den leisen Vorwurf zur Kenntnis und sich selbst vor, Miriam in Zukunft öfter mit an die Front zu nehmen. Sie hatte das Zeug, eine gute Ermittlerin zu werden und durfte nicht am Schreibtisch versauern, nur weil sie und Bergmann den meisten Papierkram auf die junge Kollegin abwälzten. »Du könntest Volker Neidhardts Alibi überprüfen. Angeblich war er für Charly Kramer unterwegs«, schlug Sandra vor und las ihr seine Aussage vor.

»Du meinst, ich soll Charly Kramer anrufen?« Miriams Augen leuchteten.

»Oder wir beide schauen nachher bei ihm im Studio vorbei.«

»Im Ernst? Nichts lieber als das!«, meinte Miriam begeistert.

»Gut.«

»Ich würde so gern auch einmal professionelle Fotos von mir machen lassen.«

»Warum denn das? Willst du etwa doch noch in die Modebranche wechseln?«

»Aber nein. Die Fotos möchte ich nur für mich haben. Und vielleicht mal für meine Enkerln. Damit sie wissen, wie ihre Oma früher einmal ausgesehen hat. Um als Model anzufangen, bin ich leider schon viel zu alt.«

»Du? Mit deinen 20 Jahren?«

»Ich werde demnächst 21. Die meisten Models starten ihre Karriere mit spätestens 16. Dagegen bin ich schon eine alte Schachtel«, klagte Miriam.

»Na, herzlichen Dank.«

»Nein, nein. So war das nicht gemeint. Du siehst echt toll aus – für dein Alter«, meinte Miriam erschrocken.

Sandra runzelte die Stirn und sah sie an. Mit dieser Relativierung hatte Miriam ihr Kompliment schlagartig wieder zunichtegemacht. Doch Sandra konnte sich noch allzu gut daran erinnern, was sie in Miriams Alter von Menschen über 30 gehalten hatte. Der Gedanke brachte sie unweigerlich zum Schmunzeln.

Miriam unternahm einen neuen Anlauf. »Ich hab ja nur gemeint …«

»Lass es gut sein, Miriam. Aus dieser Nummer kommst du nicht mehr heil heraus«, unterbrach Sandra sie lächelnd.

»Bitte, verzeih mir«, entschuldigte sich Miriam zerknirscht.

»Schon gut. Ich bin dir doch nicht böse. Es ist nur ein wenig seltsam, plötzlich damit konfrontiert zu werden, dass man selbst zum alten Eisen gehört.«

»Wer gehört hier zum alten Eisen?« Bergmann betrat mit einem Becher Kaffee das Büro.

»Na, du«, antworteten Sandra und Miriam unisono und mussten beide lachen.

Bergmann grinste säuerlich und nahm an seinem Schreibtisch Platz. »Hab ich was verpasst?«

Miriam erzählte Bergmann, dass sie Volker Neidhardt aus der Kindheit kannte. Ihren Traum, Model zu werden, erwähnte sie ihm gegenüber allerdings nicht. War auch besser so, dachte Sandra. Wenigstens heizte die junge, hübsche Kollegin Bergmanns ausgeprägten Drang zum Flirten nicht noch weiter an. »Ich hab hier den Bericht von der Kriminaltechnik und die Befunde aus dem Labor«, berichtete Sandra.

»Schon?«, fragte Bergmann verwundert.

In Miriams Anwesenheit verkniff sich Sandra die Frage, ob er vielleicht auch mit jemandem im kriminaltechnischen Labor geschlafen hatte, weil dieses so schnell gearbeitet hatte. Stattdessen lobte sie das Tempo der Kollegen ohne die Spitze gegen den umtriebigen Chefinspektor.

»Ja und? Was sagt uns die Spurenauswertung?«, wollte Bergmann wissen.

»Wie wir angenommen hatten, wurde Valentina Trimmel mit dem Lederband, das sie um den Hals trug, erdrosselt. Es handelt sich dabei um Ziegenleder. Das ist deutlich stabiler als Rindsleder. Der Anhänger ist aus 925er Silber. Die Gravur ist industriell, nicht manuell erfolgt. Vielleicht hilft uns das ja weiter.«

»Ich weiß bereits, woher das Schmuckstück stammt«, sagte Miriam und zog eine Broschüre hervor, die sie Sandra brachte. »Das Modell ist aus der Herbstkollektion eines bekannten deutschen Modeschmuckdesigners. Elias Gabo heißt er. War nicht besonders schwierig, das herauszufinden.«

Im Gegensatz zu Miriam hatte Sandra noch nie etwas von diesem Mann oder von dessen Schmuck gehört. Aufmerksam blätterte sie die aufwändig produzierte Broschüre durch und blieb schließlich bei den gravierten Silberherzen hängen.

»Sehr gut, Miriam«, lobte sie die Kollegin. »Sieh zu, dass du von denen eine Kundenliste erhältst. Wenn Valentina den Schmuck nicht von Egon Hausner bekommen hat, was wir ihn noch fragen werden, müssen wir alle Händler kontaktieren.«

Miriam blies die Luft hörbar durch den Mund aus. »Das kann ja heiter werden ...«

»Zurück zu unserem Kriminaltechnikgutachten: Das PVC-Rohr ist ebenfalls ein handelsübliches, das in jedem Baumarkt erhältlich ist. Wie das Klebeband, das Rundholz und der Zaunpfahl. Der ist aus Fichtenholz, kesseldruckimprägniert, sechs Zentimeter im Durchmesser – wird vor allem gern für die Einzäunung von Viehweiden verwendet«, informierte Sandra weiter.

»Irgendwelche Spuren auf den sichergestellten Beweisstücken?«, fragte Bergmann.

»Moment mal ...« Sandra klickte auf den geöffneten Laborbericht auf ihrem Bildschirm. »Bis auf Blut- und Fäkalspuren von der Toten, leider nichts.«

Bergmann seufzte.

»Die Erdspuren an den Füßen der Leiche stammen

eindeutig vom Leichenfundort. Es ist wohl so, wie wir es vermutet hatten. Er hat das Mädchen vom Auto dorthin geschleift und ihr den Pfahl in den Leib gerammt. Auf dessen Unterseite befinden sich die Einkerbungen eines Vorschlaghammers.«

»Und womit hat er die Leiche transportiert?«

»Vom Radstand her muss es ein Van oder Kleintransporter gewesen sein. Die Reifen waren schon ziemlich abgefahren. Eigentlich dürfte man mit denen gar kein Pickerl mehr bekommen.«

»Damit scheidet Engelbert Hausner als Täter aus«, überlegte Bergmann laut.

»Stimmt. Der hätte die Leiche wahrscheinlich in der Stretchlimousine transportiert«, gab Miriam ihm recht. Bergmann grinste bei dieser skurrilen Vorstellung, während die junge Kollegin kicherte.

Sandra überging ihre Bemerkung. »Es kann genauso gut sein, dass das Opfer im Fahrzeug oder am Leichenfundort erdrosselt wurde.«

»Was haben wir noch?«, fragte Bergmann.

»Die Schuhabdrücke könnten interessant sein«, fuhr Sandra fort. »Der Mörder hat Doc Martens getragen. Das spricht doch eher für einen jüngeren Täter«, sprach sie ihre spontane Vermutung aus.

»Warum? Die ersten Doc Martens-Stiefel hat es schon nach dem Zweiten Weltkrieg gegeben«, entkräftete Miriam ihre Theorie. »Und außerdem hat mein Vater auch welche.«

»Ich auch«, meinte Bergmann.

Glaubte er, damit bei Miriam punkten zu können? Na warte, mein Freundchen, dachte Sandra. »Wie alt ist denn dein Vater?«, fragte sie die Kollegin.

»41«, antwortete Miriam.

Bergmann hob die Augenbrauen. »Oh«, meinte er knapp und verstummte jäh.

»Trägt dein Vater auch Schuhgröße 45?«, fragte Sandra weiter.

Miriam schüttelte ihre flachsblonden Haare, die stufig geschnitten über die Schultern fielen. »Nein.«

»Dann scheidet er als Täter aus.«

»Und der Herr Chefinspektor?«, fragte Miriam keck.

»Lebt auch nicht auf so großem Fuß, wie er es gern täte«, kam Sandra Bergmanns Antwort zuvor und kassierte dafür einen mürrischen Blick.

»Habt ihr die Alibis der WG-Bewohner schon überprüft?«, fragte er.

»Volker Neidhardt fehlt uns noch. Das machen wir, sobald Miriam mit Hausners Aussage fertig ist.«

2.

»Okay, baby! Now turn to your right! Just a little bit ... yes! That's great! Look into the camera!«, brüllte Charly Kramer, um die Beats aus den Studioboxen zu übertönen. Das Mädchen vor dem weißen Papierhintergrund neigte sein Gesicht kaum wahrnehmbar zur Seite und blickte in die Kamera des Fotografen. Dabei kniff es seine leuchtend blauen Augen katzenartig zusammen, schürzte die glänzenden Lippen, um gleich darauf wieder zu lächeln, und seine Pose ein wenig zu verändern. Was die junge Frau auch machte, für Sandra sah sie perfekt aus. Doch offenbar nicht für den Fotografen.

»Shit! Stopp! Jasmin! Verdammt noch mal! Siehst du nicht, dass ihre Nase glänzt wie eine Speckschwarte?«

Eine kleine Blonde tauchte aus dem Dunkel des Studios auf und presste die Puderquaste ein paar Mal gegen Stirn und Nase des Models, um anschließend mit einem großen Pinsel drüberzufahren. Währenddessen zupfte eine andere Frau, die offenbar für die Haare zuständig war, mit dem Stielkamm an der glänzenden Mähne des Models herum. Kaum war die Visagistin fertig, hielt Volker dem Mädchen den Lichtmesser vor die Nase und drückte mehrmals hintereinander ab, was jedes Mal die automatische Blitzlichtanlage und einen Piepston auslöste.

Sandra trat an den Fotografen heran und hielt ihm ihren Dienstausweis entgegen. Er betrachtete diesen und seufzte tief. »Muss das jetzt sein?«

»Es dauert nicht lange«, versprach sie ihm.

»Okay. Volker! Lad schon mal die Fotos auf den Laptop runter! Die sehen wir uns dann gleich an. Kommen Sie mit«, meinte er, zu den Polizistinnen gewandt, und führte sie auf die Galerie des Fotostudios.

»Beeilen Sie sich, bitte. Das Model kostet mich ein Vermögen, wenn ich in die Überstundenzeit gerate«, sagte er, kaum dass sie auf der Ledergarnitur Platz genommen hatten. Auch im Sitzen ließ sich das Treiben im Studio von der Galerie aus beobachten.

Sandra warf Miriam einen auffordernden Blick zu, während sich der Fotograf hektisch eine Zigarette anzündete.

Die junge Kollegin räusperte sich und rieb die Handflächen an ihren hautengen Jeans. »Es dauert bestimmt nicht lange, Herr Kramer«, meinte sie schüchtern.

»Ja, ja. Das sagten Sie schon. Also, schießen Sie los!«

»Es handelt sich bloß um eine Routinefrage in einem Mordfall ...«

»Ja?«, meinte Kramer ungeduldig und zog an seiner Zigarette.

»Genauer gesagt, geht es um das Alibi Ihres Assistenten Volker Neidhardt, welches wir überprüfen müssen.«

Kramer lachte auf. »Verdächtigen Sie etwa Volker eines Mordes? Das ist doch ...«

»Nein, nein. Wie gesagt. Es gehört zur Routine ...«

»Und weiter? Kruzitürken! Ich muss hier weiterarbeiten!«, schimpfte er.

Miriam zog Farbe auf.

Sandra sprang für die junge Kollegin in die Bresche. »Herr Neidhardt hat ausgesagt, am Freitag, dem 26. August, in Ihrem Auftrag Motive für einen Fotokalender gesucht zu haben. Können Sie sich daran erinnern?«

»Moment«, meinte Charly Kramer und griff nach dem Buchkalender auf dem Beistelltisch neben sich. »Freitag, sagten Sie ..., ja, das kommt hin. Er war den ganzen Tag auf Locationsuche und hat mir um 17 Uhr jede Menge Fotos und meinen Wagen zurückgebracht. Der Bursche hat ein ganz außergewöhnliches Auge«, meinte er. »Aus dem könnte glatt noch was werden. Aber behalten Sie das bloß für sich. Sonst verlangt er womöglich mehr Honorar von mir.«

»Könnten wir diese Fotos sehen?«, fragte Sandra.

»Aber doch nicht jetzt! Ich stell sie Ihnen auf meinen Server und schick Ihnen dann die Zugangsdaten«, schlug er vor.

»Danke. Kannten Sie das Mordopfer Valentina Trimmel eigentlich persönlich?«

»Ich? Diese Vogelscheuche?«

»Das Opfer wurde gepfählt, ja«, erwiderte Sandra und ärgerte sich einmal mehr über den pietätlosen Ausdruck, den die Presse im Nu verbreitet hatte.

»Krasse Geschichte. Volker hat mir davon erzählt. Na ja, und die Medien sind ja auch alle voll davon. Aber persönlich gekannt hab ich sie nicht. Nein.«

»Vielen Dank, Herr Kramer. Das war's dann auch schon wieder.«

»Auf Wiedersehen«, sagte er und erhob sich eilig. Zu Miriam gewandt, meinte er noch: »Haben Sie schon mal ein professionelles Testshooting gemacht, junge Dame?«

Erneut errötete Miriam. »Ich? Nein …«, meinte sie zaghaft.

»Seien Sie nicht so schüchtern, Kind! Sie könnten ein ganz brauchbares Model abgeben.« Kramer musterte Miriam von oben bis unten. »Gute Haut, gute Haare, schöne Zähne. Größe und Figur passen auch. Also …, wenn Sie möchten, kann Volker ein Testshooting mit Ihnen machen. Dann sehen wir weiter.«

»Echt?« Ein Strahlen breitete sich auf Miriams Gesicht aus. Hilfesuchend sah sie Sandra an.

Sandra zuckte mit den Schultern. »Von mir aus. Was du in deiner Freizeit tust, geht mich nichts an«, sagte sie.

»Gut. Dann rufen Sie Volker in den nächsten Tagen an und lassen sich einen Termin geben. Hier ist die Studionummer«, sagte Charly Kramer und griff in die Brusttasche seines Hemds. Dann machte er auf dem Absatz kehrt. »Los, Leute! Weiter geht's! Wir sind ja nicht zum Spaß hier!«, donnerte er, während er über die freitragende Treppe hinabstieg.

Miriam stand wie angewurzelt auf der Galerie und starrte noch immer fassungslos auf die Visitenkarte. »Ich kann es nicht glauben: Charly Kramer will *mich* als Model haben.«

»Lass bloß Bergmann nichts davon wissen«, warnte Sandra sie und schob sie vor sich her in Richtung Treppe.

KAPITEL 4

Mittwoch, 31. August

»Herr Hausner? Frau Holzinger?«

Das junge Pärchen, das dem Flugzeug soeben über die mobile Gangway entstiegen war, reagierte überrascht auf die unbekannte Frau in Jeans und Lederjacke, die sie an der Abstellposition der Lufthansa-Maschine am Flughafen Graz Thalerhof ansprach. Carolina Holzinger wirkte genervt, während Egon Hausner lächelte. Wie der Vater, so der Sohn, dachte Sandra, wobei das Lächeln des jungen Hausner eher unsicher als aufgesetzt wirkte.

Sandra bat die beiden, ein paar Schritte beiseite zu treten, damit sie die anderen Passagiere nicht beim Einsteigen in den Bus behinderten, und stellte dann sich und Bergmann vor.

Egon Hausners Lächeln verschwand augenblicklich. »Mordgruppe, sagten Sie?«, fragte er sichtlich erschrocken. »Ist leicht wer umgebracht worden?«

Carolina Holzinger zeigte sich hingegen wenig beeindruckt. Sie blickte noch immer arrogant aus ihren Designerklamotten und stieg ungeduldig von einem klapperdürren Bein auf das andere, als würde sie frieren. Paris Hilton in dunkelhaarig, schoss es Sandra unwillkürlich durch den Kopf. In den großen, knallroten Valentino-Lederbeutel, der an ihrem filigranen Unterarm baumelte, hätte die junge Frau beinahe selbst hineingepasst.

»Könnten Sie uns bitte in die VIP-Lounge begleiten? Dort werden wir Sie näher informieren«, sagte Bergmann knapp.

Egon willigte mit hektischem Kopfnicken ein.

»Aber … Was ist mit unseren Koffern?« Auf einmal wirkte Paris-Carolina besorgt.

»Die sind später sicher auch noch da«, entgegnete Sandra. Es fiel ihr schwer, die merkwürdige Reaktion der jungen Dame nachzuvollziehen. Dass sie es womöglich mit einem Mordfall zu tun hatte, ließ sie kalt, im Gegensatz zu ihrem Gepäck? Was für ein Früchtchen!

»Dort drüben steht unser Wagen. Steigen Sie bitte hinten ein«, wies Bergmann sie an.

Sandra lenkte den Dienstwagen zum hell erleuchteten Abfluggebäude, wo ein uniformierter Kollege von der Flughafenpolizei sie an der Glastür passieren ließ. Von dort folgten sie der Bodenhostess in den Fahrstuhl, der sie direkt in die VIP-Lounge brachte. Der Warteraum für privilegierte Fluggäste war gleichermaßen modern wie gemütlich eingerichtet. Auf den orangefarbenen und weißen Sitzmöbeln warteten an diesem Abend nur wenige Geschäftsreisende auf ihren Abflug. Kaum einer von ihnen würdigte die Gruppe, die im Gänsemarsch vorbeizog, eines Blickes. Die meisten starrten in ihren Laptop. Am Ende der Lounge hielt die Hostess kurz inne, um ihre ID-Karte scannen zu lassen. Ein leises Klicken signalisierte, dass das Sicherheitsschloss nun freigegeben war. Auch vom kleineren Extraraum konnte man auf das Vorfeld blicken. Besonders viel war um diese Tageszeit jedoch nicht zu erkennen, da sich die Lichter der Flugzeuge und der Bodenmarkierungen draußen mit den Spiegelungen von drinnen auf der Panoramascheibe mischten. Üblicherweise wurden in diesem Raum prominente Fluggäste von hohen Würdenträgern der Stadt und Vertretern der Presse empfangen. Wie etwa Arnold Schwarzenegger, wenn er die alte Heimat besuchte, was nach dem Tod seiner Mutter und dem Ärger mit der Stadt Graz allerdings kaum noch vorkam. Erst die Enthüllung seines folgenschweren Seitensprungs mit der Haushälterin und ein Besuch des Arnold-Schwarzenegger-Museums in seinem Geburtshaus in Thal bei Graz hatten ihn nach langer Zeit wieder herlocken können.

Vor der hinteren, mit Maserholz getäfelten Wand standen drei Tische. Für die letzte Pressekonferenz waren sie zu einer langen Tafel angeordnet worden. Dahinter befanden sich sieben Stühle. Drei Sitzreihen waren der Tafel zugewandt. Bergmann nahm zwei der Stühle aus der ersten Reihe und stellte sie vor einen der Tische. Er und Sandra nahmen dahinter, die beiden Zeugen davor Platz.

»Wir müssen Ihnen leider mitteilen, dass Valentina Trimmel ermordet wurde«, begann Bergmann die Einvernehmung.

Carolina blickte stumm von ihren französisch manikürten Fingernägeln hoch.

»Was?«, fragte Egon, sichtlich entsetzt. »Die Valentina? Ermordet? Wie furchtbar! Sie war doch ...« Egon stockte mitten im Satz und schluckte.

»Sie war schwanger, wollten Sie sagen?«, half Bergmann ihm auf die Sprünge.

»Was?«, kreischte Carolina auf und funkelte Egon an. Trotz seiner gesunden Urlaubsbräune sah der junge

Mann auf einmal leichenblass aus. »Deine Ex war schwanger? Etwa auch noch von dir?«, keifte sie mit spitzer Stimme.

Egon ignorierte seine Freundin. »Wissen Sie schon, wer das getan hat?« Als plötzlich sein iPhone klingelte, warf er einen kurzen Blick auf das Display. »Mein Vater … Weiß er es denn schon?«, kommentierte er das fortwährende Läuten.

»Ja.« Sandra überlegte noch, ob sie die letzte Frage merkwürdig finden sollte, als Egon den Anruf kurzerhand wegdrückte. »Wie ist sie umgekommen?«, wollte er wissen.

Carolina widmete sich längst wieder dem Anblick ihrer Fingernägel und verdrehte genervt die Augen.

»Ich glaub, es ist besser, Sie warten draußen, Frau Holzinger«, schlug Bergmann ihr vor.

Die junge Frau stand wortlos auf, schwang ihren Lederbeutel über die Schulter und stöckelte in Laufstegmanier zur Tür.

»Du kannst dich ja schon mal ums Gepäck kümmern, Caro. Ich komm dann gleich nach«, rief Egon ihr hinterher, ohne sich dabei umzudrehen.

Carolina Holzinger hielt abrupt an der Tür inne und drehte den Kopf langsam über jene Schulter, auf der die Designertasche hing. Ihr eisiger Blick galt Egon, den sie jedoch nur von hinten zu sehen bekam. »Du erwartest doch nicht ernsthaft von mir, dass ich mich mit den schweren Koffern abschleppe?«, meinte sie dermaßen arrogant, dass Sandra ihr am liebsten eine Ohrfeige verpasst hätte, nur um diese verwöhnte Trutschn endlich von ihrem hohen Ross herunterzuholen. Gleichzeitig rügte sie sich für diesen Wunsch, zumal sie körperliche Gewalt grundsätzlich ablehnte. Sofern sie nicht der Selbstverteidigung oder der Verhinderung von schweren Verbrechen diente.

Noch ehe Egon sich nach seiner Freundin umdrehen konnte, knallte die Tür hinter Carolina Holzinger ins Schloss.

»Mein herzliches Beileid«, meinte Bergmann, zu Egon Hausner gewandt. Der bedankte sich, wenngleich er nicht ganz sicher zu sein schien, ob sich die Kondolenzwünsche des Chefinspektors auf das Verhalten seiner aktuellen Freundin oder den Tod seiner Ex bezogen. Leidtun konnte einem der junge Mann so oder so, fand Sandra und kehrte zum eigentlichen Thema zurück. »Zu Ihrer letzten Frage, Herr Hausner: Wir wissen noch nicht, wer Valentina erdrosselt hat.«

»Sie wurde also erdrosselt ...« Egons Blick schweifte in die Ferne. »Wann ist sie denn gestorben?«, fragte er noch leiser.

»Am Freitag zwischen 0 und 3 Uhr morgens. Franz Trimmel, ihr Vater, hat sie dann später am Morgen tot auf seinem Acker aufgefunden«, wurde Sandra konkreter, jedoch ohne den jungen Mann mit der Pfählung zu konfrontieren, die diesen Mord für die Medien so besonders spektakulär machte. Egon Hausner zeigte sich – auch ohne noch die grausamen Details zu kennen – schon schockiert genug über die Todesnachricht.

»Ausgerechnet der Peterbauer ... Der arme Mann!«, stöhnte er und schluckte erneut.

Sandra fand den jungen Hausner um einiges sympathischer als seinen Vater. Zumindest scheute Egon sich nicht, Emotionen zu zeigen, anstatt diese hinter einem Dauergrinsen zu verbergen. »Herr Hausner, sind Sie in der Lage, uns ein paar Fragen zu beantworten?«, fuhr Sandra fort.

Egon Hausner nickte stumm.

Sandra zeigte ihm ein Foto aller Schmuckstücke, die Valentina zuletzt getragen hatte, freilich ohne zu erwähnen, dass es sich bei dem Lederhalsband um die Tatwaffe handelte. »War das Valentinas Schmuck? Haben Sie ihr den geschenkt?«, fragte sie.

Egon Hausner betrachtete das Foto. »Die Uhr hab ich ihr zu Weihnachten geschenkt. Und die Ohrringe zum Geburtstag. Den Ring zu unserem Jahrestag. Das Lederhalsband hatte sie schon vorher, glaub ich. Diesen Anhänger hab ich allerdings noch nie an ihr gesehen.«

Sandra steckte das Foto wieder weg. »Haben Sie Valentina nach Ihrem Streit am Montag noch einmal getroffen? Angeblich war sie in der Nacht von Dienstag auf Mittwoch gegen ein Uhr morgens zu Ihnen aufgebrochen, um sich mit Ihnen auszusöhnen.«

»Bei mir ist sie aber nicht aufgetaucht. Das hätte ja noch mehr Stunk gegeben. Caro hat diese Nacht bei mir verbracht. Wir mussten am Mittwoch schon sehr früh losfahren, um rechtzeitig auf dem Flughafen zu sein.«

»Dann haben Sie Valentina nach Ihrem letzten Streit also nicht mehr gesehen?«

»Nein.«

»Warum haben Sie sich überhaupt von ihr getrennt? Immerhin war sie doch schwanger.«

Hausner seufzte. »Ich hab die ständigen Streitereien einfach sattgehabt. Valentina war so besitzergreifend. Das hat mir die Luft zum Atmen genommen.«

»Und das Kind?«

»Ich hätte selbstverständlich Unterhalt bezahlt.«

»Obwohl es vielleicht gar nicht von Ihnen war?«, fragte Bergmann.

Egon Hausner sah ihn erstaunt an. Dann folgte ein Achselzucken. »Wer weiß das schon so genau?«, meinte er und seufzte.

»Nix ist fix«, merkte Bergmann an und bezog sich einmal mehr auf die europäische Kuckuckskinderstatistik.

»Wir könnten einen Vaterschaftstest machen lassen. Dann haben Sie hundertprozentige Sicherheit«, schlug Sandra vor, ohne zu erwähnen, dass sich die sichergestellten Gewebsproben des Fötus und von dessen Mutter bereits zur Analyse im Zentrallabor befanden.

»Nein, danke. Das ändert doch auch nichts mehr. Die beiden sind tot«, winkte Hausner ab.

»Und genau deshalb benötigen wir Ihre DNA«, warf Bergmann ein.

Der junge Hausner sah erst ihn, dann Sandra fragend an.

»Da wir in einem Mordfall ermitteln, brauchen wir einen Mundhöhlenabstrich von Ihnen«, erklärte sie ihm. »Wir werden Sie jedoch nicht über das Ergebnis des Vaterschaftstests informieren, wenn Sie es nicht wünschen«, fügte sie hinzu.

Hausner schüttelte den Kopf. »Das versteh ich nicht. Wozu wollen Sie einen Vaterschaftstest machen? Und was hat meine DNA mit dem Mord an Valentina zu tun? Ich war doch auf Mauritius, als das passiert ist.«

»Es geht in diesem Fall nicht um Sie, sondern darum, dem Täter auf die Spur zu kommen.«

Hausner verstand noch immer nicht.

»Wenn wir ausschließen können, dass Sie der Vater des Kindes sind, besteht ja immerhin die Möglichkeit, dass derjenige, der Valentina geschwängert hat, auch ihr Mörder ist. Und den gilt es dann zu finden«, erklärte Sandra weiter.

Nervös rutschte der junge Hausner auf seinem Stuhl zurück. »Ich habe doch das Recht auf einen Anwalt, oder nicht?«, fragte er beinahe zaghaft. Er war lange nicht so abgebrüht wie sein Vater, ging es Sandra durch den Kopf. Aber warum um alles in der Welt verlangte er auf einmal nach einem Anwalt? »Dieses Recht haben Sie, ja. Obwohl es momentan gar nicht nötig ist, einen Rechtsbeistand hinzuzuziehen. Sie zählen ja nicht zu unseren Verdächtigen«, meinte sie beschwichtigend.

»Herr Hausner, Valentina hat Ihnen doch sicher erzählt, dass sie vergewaltigt wurde. Da müsste doch eigentlich der Verdacht in Ihnen aufgekeimt sein, dass das Kind vielleicht vom Täter gezeugt wurde«, wurde Bergmann noch konkreter.

Egons Augen weiteten sich. »Ich bestehe auf einen Anwalt. Kann ich jetzt meinen Vater anrufen?«

Bergmann grinste ihn süffisant an. »Nur zu ... Papi wartet sicher schon auf Ihren Anruf.«

Während Hausner sein iPhone ein zweites Mal aus der Jackentasche zog, unternahm Sandra einen weiteren Anlauf, ihn zur freiwilligen Kooperation zu bewegen. »Noch einmal, Herr Hausner: Sie haben nichts zu befürchten. Wir verdächtigen Sie nicht, die Tat begangen zu haben. Also warum wollen Sie uns nicht helfen, Valentinas Mörder zu finden? Immerhin war sie Ihre Freundin. Und das ungeborene Baby war möglicherweise ja doch von Ihnen«, meinte sie.

»Um eine Speichelprobe werden Sie sowieso nicht herumkommen«, setzte Bergmann nach. »Da kann

Ihnen weder der Herr Papa noch der teuerste Anwalt der Stadt helfen.«

Egon Hausner seufzte resignierend, während er die Tasten seines iPhones wieder sperrte. »Meinetwegen. Machen Sie halt«, willigte er erschöpft ein.

Sandra zögerte keine Sekunde. Schon hatte sie das Speichelkit aus ihrer Tasche geholt und zog die Einweghandschuhe an, um einen Abstrich aus Egon Hausners Mundhöhle zu entnehmen, bevor dieser es sich womöglich wieder anders überlegte. Die Speichelprobe wollte sie auf jeden Fall noch am selben Abend ins Zentrallabor schicken. Dort sollten die DNA-Profile des Fötus und von dessen Mutter mit jenem des potenziellen Vaters abgeglichen werden.

»Wo ist eigentlich der Porsche Carrera, den Ihr Vater Frau Trimmel zur Verfügung gestellt hat?«, wollte Bergmann noch wissen.

»Der sollte in meiner Garage stehen. Warum?«

»Können Sie uns das bitte noch telefonisch bestätigen?«, fragte Sandra und schob Hausner ihre Visitenkarte zu.

»Mach ich. Kann ich jetzt gehen? Caro ist sicher schon komplett durch den Wind wegen der Koffer.«

»Nur keine Sorge. Frauen wie Carolina Holzinger finden immer einen Deppen, der ihnen alle Unannehmlichkeiten aus dem Weg räumt«, meinte Bergmann und erhob sich. »Alles Gute«, fügte er hinzu.

Hausner sah ihn fragend an.

»Sie können jetzt gehen, Herr Hausner«, übersetzte Sandra die etwas missverständliche Verabschiedung des Chefinspektors.

Kaum hatte der junge Hausner den Raum verlassen,

griff Bergmann zu seinem Handy, um eine persönliche Bekannte anzurufen, die im Österreichischen DNA-Zentrallabor am Institut für Gerichtliche Medizin in Innsbruck arbeitete.

Als Sandra zehn Minuten später den Wagen startete, redete er immer noch mit Engelszungen auf die Frau ein, um ihr ein möglichst rasches Vaterschaftstestergebnis abzuschwatzen. Wenn einer sülzen konnte, dann war das ihr Kollege, stellte sie erneut fest und wunderte sich ein weiteres Mal, dass er mit seinem mehr als durchsichtigen Wiener Schmäh immer wieder punkten konnte. Nur bei Sandra kam er damit nicht durch.

KAPITEL 5

Freitag, 2. September

Wie fast jeden Tag, war Bergmann auch an diesem Freitagmorgen als Erster im Büro. Außergewöhnlich war hingegen, dass er fröhlich vor sich hinpfiff, als Sandra eintrat. Hinter so viel guter Laune konnte nur eine Frau stecken, vermutete sie und hängte ihre Jacke an den Garderobenständer. »Morgen!«, grüßte sie müde.

Bergmann pfiff weiter und blickte sie erwartungsvoll an.

»Sascha, bitte. Deine gute Laune in aller Herrgottsfrüh ist unerträglich. Was ist denn los?«, fragte sie mürrisch. Für Sandra hatte Morgenstund' in den seltensten Fällen Gold im Mund. Warum sollte das ausgerechnet heute anders sein?

Bergmann seufzte mit einem zufriedenen Grinsen auf den Lippen. »Und ich dachte schon, du fragst mich nie ...«, meinte er, während sie ihre Tasche mit dem Fuß unter den Schreibtisch schob.

Sandra verdrehte die Augen. »Was – ist – los?«, fragte sie und betonte dabei jede einzelne Silbe, als wäre er schwer von Begriff.

»Ju– tta– Keh– rer«, antwortete Bergmann in derselben Tonalität.

»O nein. Du hast mit ihr ...«

Bergmann nickte verschmitzt.

Sandra ließ sich stöhnend auf ihren klapprigen Schreibtischsessel fallen. Dass sie irgendwann doch noch neue, ergonomisch geformte Büromöbel bekommen würden, wagte sie längst nicht mehr zu hoffen, schweifte sie gedanklich von der vermutlich intimen Begegnung des Chefinspektors mit der Gerichtsmedizinerin ab. »Ich will nichts davon hören«, sagte sie, um das pikante Thema möglichst rasch wieder zu beenden.

Bergmann grinste von einem Ohr zum anderen. »Ich habe mit Jutta …«

»Bitte verschone mich.«

»… telefoniert, Sandra. Nur telefoniert. Nichts weiter. Aber wenn dich das Ergebnis des Vaterschaftstests nicht interessiert …« Genüsslich nippte er an seinem Kaffee.

»Wie? Haben wir denn schon ein Ergebnis?«, fragte Sandra, plötzlich hellwach. Eigentlich hatte sie sich eben noch rasch einen Tee holen wollen, aber das Testergebnis interessierte sie brennend.

Bergmann nickte erneut.

»Jetzt mach es nicht so spannend«, drängte Sandra ihn.

»Okay. Die y-chromosonale Untersuchung besagt, dass die DNA des Fötus und die von Egon Hausner zweifelsfrei identisch sind.«

»Er ist also doch der Vater des Kindes …«

»Könnte man auf den ersten Blick meinen …«

Sandra stutzte. »Und auf den zweiten?«

»Das Labor hat auch die anderen DNA-Merkmale der beiden analysiert. Und die von Valentina Trimmel.« Bergmann leerte in aller Seelenruhe seinen Kaffeebecher. Allmählich trieb er sie mit diesem Spielchen in den Wahnsinn.

»Sascha, bitte, so spuck es doch endlich aus«, meinte sie ungeduldig.

Bergmann grinste, visierte den Papierkorb an und warf den leeren Einwegbecher in hohem Bogen hinein. Offenbar machte es ihm einen Heidenspaß, Sandra auf die Folter zu spannen. »Verzeih mir, ich muss kurz auf die Toilette …«

»Herrschaftszeiten! Du kannst einem vielleicht auf den Wecker gehen!«, schimpfte Sandra.

Bergmann lachte. »Schon gut. War nur ein Scherz. Hör zu: Egon Hausner ist zu über 99,999 Prozent nicht der Erzeuger von dem Embryo.«

»Aha?« Sandra stutzte erneut. Wie konnte die y-chromosonale DNA, jene Erbinformation, die sich ausschließlich auf dem Geschlechtschromosom Y befand und die vom Vater an den Sohn weitergegeben wurde, übereinstimmen, wenn Egon Hausner nicht der Vater des Kindes war? »O nein!«, dämmerte es ihr. »Hat etwa … hat der *alte* Hausner sie geschwängert?«

»Dieser Verdacht liegt mehr als nahe«, bestätigte Bergmann ihre Vermutung.

»Mir wird schlecht …« Sandra stellte sich bildlich vor, wie der vergleichsweise alte, korpulente Mann die blutjunge, zierliche Freundin des eigenen Sohnes unter Drogen setzte, um sich – wahrscheinlich dauerlächelnd und schwitzend – an ihr zu vergreifen und ihr bei dieser Gelegenheit auch noch ein Kind anzudrehen. Freiwillig hatte Valentina wohl kaum mit dem Vater ihres Freundes geschlafen, vermutete Sandra.

Bergmann griff zum Telefon. »Hallo, Miriam! Kannst du Sandra bitte einen Tee bringen? Ja … ihr ist schon wieder schlecht ... Nein, schwanger ist sie, glaub ich, nicht.«

»Sehr witzig ... Einen Pfefferminztee, bitte.«

Bergmann leitete die Bestellung an Miriam weiter, während Sandra den PC hochfuhr. »Wieso verdächtigst du in letzter Zeit alle Frauen in deiner Umgebung, schwanger zu sein? Zuerst Miriam und jetzt mich?«, fragte sie, nachdem er aufgelegt hatte.

»Na, das Thema liegt doch offensichtlich in der Luft. Außerdem musst du zugeben, dass dir in letzter Zeit ziemlich häufig übel ist. Speziell morgens ...«, meinte Bergmann und grinste.

Wenn Sandra eines sicher ausschließen konnte, dann war das eine Schwangerschaft. Dazu hätte sie doch wenigstens Sex haben müssen, was seit gut fünf Monaten nicht mehr der Fall gewesen war. »Unsinn!«, dementierte sie. »Das liegt ausschließlich an diesem Mord. Mein Magen scheint dagegen zu rebellieren. Also: Engelbert Hausner hatte nicht nur die Gelegenheit, Valentina zu töten, er hatte auch noch ein starkes Motiv.«

»So ist es. Möglicherweise wollte er um jeden Preis verhindern, dass er unter diesen Umständen noch einmal Vater wird. Vielleicht hat sie den Alten ja auch erpresst. Das würde auch das ominöse letzte Telefongespräch zwischen den beiden erklären.«

»So wie ihr Bruder sie beschrieben hat, hätte das zu ihr gepasst. Die Kohle des Alten war ihr jedenfalls wichtig. Aber auf ihrem Konto ist davon nichts zu bemerken«, sagte Sandra.

»So was lässt sich doch auch mit Bargeld regeln. Oder Valentina Trimmel hat gerade erst begonnen, ihre Forderungen zu stellen, und deshalb ist noch kein Geld geflossen.«

»Aber wozu hat Hausner sie dann gepfählt?«, fragte sich Sandra laut.

»Vielleicht ist er wahnsinniger, als wir bisher dachten, und kaschiert das hinter seinem Dauerlächeln. Oder er wollte nur den Eindruck erwecken, dass ein Irrer diese Tat begangen hat.«

»Um den Verdacht von sich selbst auf wen auch immer zu lenken? Und der alte Wagen, mit dem er sie zum Acker gebracht hat? Ich weiß nicht ... Das erscheint mir sehr weit hergeholt.«

»Aber nicht unmöglich.« Damit hatte Bergmann recht. Solange sie nicht ausschließen konnten, dass Engelbert Hausner der Täter war, mussten sie auch diese Möglichkeit in Betracht ziehen. Selbst wenn sie noch so absurd erscheinen mochte. »Ich besorge uns einen richterlichen Beschluss. Den genetischen Fingerabdruck von Engelbert Hausner werden wir auf alle Fälle für die Gegenprobe brauchen – um sicherzugehen, dass er es war, der Valentina Trimmel geschwängert hat«, meinte Sandra.

»Miriam hat sich schon darum gekümmert. Wir sollten den Wisch spätestens am Montag bekommen.«

Wie aufs Stichwort betrat Miriam mit frisch geföhnter Blondmähne das Büro. Ob sie schon einen Termin für ihr Fotoshooting vereinbart hatte?, fragte sich Sandra.

»Schönen guten Morgen!«, zwitscherte Miriam gut gelaunt und reichte ihr den Pfefferminztee. »Geht's dir schon besser?«, erkundigte sie sich.

»Danke, Miriam. Sascha hat wieder einmal ordentlich übertrieben.«

»Ach so. Den Termin mit Engelbert Hausner könnt ihr ab heute Nachmittag fixieren. Den Beschluss für den Mundhöhlenabstrich bekommen wir spätestens zu Mittag.«

»Das ging aber flott«, lobte Sandra sie. In diesem Mordfall legten ausnahmsweise alle Beteiligten ein Tempo vor, von dem sie üblicherweise nur träumen konnte. Wenn das so weiterging, würden sie demnächst vielleicht schon Engelbert Hausner als Täter überführen können. Ob er nur der Vergewaltigung oder tatsächlich auch des Mordes und – wegen der post mortem durchgeführten Pfählung – der Störung der Totenruhe angeklagt werden würde, stand noch in den Sternen.

KAPITEL 6

Samstag, 3. September

Endlich hatte Sandra wieder einmal ausschlafen und in aller Seelenruhe frühstücken können. Nach der zweiten Tasse Oolong-Tee läutete ihr Handy. Sie prüfte die Anzeige auf dem Display, ehe sie die Mittagsnachrichten im Fernsehen auf stumm schaltete. Andreas Anruf nahm sie wie immer gern entgegen. Vor allem, wenn wie heute ein entspannter Abend mit Freunden bevorstand, die Andrea zu sich nach Hause eingeladen hatte. Der Wetterdienst prognostizierte einen sonnigen Spätsommernachmittag und eine klare Nacht, sodass einem Grillabend auf Andreas Terrasse nichts im Weg stand.

»Ich hab dir doch von diesem Reinhard aus Wien erzählt, der einen privaten Radiosender betreibt«, sagte die Freundin am anderen Ende der Leitung.

»Mit dem du mal vor Jahren was hattest?«

»Nur ganz kurz. Wir sind aber noch immer ganz gut befreundet, skypen ab und zu miteinander. Rein zufällig ist er heute in der Stadt und wird uns am Abend beehren. Seinen Grazer Freund bringt er auch mit.«

»Okay.«

»Reinhard freut sich schon sehr, dich endlich kennenzulernen. Ich hab dich wohl ein paar Mal erwähnt ...«

»Ach ja?«

»Schließlich bist du meine beste Freundin.«

»Du willst uns aber nicht rein zufällig verkuppeln?«

»Niemals würde ich es wagen.« Sandra konnte Andreas Grinsen förmlich hören. »Ich sorge nur dafür, dass du wieder mal ein bisschen Spaß hast.«

»Ausgerechnet mit deinem abgelegten Liebhaber?«

»Warum denn nicht? Das ist doch Ewigkeiten her. Außerdem hat er seine Qualitäten …« Andrea kicherte, ehe sie fortfuhr: »Immer nur Mord und Totschlag tut dir nicht gut.«

Damit hatte die Freundin hundertprozentig recht. »Ich hoffe, dieser Radio-Reini glaubt jetzt nicht, dass ich auf der Suche nach einem Mann bin.«

»Du doch nicht …«

»Was soll das jetzt bitte wieder heißen?«

»Nichts. Ein bisschen Frischfleisch würde dir jedenfalls nicht schaden. Oder bist du inzwischen Vegetarierin geworden?« Wieder kicherte Andrea.

»Das nun nicht gerade, aber dem Gedanken an eine Beziehung kann ich momentan überhaupt nichts abgewinnen. Viel zu anstrengend …«

»Apropos Frischfleisch: Du denkst doch an die Spareribs.«

»Die hab ich längst mariniert. Ich komm am Nachmittag und helf dir mit den Saucen.«

»Sagen wir um 16 Uhr?«

Sandra bestätigte Andrea die Uhrzeit und legte auf. Wenn sie vorher noch joggen gehen wollte, musste sie sich allmählich sputen. Das Frühstücksgeschirr konnte sie nach dem Sport auch noch in die Spülmaschine räumen. Schließlich war sie nicht daheim bei der Mutter, wo alles stets penibel sauber und ordentlich aufgeräumt zu sein hatte. Wie es der Mutter wohl ging?, fragte sich Sandra, während sie die Laufschuhe zuschnürte. Vor einem Jahr hatte sie endgültig mit ihrer Mutter gebrochen –

auf deren Wunsch und zur eigenen Erleichterung. Wirklich zu sagen hatten sich die beiden schon lange nichts mehr gehabt. Dafür hatte sich zum Streiten immer wieder eine Gelegenheit gefunden. Bis auf eine unbeantwortete Karte an Weihnachten und eine zu Mutters 58. Geburtstag war jeglicher Kontakt zwischen Sandra und Helga Feichtinger abgerissen. Offenbar konnte die Mutter noch immer nicht verwinden, dass die aufmüpfige Tochter ihren heiß geliebten Sohn Mike hinter Gitter gebracht hatte. Selbst wenn dieser seine Halbschwester Sandra zuvor krankenhausreif geprügelt hatte. Dass Helga Feichtinger nach ihrem anschließenden Selbstmordversuch und dem Aufenthalt in der Nervenheilanstalt seit gut acht Monaten wieder daheim wohnte, wusste Sandra von ihrem Exfreund Max, der ebenfalls im steirischen Krakautal lebte. Mehr wollte sie auch gar nicht wissen. Nicht über ihre Mutter und schon gar nicht über Mike. Dass ihr Halbbruder demnächst aus der Justizvollzugsanstalt Jakomini entlassen werden würde, verdrängte Sandra lieber.

Das Laufen half ihr, die bedrückenden Gedanken an die Familie abzuschalten. Ihre Füße folgten dem Takt der Musik, die vom mp3-Player direkt in ihre Ohren dröhnte. Rihanna gab mit ihrem Song ›S&M‹ das Tempo vor, in dem Sandra die Murpromenade entlangtrabte. Auf einmal sah sie ihn an der Uferböschung stehen. Ja, er war es tatsächlich!

Bergmann bemerkte sie nicht. Dafür war er viel zu sehr in die Diskussion mit einer Frau vertieft. Sandra drosselte ihr Tempo und drückte den Pause-Knopf am mp3-Player. Während sie langsam hinter seinem Rücken vorbeilief, konnte sie einen Blick in das verzweifelte

Gesicht der Blondine werfen, die wild gestikulierend auf ihn einsprach. Sie mochte vielleicht Mitte 30 sein – nur wenige Jahre älter als sie selbst, schätzte Sandra. »Meinst du, ich wäre extra hierhergekommen, um es dir persönlich mitzuteilen, wenn es mir nicht unsagbar leid täte?«, hörte sie die Frau fragen, die ihr einen unvermittelten Blick zuwarf. Sandra wandte ihre Augen blitzartig ab, erhöhte die Schrittfrequenz und schaltete die Musik wieder an. Nach einer Affäre hatte das für sie eben nicht ausgesehen. Ob das vielleicht Bergmanns Frau war, von der er seit über einem Jahr getrennt lebte? Sie versuchte, sich an ihren Namen zu erinnern. Ma … Ma … Marion? Nein, Manuela, fiel ihr der Vorname wieder ein. Warum besuchte die Wienerin ihren zukünftigen Exmann in Graz, wenn die Scheidung doch in Wien abgewickelt wurde? Und was tat ihr bloß so leid? Was hatte sie Bergmann denn so Schreckliches angetan? Nicht, dass sich Sandra für die turbulenten Beziehungen ihres Kollegen interessierte, doch die Szene hatte die Kriminalistin in ihr geweckt. Möglicherweise war die Frau ohnehin nur wieder eines seiner Gspusis, überlegte sie und drehte die Musik noch ein wenig lauter, um damit alle weiteren Gedanken an Bergmann und seine Frauengeschichten zu übertönen. Was um alles in der Welt kümmerten sie die privaten Probleme ihres Kollegen? Noch dazu an einem strahlend schönen, freien Tag wie heute.

Kurz nach vier Uhr nachmittags betrat sie mit ihren marinierten Spareribs die großzügige Dachterrassenwohnung, um die sie Andrea beneidete – zumindest von Mai bis Oktober. Sandra liebte die eigene, etwas kleinere, aber dafür umso gemütlichere Wohnung, doch gegen eine Dachterrasse mit Blick auf den Schloßberg mit dem Uhrturm, dem Wahrzeichen der steirischen Landeshauptstadt, hätte Sandra auch nichts einzuwenden gehabt. Wenngleich sie zugeben musste, dass sich diese in ihren Händen nicht annähernd so üppig blühend und gepflegt präsentieren würde wie in jenen der Freundin. Sandra fehlte sowohl die Zeit als auch die Liebe zu den Pflanzen, die Andrea während der Gartensaison täglich in die Blütenpracht investierte.

Bevor sich die Freundinnen daranmachten, den großen, überdachten Esstisch zu decken, gönnten sie sich einen Aperol-Spritzer, den sie auf der Lounge-Garnitur im noch sonnigen Teil der Terrasse einnahmen. »Auf einen schönen Abend«, prostete Sandra der Freundin zu.

»Worauf du dich verlassen kannst … Auf unser Wohl, meine Liebe«, erwiderte Andrea. Das seltsam dumpfe Geräusch, das die vollen Gläser beim Anstoßen erzeugten, animierte die beiden Frauen zum Lachen. Nie war Sandra ausgelassener als in den Stunden, die sie mit Andrea verbrachte. Alles an der Freundin war so herrlich unkompliziert.

Den Teakholztisch hatten sie rasch gedeckt, die dekorativen Windlichter aus buntem Glas an die Balken der Überdachung gehängt und die Sitzpolster auf den Stühlen platziert. Nun war es an der Zeit, die Saucen vorzubereiten, was Sandra gern übernahm. So selten sie Lust hatte, für sich allein zu kochen, so sehr genoss sie es, bei jeder sich bietenden Gelegenheit mit exotischen Zutaten zu experimentieren, bis sie das Ergebnis überzeugte. Diesmal bereitete sie zusätzlich zur klassischen Schnittlauch- und einer Knoblauchrahmsauce eine neue Curry-Joghurt-Variante sowie ein scharfes Mangochutney zu. Den Kartoffelsalat machte Andrea schon mal an, damit die würzigen Aromen noch ein wenig einziehen konnten. Zum Schluss rührte die Gastgeberin das Dressing für die Blattsalate an und füllte die Hälfte der Baguettes mit Kräuterbutter und die andere mit feingehacktem Knoblauch und Olivenöl. Das Grillfleisch, das Andrea schon in der Früh mariniert hatte, die Würstel, das Gemüse und Sandras Spareribs warteten im Kühlschrank auf hungrige Gäste.

Nelly und Martin waren die Ersten, die überpünktlich mit zwei Flaschen Blauer Zweigelt erschienen. Sandra stieß mit den Freunden an, während Andrea die vorbereiteten Speisen holte. Kaum brutzelten die Spareribs, die die längste Garzeit benötigten, auf dem Edelstahl-Grill, klingelte es erneut an der Tür.

Andrea kehrte mit zwei Männern zurück, die sie den anderen Gästen als Reinhard und Julius vorstellte. Mit seinen ein Meter neunzig und der athletischen Figur entsprach Reinhard tatsächlich dem männlichen Gustostückerl, das Andrea ihr mittags angekündigt hatte, musste Sandra insgeheim zugeben. Doch das Beste an ihm war sein Freund. Julius war nur unwesentlich kleiner als Reinhard, doch stählte er seine Muskeln offenbar nicht ganz so übertrieben oft im Fitnesscenter wie dieser. Dafür sah Julius sie aus strahlend blauen Augen an. Am außergewöhnlichsten aber fand sie seine samtige Stimme, die viel reifer klang, als er es zu sein schien. Außerdem kam sie ihr merkwürdig vertraut vor. Als Julius schließlich erzählte, dass er bei Reinhards Grazer Radiostation arbeitete, fiel es Sandra wie Schuppen von den Augen. Natürlich! Sie hatte diese Stimme schon öfter im Radio gehört.

Ab und zu werde er auch für Live-Veranstaltungen wie Firmenfeste, Galaabende oder andere große Events gebucht, berichtete Julius weiter und wirkte dabei bewundernswert locker. Vor allem Sandra gegenüber verhielt er sich besonders zuvorkommend. Oder bildete sie sich das nur ein? Nach drei Aperol-Spritzern und mindestens zwei Achteln Rotwein traute sie ihrem Urteilsvermögen nicht mehr so ganz über den Weg. Dennoch fand sie sich nach dem Dessert mit Julius auf dem Lounge-Sofa wieder, um dort ungestört mit ihm weiterzuflirten, während sich die anderen am Esstisch unterhielten. Irgendwann spürte Sandra seine Hand über ihren Nacken streicheln. Spätestens zu diesem Zeitpunkt wurde die vage Idee, mit diesem Mann schlafen zu wollen, zum konkreten Wunsch. Gerade überlegte sie, ihn zu küssen, als Nelly und Martin sich von ihnen verabschiedeten. Sie müssten noch mit ihrem betagten, daheim gebliebenen Cockerspaniel Gassi gehen, entschuldigten sich die beiden.

Sandra sah von der Uhr des Uhrturms direkt in Julius'Augen, die jene des jungen Brad Pitt inzwischen deutlich in den Schatten stellten. Ganz zu schweigen von seiner verführerischen Stimme, von der sie nicht genug hören konnte. Hoffentlich war er nicht so höflich, sich nun ebenfalls aus dem Staub zu machen. Immerhin war es inzwischen halb zwölf. Dass die vergoldeten Minutenzeiger auf den Ziffernblättern des Grazer Wahrzeichens kleiner als die Stundenzeiger waren, änderte nichts daran. Julius schenkte Sandra ein weiteres Lächeln. »Ist dir kalt?« Prompt ergriff er ihre Hände, um die Temperatur zu überprüfen, und umfasste sie mit den seinen, die sich unerwartet weich und warm anfühlten.

»Langsam wird's ein bisschen kühl hier«, bestätigte Sandra und wünschte sich nichts sehnlicher, als dass ihr Julius noch näher kam, um sie zu wärmen. Stattdessen wandte er sich um und fragte Andrea nach einer Decke.

Wenig später kuschelten sie sich unter dieser eng aneinander, während Andrea und Reinhard, die ständig etwas zu lachen hatten, in der warmen Wohnung verschwanden, um drinnen weiterzuplaudern. Sandra und Julius redeten über Gott und die Welt, oder besser: Er erzählte, und sie lauschte seiner sonoren Stimme, die so verdammt sexy klang. Irgendwann küssten sie sich endlich, und Julius konnte auch in dieser Disziplin voll bei Sandra punkten. Dass die Scheinwerfer, die den Uhrturm seit der Dämmerung so stimmungsvoll beleuchtet hatten, pünktlich um Mitternacht erloschen waren, fiel ihr erst auf, als sich ihre Lippen wieder voneinander lösten und sie die Augen öffnete.

Julius sah sie an. Im Schein des Windlichts erschienen ihr seine Gesichtszüge weicher, fast engelhaft. »Noch mal«, hauchte er und fasste sie sanft am Kinn, um sie erneut zu küssen. Sandra hatte ihm nicht schon am ersten Abend ein unmoralisches Angebot unterbreiten wollen, aber sie begehrte diesen Mann in einem Ausmaß, das fast schon unerträglich war. Worauf sollte sie also noch warten? Sie waren beide erwachsene Singles. Und da eine feste Beziehung für sie ohnehin nicht infrage kam, hatte Sandra rein gar nichts zu verlieren. Dass er ihr eine Abfuhr erteilen könnte, schloss sie aus. Dafür war er viel zu heiß auf sie – das konnte sie unter der Decke deutlich spüren. Doch bei gefühlten zehn

Grad, noch dazu auf Andreas Lounge-Garnitur, wollte Sandra ihr Verlangen nicht unbedingt stillen. Aus diesem Alter war sie längst raus. »Möchtest du noch mit zu mir kommen?«, stellte sie Julius schließlich die entscheidende Frage.

»Ich ruf uns ein Taxi.« Etwas an seinem Grinsen überzeugte Sandra restlos, dass sie die Nacht mit diesem Mann verbringen wollte. Und das tat sie dann auch. Hätte sie zu jenem Zeitpunkt schon gewusst, welch weitreichende Folgen ihre Entscheidung haben würde, wäre sie auf alle Fälle ohne Julius Czerny nach Hause gefahren.

KAPITEL 7

Montag, 5. September

»Der Porsche, mit dem Valentina Trimmel zuletzt gefahren ist, steht in Egon Hausners Garage«, verkündete Sandra, nachdem sich auch Miriam zur Lagebesprechung im Büro eingefunden hatte. Sandra hatte den jungen Hausner gleich in der Früh kontaktiert, weil der ihr den versprochenen Anruf bisher schuldig geblieben war. Bei dieser Gelegenheit hatte sie ihn auch gefragt, wie die Beziehung zwischen seinem Vater und Valentina Trimmel eigentlich gewesen war. Mehr als ein kurz angebundenes ›freundschaftlich‹ war ihm nicht zu entlocken gewesen. »Egon Hausner will ohne Anwalt nicht mehr aussagen«, berichtete sie weiter.

»Das ist doch voll typisch für so einen reichen Pinkel«, meinte Miriam und verdrehte die Augen.

»Ich bin mir ziemlich sicher, dass der alte Hausner hinter dieser Entscheidung steckt. Dabei würde mich brennend interessieren, was der junge Mann wirklich weiß«, meinte Sandra. »Dass wir seinen Vater für einen Mundhöhlenabstrich vorgeladen haben, hat er jedenfalls mit keiner Silbe erwähnt.«

»Und? Wann dürfen wir mit ›Ferrari-Hausners‹ Speichelprobe rechnen?«, meldete sich Bergmann endlich auch zu Wort.

Am Freitag hatte Engelbert Hausner keine Zeit mehr gefunden, um für eine Speichelprobe ins LKA zu kommen.

Sandra musste gähnen, bevor sie antwortete. »Entschuldigung«, meinte sie lächelnd. »Er wird sich heute um 17 Uhr in Begleitung seines Anwalts bei uns einfinden.«

»Dann sollten wir ja bald schlauer sein. Sehr gut …« Bergmanns skeptischer Blick, der förmlich an Sandra klebte, widersprach seinen Worten.

»Is' was?«, fragte sie irritiert.

»Du siehst heute irgendwie anders aus.« Immer noch fixierte er sie mit seinem prüfenden Blick. Nun sah Miriam sie ebenfalls neugierig an. »Die Bluse steht dir voll klass«, meinte sie, während Bergmann den Mund zu einem breiten Grinsen verzog. Sandra fühlte, wie ihr Gesicht Farbe annahm. Dieser Idiot schaffte es immer wieder, sie in Verlegenheit zu bringen. Was musste er sie auch so anstarren? Sie wusste ganz genau, worauf er hinauswollte.

»Das letzte Mal hab ich dich beim Frühstück in der ›Goldenen Gans‹ dermaßen strahlend gesehen. Du erinnerst dich doch sicher …«, spielte er tatsächlich auf die letzte Nacht mit ihrem Exfreund Max an. »Du hast jemanden kennengelernt, stimmt's?«, setzte er nach.

»Sascha, bitte! Das tut hier wirklich nichts zur Sache«, versuchte Sandra, weitere Fragen zu vermeiden.

Miriam grinste nun auch. Dass Bergmann selbst vor der jungen Kollegin nicht davor zurückschreckte, ihr Intimleben zu thematisieren, machte Sandra stinkwütend.

»Ich seh es dir doch an …, ich weiß, dass ich recht habe«, bohrte er weiter und wandte seinen Blick von Sandra ab, um Miriam zuzuzwinkern.

»Lässt du uns bitte einen Augenblick allein, Miriam?«, bat Sandra die Kollegin.

»Nein, Miriam! Bitte nicht! Bleib hier!«, mimte Bergmann den Ängstlichen.

»Wenn du das wirklich möchtest, Sascha, bitte schön: Wer war denn die verzweifelte Blondine – am Samstag auf der Murpromenade? War das deine Frau? Wieso ist sie extra nach Graz gekommen? Wofür hat sie sich denn bei dir entschuldigt? Und was macht eigentlich eure Scheidung?« Sandra schnaubte und lehnte sich in ihrem Stuhl zurück.

Bergmann sah sie mit großen Augen an. Miriam versuchte auf einmal, möglichst unbeteiligt zu wirken. »Schon gut«, gab sich Bergmann geschlagen und wandte sich seinem PC zu. Plötzlich wirkte er wie versteinert. Miriam lächelte Sandra zaghaft an und zeigte mit dem Daumen nach oben, was Bergmann nicht bemerkte. Sandra triumphierte innerlich, dass dieser entscheidende Punkt an sie ging. Vielleicht würde sie dem Kollegen seine Unverschämtheiten doch noch eines Tages abgewöhnen. Ihr Privatleben ging ihn nun wirklich nichts an. Das musste Bergmann irgendwann doch endlich auch einmal kapieren. Sandra war keine Frau, die ihre Gefühle vor aller Welt ausbreitete. Schon gar nicht in ihrem beruflichen Umfeld. Dass Bergmann ihre Glückshormone dennoch jedes Mal zu wittern schien, nervte sie gewaltig. Allerdings hatte sie weder eine Ahnung, wie er das anstellte, noch wie sie es verhindern konnte. Doch immerhin hatte sie ihn eben mit seinen eigenen Waffen zum Schweigen gebracht. Aus ihrem Mund würde Bergmann sicher nie erfahren, wie sie den Sonntag verbracht hatte. Auch nicht, dass sie mit Julius Czerny einen erotischen Volltreffer gelandet hatte. Noch außergewöhnlicher als die befriedigende Liebesnacht fand Sandra nur noch die Tatsache, dass es sie nach viel zu wenig Schlaf nicht gestört hatte, neben Julius aufzuwachen und anschließend mit ihm zu frühstücken, bevor sie neuerlich übereinander hergefallen waren. Der Mann war für einen One-Night-Stand eindeutig überqualifiziert und mehr als nur eine Sünde wert. Und er hatte sie zum Abschied um ein baldiges Wiedersehen gebeten, ehe er am Abend schweren Herzens nach Hause aufgebrochen war. Fragte sich nur noch, wann sie dieses prickelnde Erlebnis wiederholen würden. Wenn es nach ihr ging, lieber heute als morgen, dachte Sandra und verkniff sich ein verräterisches Grinsen.

KAPITEL 8

Dienstag, 6. September

I.

»Denn wie sollen wir uns trösten, wenn der Herr ein so junges Leben zu sich beruft?«, hörte Sandra den Pfarrer fragen. Linde Trimmel antwortete mit einem weiteren herzzerreißenden Schluchzen. Ihr jüngerer Sohn klammerte sich an ihrer Hand fest, während der ältere sie auf der anderen Seite stützte. Franz Trimmel senior stand wie versteinert daneben und starrte auf den Sarg seiner Tochter. Obwohl Sandra es jahrein, jahraus mit Mord und Totschlag zu tun hatte, fand sie Bestattungen beinahe unerträglich. Nicht nur, dass sie die geballte Trauer der Hinterbliebenen wesentlich mehr mitnahm als der Tod an sich, kamen bei dieser Gelegenheit auch immer wieder die eigenen schmerzlichen Erinnerungen an den verstorbenen Vater hoch, mit dem sie noch so vieles zu besprechen gehabt hätte. Auch er war Polizist gewesen. Auch er war wie sie mit ihrer Mutter nicht zurechtgekommen. Doch während er die Familie schon sehr früh verlassen hatte, war Sandra keine Wahl geblieben. Mit vier Jahren hatte sie alleine bei der schwierigen Mutter zurückbleiben müssen, hätte sich mit ihr arrangieren sollen. Was vielleicht sogar geklappt hätte, wäre nicht zwei Jahre später ihr Halbbruder zur Welt gekommen, der Sandra das Leben seither zur Hölle machte. Von Anfang an hatte er die volle Aufmerksamkeit der Mutter auf sich gezogen, sodass für Sandra kein Fünkchen Zuwendung mehr übrig geblieben war – obwohl Mike schon sehr früh durch Faulheit und aggressives Verhalten aufgefallen war und sich schlussendlich zu einem Kriminellen entwickelt hatte. Die Mutter verzieh dem Sohn einfach alles – was auch immer dieser anstellte. Auch, dass er Sandra im Vorjahr halb tot geprügelt hatte. Die physischen Verletzungen waren rasch verheilt, um ihre Panikattacken in den Griff zu bekommen, hatte Sandra allerdings einige Monate Therapie gebraucht. In Tiefgaragen und Aufzügen überkam sie noch immer ein mulmiges Gefühl, das sie inzwischen ohne die ihr verhassten Medikamente zu beherrschen gelernt hatte.

»Und so sagen wir Lebewohl, Valentina. In unseren Herzen lebst du fort bis in alle Ewigkeit«, hörte Sandra die Worte des Pfarrers, bevor sie diese wieder ausblendete. Miriam, die anstelle von Bergmann mitgekommen war, betrachtete die Sprüche und Namen auf den Trauerkränzen. Das Blumenmeer, das den Erdhügel neben Valentinas Eichensarg bedeckte, und die beachtliche Anzahl der anwesenden Trauergäste bestätigten Sandra, dass die Verstorbene über die Grenzen ihrer Heimatgemeinde hinweg beliebt gewesen war. Ein paar Schaulustige hatten sich wohl ebenfalls hier eingefunden. Ob Valentinas Mörder auch unter den Trauergästen war? Sandras Blick wanderte von einem zum anderen. Ihr fiel auf, dass nicht nur die Familie des Opfers, sondern auch die meisten ehemaligen Schulkollegen und Lehrer weinten oder zumindest um Fassung rangen. Auch den Anwesenden aus Graz stand der Schmerz ins Gesicht geschrieben – allen voran Egon Hausner, der mit seinem Vater, jedoch ohne Carolina

Holzinger auf dem Friedhof erschienen war. Deren Abwesenheit erstaunte Sandra nicht weiter, doch dass Pia Fürnpass das Begräbnis ihrer besten Freundin versäumte, beschäftigte sie zunehmend. Noch einmal ließ sie den Blick über die Trauergemeinde schweifen, was ihr nur erneut bestätigte, dass Valentinas Freundin fehlte. Unauffällig wandte sich Sandra um. Vielleicht war Pia ja zu spät gekommen und hielt sich nun im Hintergrund auf, um die Zeremonie nicht zu stören. Doch halt! Was war das eben für ein Schatten gewesen? War da jemand hinter den Bäumen verschwunden? Oder hatte die vorüberziehende Wolke die Tannen einen Moment lang etwas dunkler erscheinen lassen? Sandra wollte hinübergehen und nachsehen, als lautes Wehklagen ihre Aufmerksamkeit auf sich zog. Sie wandte sich wieder dem Begräbnis zu. Valentinas Sarg senkte sich langsam, um für immer in der Erde zu verschwinden. Linde Trimmel war auf die Knie gefallen und schrie mehrmals verzweifelt den Namen ihrer Tochter heraus, bis Florian sich auf sie warf und die Schreie der Mutter erstickte. Franz junior packte den Kleinen an der Jacke seines Steireranzugs und hob ihn hoch, um ihn tröstend in die Arme zu nehmen. Nun beugte sich der alte Franz Trimmel zu seiner Frau hinunter, die noch immer von heftigem Schluchzen gebeutelt wurde, und sprach besänftigend auf sie ein. Sandra flüsterte Miriam zu, dass sie sich kurz entfernen wolle. Dann machte sie sich auf den Weg.

Hinter der Baumgruppe am Rande des Friedhofs war niemand zu entdecken. Ein Geräusch über ihrem Kopf ließ Sandra plötzlich aufblicken. Der Mann schien sie noch nicht bemerkt zu haben. Er stand etwa zwei Meter über ihr in der Tanne und drückte immer wieder auf den Auslöser seiner Kamera. »Pssst«, zischte Sandra zu ihm hinauf, um nicht gleich die ganze Trauergemeinde auf sich aufmerksam zu machen. Und auf den Fotografen, der das Begräbnis von dort oben aus dokumentierte. Erschrocken sah er sie an, während sie ihm ihren Dienstausweis entgegenstreckte. »Polizei. Kommen Sie sofort herunter«, sagte sie leise und winkte ihn mit dem Zeigefinger zu sich. Während der Mann geschickt die Tanne hinabkletterte, warfen die Trauergäste nach und nach eine Schaufel Erde und eine rote oder weiße Rose auf den Sarg in der Grube.

»Haben Sie eine Genehmigung, hier zu fotografieren?«, fragte Sandra der Ordnung halber und verlangte nach einem Ausweis. Statt des erwarteten Presseausweises zeigte ihr Sebastian Hofstätter seinen Führerschein. Der Typ wollte sie offensichtlich für dumm verkaufen.

»Wozu brauche ich denn eine Genehmigung? Der Friedhof ist doch öffentliches Areal«, meinte der junge Mann mit unschuldiger Miene.

»Das dort sind aber Privatpersonen. Sie können sich hier nicht so mir nichts, dir nichts einschleichen und das Begräbnis fotografieren.«

»Nicht?«

Sandra wurde allmählich ärgerlich. »Jetzt stellen Sie sich doch nicht dümmer, als Sie sind. Allein an diesem Teleobjektiv kann ich erkennen, dass Sie ein Profifotograf sind. Sie wollen die Bilder doch an irgend so ein Käseblatt verkaufen, oder etwa nicht?«

Der Mann zuckte mit den Achseln.

»Hören Sie: Das Ehepaar dort drüben hat seine Tochter durch einen grausamen Mord verloren … Aber das wissen Sie natürlich längst. Denn deshalb sind Sie ja hier. Sie haben aber kein Recht, sich am Schmerz dieser Menschen zu bereichern. Es sei denn, Sie fragen vorher, ob Sie die Fotos veröffentlichen dürfen. Also los, kommen Sie mit. Oder löschen Sie die Bilder auf der Stelle und verschwinden Sie.«

»Aber der Mann dort drüben ist doch Engelbert Hausner. Der ist wohl eine öffentliche Person.«

»Wollen Sie es wirklich darauf ankommen lassen? Ich warne Sie zum allerletzten Mal …« Sandra hatte keine Lust mehr, sich noch länger mit dem Fotografen herumzuärgern. Inzwischen stand Familie Trimmel vor dem offenen Grab und nahm die Kondolenzwünsche der Trauergäste entgegen. »Also, was ist jetzt? Anzeige? Um Erlaubnis fragen? Oder die Bilder löschen und verschwinden?«, zählte sie Sebastian Hofstätter die Alternativen noch einmal auf.

»Also gut. Ich komme mit und frage«, meinte er unwillig.

»Aber warten Sie gefälligst, bis die Leute fertig kondoliert haben. Und wehe, Sie halten sich nicht an unsere Abmachung«, drohte ihm Sandra ein letztes Mal.

Miriam hatte sie soeben entdeckt und eilte ihr entgegen. »Wo warst du denn so lange?«, fragte sie und musterte den jungen Mann an Sandras Seite.

»Ich musste diesen Herrn hier vom Baum holen«, meinte Sandra.

»Sag bloß, so was wächst hier auf Bäumen«, meinte Miriam und grinste frech. Der Fotograf lächelte die großgewachsene Blondine im schwarzen Kostüm an.

»Los, los, Herr Hofstätter! Sie wissen ja, was Sie zu tun haben«, scheuchte Sandra ihn fort.

»Schnuckelig …«, meinte Miriam und sah dem jungen Mann hinterher.

»Miriam!«, rief Sandra die junge Kollegin zur Ordnung. Immerhin befanden sie sich hier beim Begräbnis eines Mordopfers. So witzig ihre Sprüche privat vielleicht sein mochten, bei einem offiziellen Anlass wie diesem waren sie einfach nicht angebracht. Sandra war nur froh, dass Bergmann nicht hier war. Der hätte sich über ihre Bemerkungen womöglich auch noch totgelacht. Stattdessen musste er einen dringenden privaten Termin in Wien wahrnehmen. Vermutlich ging es wieder einmal um seine Scheidung.

Nachdem die beiden Kriminalbeamtinnen der Familie Trimmel kondoliert hatten, wandten sie sich Volker Neidhardt und Isabella Rauschenbach zu. Miriam begrüßte den Jugendfreund. »Ich bin's – die Seifert Miriam aus Anger. Die, mit der du demnächst ein Testshooting machen wirst.«

Die beiden hatten also bereits miteinander telefoniert, schloss Sandra aus den Worten der Kollegin.

Volker Neidhardt musterte sein zukünftiges Model von oben bis unten. Er sah erschöpft aus. »Jetzt ist mir auch klar, warum Charly Testfotos von dir möchte«, bestätigte er Sandras Vermutung. »Ganz schön groß bist du inzwischen geworden. Sag mal, sind wir uns nicht letztens im Studio über den Weg gelaufen?«

Miriam nickte.

»Sag bloß, du bist auch bei der Kripo.«

»Ich bin beim LKA 1, Abteilung Leib und Leben«, bestätigte Miriam mit einem stolzen Lächeln.

»Was für eine Verschwendung«, meinte Volker müde.

Miriams fröhlicher Gesichtsausdruck verfinsterte sich.

»Das hat er als Kompliment gemeint«, mischte sich Isabella Rauschenbach ein.

Wo stand eigentlich geschrieben, wie Polizistinnen auszusehen hatten? Und war es wirklich so erstrebenswert, ein Model zu sein?, fragte sich Sandra, während Bella sich – geschwätzig wie immer – bei Miriam als Volkers Mitbewohnerin vorstellte. Der schwarze Blazer ließ den hellen Teint der Rothaarigen noch um einiges blasser wirken, als Sandra ihn in Erinnerung hatte. »Wieso ist Pia Fürnpass eigentlich nicht zum Begräbnis erschienen?«, wollte sie von den beiden WG-Bewohnern wissen.

»Das haben wir uns auch schon gefragt«, erklärte Bella. »Sie ist gestern mit uns hergefahren. Aber heute Morgen ist sie nicht zum Frühstück erschienen und war auch nicht mehr in ihrem Zimmer. Wir mussten dann los, um rechtzeitig zur Beerdigung zu kommen. Aber am besten fragen Sie ihre Eltern. Dort drüben stehen die beiden – neben Pias Schwester.« Bella deutete zu einem Ehepaar nebst Teenager. Das Mädchen ähnelte seiner älteren Schwester stark, wenngleich es die langen, haselnussbraunen Haare zu einem strengen Pferdeschwanz zurückgebunden hatte und eine Zahnspange trug.

»Sie haben ein gemeinsames Quartier bezogen?«, vergewisserte sich Sandra.

»Wir wohnen alle bei Pias Eltern am Weingut in Sankt Stefan ob Stainz. Die Pia in ihrem alten Zimmer im Privathaus. Volker und ich sind in zwei Gästezimmern in der angrenzenden Pension untergekommen. Die betreibt Pias Mutter. Wir wollten einfach nicht so zeitig losfahren. Drum sind wir gestern Nachmittag schon angereist und haben gleich die Wellnesseinrichtungen dort genutzt. Kostet uns ja alles nix. Übrigens haben auch Egon Hausner und sein Vater gestern Abend in der Pension eingecheckt. Die Pia war stinksauer, dass ihre Mutter die beiden bei sich einquartiert hat. Als ob man sich als Zimmervermieterin die Gäste aussuchen könne, hat die Frau Fürnpass gemeint. Sie sei froh, dass sie nach der eher bescheidenen Sommersaison überhaupt zahlende Gäste beherbergte«, plauderte Bella bereitwillig aus dem Nähkästchen.

Schon wieder kam dieser ›Ferrari-Hausner‹ ins Spiel, fiel Sandra auf. Warum war er nicht erst an diesem Morgen angereist? Von Graz hierher dauerte die Autofahrt höchstens eine gute halbe Stunde, nachdem die Baustellen auf der Strecke seit dem Monatsanfang endlich beseitigt waren. Dass sich Engelbert Hausner überhaupt bei Valentinas Begräbnis blicken ließ, war typisch für ihn. Aus Rücksichtnahme auf die Familie Trimmel hätte er auch durch Abwesenheit glänzen können. Aber nein, er musste natürlich dabei sein! Wahrscheinlich war er es sogar gewesen, der dem jungen Paparazzo einen gezielten Hinweis gegeben hatte, damit er sich nachher wieder selbst in einem dieser Revolverblätter bewundern konnte. Einzig und allein die Tatsache, dass seine Speichelprobe noch nicht ausgewertet war, zwang Sandra dazu, die Vorverurteilung seiner Person bis auf Weiteres hintanzustellen, was ihr alles andere als leichtfiel.

»Pia hat also mit ihrer Mutter gestritten?«

»Ja. Nach dem Abendessen ist der Streit eskaliert. Volker und ich haben uns auf unsere Zimmer verdrückt.«

»Wann war das?«

»Kurz vor 23 Uhr.«

»Das war das letzte Mal, dass Sie beide Ihre Freundin gesehen haben?«

»Ja.«

Auch Volker Neidhardt nickte. Er sah an diesem Tag richtig krank aus, fand Sandra. »Alles in Ordnung mit Ihnen, Herr Neidhardt?«, erkundigte sie sich.

Wieder nickte der junge Mann. »Ja, ja. Geht schon. Ich mag Begräbnisse nur nicht besonders«, antwortete er.

»Da geht es Ihnen genau wie mir«, entkam es Sandra. Auch ihr gingen seelische Belastungen wesentlich mehr ans Herz als körperliche, obwohl in ihrer Brust wenigstens noch das eigene schlug.

»Könnte Pia wegen dieses Streits mit ihrer Mutter abgereist sein?«

Bella zuckte mit den Schultern. »Schon möglich. Zu uns hat sie aber nichts gesagt. Und ein Auto hatte sie ja auch nicht. Wir drei haben uns gemeinsam einen Wagen für das Begräbnis gemietet. Und ich hab den Schlüssel und die Papiere bei mir.« Bella schwang demonstrativ den Leihwagenschlüssel vor Sandras Nase.

»Könnten Sie noch ein bisschen hier warten, bis wir uns mit den Eltern von Frau Fürnpass unterhalten haben? Danach würden wir Ihnen gerne noch ein paar Fragen stellen«, meinte sie zu den beiden jungen Leuten.

»Wie wär's, wenn Sie mit zum Leichenschmaus kommen?«, schlug Bella vor. »Da können wir uns in Ruhe unterhalten. Mir ist schon ganz schlecht vom langen Stehen. Und einen Mordshunger hab ich auch.« Dass Bella ihre letzte Formulierung unter den gegebenen Umständen nicht unbedingt geschickt gewählt hatte, fiel offenbar niemandem außer Sandra auf. Einmal mehr musste sie an Bergmann denken, der sich an dieser Stelle ein Grinsen nicht verkneifen hätte können.

Miriam ließ sich von Bella die Adresse des Gasthofs ›Zur Sonne‹ geben, während Sandra bei Franz Trimmel senior nachfragte, ob er etwas dagegen hätte, wenn sie die Trauergemeinde zum Leichenschmaus begleiteten, um dort mit einigen Gästen zu sprechen. Sie versprach ihm auch, sich so diskret wie möglich zu verhalten. Selbstverständlich werde sie ihm keinerlei Kosten verursachen, versicherte sie ihm außerdem.

Dem alten Peterbauer schien jedoch ohnehin alles egal zu sein. »Von mir aus«, willigte er achselzuckend ein.

Im Gasthof ›Zur Sonne‹ stellte sich Sandra bei Pias Eltern vor, während Miriam sich weiterhin Volker und Bella widmete. Das Winzerehepaar musterte Sandra misstrauisch, als sie die beiden darauf ansprach, ob sie wüssten, warum Pia nicht zum Begräbnis erschienen war. »Ich kann mir das auch nicht so recht erklären. Das nicht und vieles andere auch nicht …«

»Könnte die Abwesenheit Ihrer Tochter vielleicht auf den Streit zurückzuführen sein, den Sie gestern Abend mit ihr hatten?«, fragte Sandra ohne Umschweife.

»Diese Rasselbande«, schimpfte Herr Fürnpass und sah zu Bella und Volker hinüber. »So schlimm war der Streit nun auch wieder nicht. Zuerst haben wir mit der Pia und ihren Freunden noch ganz friedlich den Schilcher Frizzante und danach unseren Roten verkostet. Irgendwann ist die Pia ausgerastet, weil sich dieser Autohändler aus Graz und sein Sohn bei uns in der Pension einquartiert haben. Sie meinte, die beiden wären schuld an Valentinas Tod«, erzählte der Winzer.

Sandra horchte auf. Wusste Pia etwa doch mehr, als sie bei ihrer Vernehmung erzählt hatte? »Soll das heißen, Ihre Tochter hat Herrn Hausner und seinen Sohn des Mordes an Valentina Trimmel bezichtigt?«

»Nicht so direkt. Sie hat wohl gemeint, dass der Umgang mit ihnen Valentina verdorben und sie in die Arme ihres Mörders getrieben hätt«, erklärte Frau Fürnpass.

»Und was hatte das konkret zu bedeuten?«

Frau Fürnpass zuckte mit den Schultern. »Das weiß ich doch auch nicht. Die Pia war völlig außer sich und ist wenig später plärrend aus der Gaststube gerannt.«

»Wie spät war es denn da?«

Frau Fürnpass überlegte. »Das wird so um elf herum gewesen sein. Ich hab aber nicht auf die Uhr geschaut.« Die Pensionswirtin und Winzerfrau sah ihren Mann an. Der nickte stumm.

»Und wann sind Sie beide zu Bett gegangen?«

»Etwa eine Dreiviertelstunde später. Meine Frau und ich haben die Flasche noch ausgetrunken. Wär ja schad drum g'wesen.«

»Und die anderen Hausgäste?«

»Der Volker und die Bella sind etwa zehn Minuten vor der Pia gegangen. Denen war unser Streit wohl peinlich«, meinte Frau Fürnpass.

»Und die Herren Hausner?«

»Die hab ich später heimkommen hören, als wir schon im Bett gelegen sind. Ich hab nämlich nicht einschlafen können – wegen der Streiterei mit der Pia. Na ja, und so ein Sportwagenmotor macht halt doch

143

einen ganz schönen Krawall – noch dazu mitten in der Nacht.«

»Wissen Sie, wie spät es da war?«

»Ja. Ich hab auf den Wecker geschaut. Null Uhr 31 war's«, sagte Frau Fürnpass.

Sandra notierte sich die Uhrzeit.

»Sonst wohnen derzeit keine Gäste bei Ihnen?«

»Die nächsten Gäste erwarten wir am Wochenend. Dann geht hier die Hauptsaison los«, meinte Herr Fürnpass. »Besonders groß ist unsere Pension ja nicht. Wir hab'n grade mal sechs Zimmer und ein Apartment im Dachgeschoss – da wohnen jetzt die Hausners«, sagte Frau Fürnpass.

»Ist Ihnen an Ihrer Tochter vor dem Streit vielleicht irgendetwas Besonderes aufgefallen? Ich meine, war sie anders als sonst?«

»Na ja, sie war halt sehr traurig wegen der Valentina.« Frau Fürnpass seufzte.

»Die Pia war nervös und reizbar. Ehrlich gesagt, hab ich meine Tochter noch nie so erlebt«, ergänzte Herr Fürnpass. »Und dass sie nicht zu Valentinas Beerdigung gekommen ist, passt auch nicht zu ihr. Die Pia ist noch nie vor irgendetwas davongerannt. Das ist ein tapferes Dirndl«, ergänzte er.

»Aber wenn sie doch einmal vor etwas davonlaufen würde, zum Beispiel nach einem Streit mit Ihnen, an wen würde sie sich dann wenden?«

»Wahrscheinlich an einen ihrer Freunde«, vermutete die Mutter.

»Könnten Sie mir vielleicht eine Liste mit den Namen dieser Freunde machen?«

»Warum denn das? Glauben Sie etwa, dass unserer

Pia etwas passiert ist?«, dämmerte es Frau Fürnpass reichlich spät. Der Weinbauer, auf dessen Stirn sich längst Sorgenfalten zeigten, legte seinen Arm um die Schulter seiner Frau und drückte sie an sich.

»Bisher haben wir überhaupt keinen Anlass, irgendetwas Schlimmes zu befürchten«, versuchte Sandra, das Winzerehepaar zu beruhigen. Insgeheim hoffte sie, dass Pia nichts von alledem widerfahren war, was sie schon seit geraumer Zeit befürchtete. »Hat die Pia ihr Handy dabei?«, setzte sie nach.

Frau Fürnpass schüttelte den Kopf. »Nein, das liegt auf ihrer Kommode.«

»Verstehe. Wo genau befindet sich denn Ihr Weingut?« Sandra notierte sich die Adresse in Langegg und ließ sich von Herrn Fürnpass den Anfahrtsweg beschreiben. Seine Handynummer speicherte sie gleich in ihr Mobiltelefon ein. »Ist derzeit jemand bei Ihnen zu Hause?«

»Der Opa ist daheim. Aber der ist nimmer so fit im Kopf. Und der Ronny, unser Hausbursch. Den finden S' wahrscheinlich im Buschenschank. Dort muss er noch aufräumen, bevor wir aufsperren. Bis um 15 Uhr haben wir nämlich wegen der Beerdigung geschlossen«, meinte Frau Fürnpass und sah auf ihre Uhr. »Die Hanni, unser Stubenmädchen, wird jetzt wahrscheinlich schon fertig sein mit den Gästezimmern. Danach hat sie frei«, ergänzte sie.

»Gut. Dann werde ich gleich mal vorausfahren und mich ein wenig bei Ihnen umsehen, wenn Sie nichts dagegen haben. Vielleicht ist die Pia inzwischen schon zu Hause.«

»Sollen wir mitkommen?«, fragte Herr Fürnpass.

»Von mir aus ist das nicht nötig. Bleiben Sie ruhig hier. Ich rufe Sie an, sobald ich etwas Neues erfahre«, wiegelte Sandra ab.

»Und was ist, wenn die Pia nicht daheim ist?«, wollte Frau Fürnpass wissen.

»Wir werden Ihre Tochter schon finden.« Sandra klang zuversichtlich. Bevor sie nicht wusste, ob ihr Bauchgefühl zutraf oder ob sie sich irrte, wollte sie die Eltern nicht noch weiter beunruhigen. Auch wenn sie es für unwahrscheinlich hielt, konnte Pia nach dem Streit genauso gut abgereist sein. Sandra verabschiedete sich, um wenig später Miriam aus der Unterredung mit Volker Neidhardt zu reißen. Die beiden Kriminalinspektorinnen verließen den Gasthof, ohne die Hausners nach ihrem Alibi oder andere Gäste zu Valentina befragt zu haben, wie sie es ursprünglich vorgehabt hatten. Das ließ sich auch später noch nachholen. Jetzt hatten sie keine Zeit mehr zu verlieren.

2.

Die unbemannte Funkstreife, die die Auffahrt zum Weingut der Familie Fürnpass in Langegg blockierte, schürte Sandras Befürchtungen noch weiter. Kurzentschlossen stellte sie den Motor ab und ließ den VW Passat einfach hinter dem Streifenwagen stehen. Wie konnten die Kollegen nur dermaßen ungünstig parken, ärgerte sie sich. »Los, komm!«, meinte sie zu Miriam und sprang aus dem Auto. Während der Fahrt hatten die Augen der jungen Kollegin geleuchtet, als sie von Volker Neidhardt und dem bevorstehenden Fotoshooting erzählte. Damit war es jetzt schlagartig vorbei. Miriam hetzte hinter Sandra die steile Auffahrt hinauf und hatte alle Mühe, mit der älteren Kollegin Schritt zu halten. Sandra war bereits bei der zweiten Funkstreife am Parkplatz vor dem Eingang zum Buschenschank angelangt und streckte dem uniformierten Polizisten im Wagen ihren Dienstausweis entgegen. »Abteilungsinspektorin Sandra Mohr, LKA 1. Informieren Sie mich bitte, was hier los ist, Herr Kollege.«

»Spaziergänger haben eine unbekannte Tote auf'm Weinberg hinterm Haus g'funden.«

Sandra fluchte innerlich. Nicht immer war es erstrebenswert, recht zu haben. »Wissen Sie schon Näheres? Wie ist die Frau umgekommen?« Sandra graute davor, womöglich mit einer zweiten gepfählten Leiche konfrontiert zu werden. Schon beim bloßen Gedanken daran drehte sich ihr der Magen um.

»Tut mir leid. Ich weiß noch nicht mehr. Soll ich den Kommandanten anrufen? Er ist ob'n am Leichenfundort.«

»Nicht nötig. Wir sind schon unterwegs. Gibt es eine direkte Zufahrtsmöglichkeit dorthin?«

»Nur mit dem Traktor.«

»Okay. Dann schaffen Sie bitte umgehend den zweiten Streifenwagen und den silbergrauen Passat hier herauf auf den Parkplatz, damit die Spurensicherung und der Leichenwagen nachher auch noch zufahren können.« Sandra reichte dem Polizisten den Autoschlüssel ihres Dienstfahrzeugs durch die geöffnete Seitenscheibe.

»Jawohl, Frau Abteilungsinspektor.«

»Abteilungsinspektor*in*«, korrigierte ihn Miriam.

»Hä? Ja eh … Abteilungsinspektorin«, wiederholte

der Uniformierte und sah den beiden Beamtinnen in Zivil hinterher, ehe er sich auf den Weg machte, um die beiden Fahrzeuge zu holen.

Sandra ging auf den alten Mann zu, der auf einer der Heurigenbänke im Gastgarten des Buschenschank saß. »Sind Sie der Herr Fürnpass?«, sprach sie ihn an.

Der Alte umklammerte seinen Stock. »Sie müssen schon lauter red'n, junge Frau! Ich versteh' Sie sonst ned!«, schepperte die Stimme des Mannes.

»Kriminalpolizei!«, rief Sandra ihm zu. »Wissen Sie, wo sich unsere Kollegen befinden?«

Der Mann versuchte sich mühsam an seinem Gehstock hochzuziehen.

»Bleiben S' ruhig sitzen!« Sandra wollte schon weitergehen, als ihr klar wurde, dass sie es gar nicht mehr besonders eilig hatten. Die unbekannte Frau war tot, hatte der uniformierte Kollege gesagt. Auch wenn sie nicht glaubte, dass diese noch lang unbekannt bleiben würde.

»Gengan S' nur weiter! Dort umi und auf'n Berg aufi! Was suachts denn auf einmal alle da ob'n?«, bellte der Alte, der inzwischen, auf seinen Stock gestützt, auf wackeligen Beinen stand. Er schien also nichts davon mitbekommen zu haben, was im Weingarten der Familie vorgefallen war.

»Danke! Wir finden den Weg auf den Weinberg schon!«, schrie Sandra ihn an. »Setzen Sie sich am besten wieder hin, Herr Fürnpass! Nicht, dass Sie am End' noch hinfallen!«

»Kennen wir uns leicht, schöne Frau?« Der Alte fletschte sein Krankenkassengebiss.

Sandra winkte ab, dann waren sie und Miriam um die nächste Ecke verschwunden. Von hier aus führte ein schmaler Wanderweg direkt durch den Weingarten hinauf in den Wald. Kurz vor dem höchsten Punkt des Weinbergs – an die 300 Meter von ihnen entfernt – erspähte Sandra die uniformierten Kollegen, die zwischen den Rebstöcken den Leichenfundort absicherten. Eine zweite Vogelscheuche war von hier aus nicht zu erkennen. Sandra atmete kurz durch, bevor sie den steilen Pfad hinaufhetzte. Miriam schnaufte hinter ihr her.

»Stopp! Polizei! Kehren Sie sofort um!«, rief ihnen einer der Polizisten durchs Megafon zu, nachdem er die beiden Frauen auf halbem Weg wahrgenommen hatte.

»L – K – A!«, schrie Sandra aus voller Kehle zurück, ohne ihre Geschwindigkeit zu drosseln. Offenbar hatte der Kollege sie verstanden, denn er ließ das Megafon sinken und winkte sie zu sich herauf. Sandra wandte sich kurz nach Miriam um, die inzwischen um einige Meter zurückgefallen war. Die junge Kollegin griff sich an die Seite. Was halfen ihr die Gazellenbeine, wenn sie keine Kondition hat?, überlegte Sandra. Miriam schien alles andere als fit zu sein. Das musste sich dringend ändern, wenn sie ihren Dienst an der Front anstatt am Schreibtisch versehen wollte. Sandra schnaufte kurz durch, als sie oben ankam. Auf Miriam konnte sie jetzt keine Rücksicht nehmen. Sie zückte ihren Dienstausweis und stellte sich vor, ohne den örtlichen Polizeikommandanten dabei anzusehen. Stattdessen haftete ihr Blick auf den nackten Frauenbeinen, die hinter den Rebstöcken hervorlugten. Viel mehr war von hier aus nicht zu erkennen.

»Der Notarzt kann nix mehr für die Frau tun. Gehts dort umi! Da gibt's mehr zu sehen von ihr«, meinte der Uniformierte und deutete Sandra, wieder ein Stück zurückzugehen und dann rechts den horizontalen Weg einzuschlagen. Warum hat er das nicht gleich gesagt?, ärgerte sie sich und machte auf dem Absatz kehrt. An jener Abzweigung, die näher an die Leiche heranführte, begegnete sie Miriam, die inzwischen völlig außer Puste war. Ihr sonst so makelloses Gesicht war von der Anstrengung rot angelaufen. »Hier entlang«, sprach Sandra sie an und ging erneut voraus. Vom Polizeiabsperrband aus konnte sie bereits erkennen, dass sie mit ihrer Vermutung zumindest teilweise recht gehabt hatte. Der leblose Körper, der zwischen zwei Rebstockreihen lag, gehörte der vermissten Winzertochter. Vom befürchteten Zaunpfahl im Leib war jedoch nichts zu entdecken. Überhaupt war hier offensichtlich mehr Traubensaft als Blut geflossen, stellte Sandra beinahe erleichtert fest. Obgleich es an der Tatsache, dass Pia Fürnpass tot war, nichts änderte. Auf und um den Leichnam häuften sich Blaue Wildbacher-Reben, aus denen der für die Region typische Schilcher gekeltert wurde. Wenn man von der Toten einmal absah, wirkte die Szene wie ein kunstvoll arrangiertes Stillleben. Den blonden Schopf umrankte ein Kranz aus Rebenholz und Weinblättern, was Sandra an eine steirische Weinkönigin erinnerte. Auffällig waren auch die Hände, die der Täter dem Opfer vor der Brust gefaltet haben musste, um den Eindruck zu erwecken, als würde es beten. Dafür hatte er die Handgelenke mit breitem, schwarzem Klebeband aneinandergebunden. Fallanalytisch betrachtet, war diese Geste als emotionale Wiedergutmachung zu deuten, die zudem für eine innige Opfer-/Täterbeziehung sprach. Sandra fuhr zusammen, als ihr Handy läutete. »Griaß di', Lubensky«, begrüßte sie den Anrufer, »ich hab schon mit deinem Anruf gerechnet. Ich bin bereits bei der Leiche in Sankt Stefan.«

»Hä? Du bist bei der unbekannten Toten in Sankt Stefan ob Stainz? Wie denn das? Kannst du hellsehen?«, fragte Lubensky.

»Fast. Hör zu: Ich bin im Weingarten der Familie Fürnpass. Und ich weiß auch schon, wer die unbekannte Tote ist. Es handelt sich um Pia Fürnpass – die ältere Tochter des Winzers. Außerdem war sie die beste Freundin von Valentina Trimmel, die erst vor einer Stunde ganz in der Nähe beerdigt wurde. Sieht ebenfalls nach Ritualmord aus, aber diesmal ohne Zaunpfahl«, sprudelte Sandra hervor, obwohl Lubensky die meisten der Informationen gar nicht benötigte. Ihr fiel auf, dass auch diese Leiche keine Schuhe trug. Noch näher würde sie sie aber erst begutachten können, wenn die Kriminaltechniker die Spuren gesichert und den Leichenfundort für die weiteren Ermittlungen freigegeben hatten. »Was ist mit der Tatortgruppe?«

»Die ist schon unterwegs. Auch Frau Doktor Kehrer und der Leichentransport sind bereits verständigt. Bergmann hat frei, also leitest du den Einsatz. Der Fall gehört euch.«

»Na dann, herzlichen Dank … Der Fundort ist bereits abgesichert«, meldete Sandra, »pfiat di, Lubensky.«

»Viel Glück, Sandra«, erwiderte Lubensky und trennte die Verbindung.

»Wer hat die Tote denn gefunden?«, wandte sie sich an einen der Uniformierten.

»Ein Ehepaar – beim Wandern. Unser Kommandant hat die beiden in den Buschenschank g'schickt. Sie sollen dort auf einen Kriminalbeamten warten, der ihre Aussagen aufnimmt.«

»Das werden wir gleich übernehmen. Die Kriminaltechniker müssten demnächst auch hier eintreffen. Ich schick sie dann zu euch herauf. Ach ja, ich leite diesen Einsatz übrigens. Berichtet das bitte eurem Kommandanten«, sagte Sandra. Dann fielen ihr Pias Eltern ein. Sie hatte versprochen, sie zu verständigen, sobald es etwas Neues gab. So sehr es ihr auch widerstrebte, den beiden die grausame Nachricht zu überbringen, es würde ihr nicht erspart bleiben, sie zu informieren, bevor sie womöglich mit Gerüchten konfrontiert wurden, die sich gerade in ländlichen Regionen wie ein Lauffeuer verbreiteten. Dafür brauchte es keine Medien.

»Mir ist schlecht …«, unterbrach Miriam ihre Gedanken.

Als Nächstes hörte Sandra, wie sich die junge Kollegin hinter ihrem Rücken im Weingarten übergab. Sie wandte sich um und reichte ihr ein Taschentuch. »Geht's wieder?«

Miriam nickte. Ihre vorhin noch rote Gesichtsfarbe mutete auf einmal fast ebenso fahl an wie jene der Leiche. »Komm, lass uns hinuntergehen. Nimm dir so viel Zeit, wie du brauchst. Wir treffen uns dann im Buschenschank, okay?«, meinte Sandra.

»Ja …, tut mir voll leid, Sandra«, meinte Miriam zerknirscht.

»Ach, Mädchen. Das war deine erste richtige Leiche. Das ist halt etwas anderes, als bei Sektionen zuzusehen oder Fotos anzuschauen. Ist doch nicht weiter schlimm.« Ganz so abgebrüht, wie sie immer tat, war die junge Kollegin also doch nicht. Sandra wollte sich gar nicht ausmalen, wie es Miriam ergangen wäre, hätte sie die tote Valentina Trimmel am Schauplatz der Pfählung zu Gesicht bekommen und nicht nur auf den Polizeifotos. Alleine der Geruch der aufgespießten Leiche hätte sie womöglich längerfristig traumatisiert.

Sandra ging voraus und verwarf den Gedanken wieder, Pias Vater gleich zu benachrichtigen, wie sie es ihm vorhin versprochen hatte. Sie wollte nicht riskieren, dass der Mann im Schock einen Verkehrsunfall verursachte. Die Eltern würden ohnehin bald nach Hause kommen. Dann würde sie ihnen die Nachricht von Angesicht zu Angesicht überbringen. Auch wenn dies nichts mehr am Tod ihrer Tochter änderte, so war es doch weitaus menschlicher, ihnen persönlich gegenüberzutreten. Wie sehr sie diese Aufgabe hasste! Sandra blieb stehen und drehte sich noch einmal nach Miriam um, die einige Schritte hinter ihr hertrottete. »Kannst du bitte den psychosozialen Notdienst verständigen? Die sollen sich um die Eltern von Pia kümmern«, sagte sie laut.

Der alte Fürnpass saß noch immer auf der Bank, als Sandra den Gastgarten erreichte. Inzwischen war ihm der Steirerhut ins Gesicht gerutscht und er schnarchte lautstark vor sich hin. Sandra betrat den Buschenschank und grüßte in den Raum hinein, der für jemanden, der aus dem Sonnenlicht kam, durch die dunkle Holzdecke und die relativ kleinen Fenster im ersten Moment recht düster wirkte.

»Tach! Wir sperren erst um 15 Uhr auf. Todesfall«, sächselte der junge Mann hinter der Schank. Offensichtlich war er einer jener Ostdeutschen, die es scharenweise nach Österreich trieb, um in der Tourismusbranche zu arbeiten.

»Genau deswegen bin ich hier«, sagte Sandra und stellte sich laut vor, während sie den einzigen besetzten Tisch ansteuerte. Der junge Mann an der Theke, bei dem es sich vermutlich um den erwähnten Hausburschen handelte, setzte seine Arbeit mit dem Putzlappen schweigend fort.

»Haben Sie die Tote gefunden?«, sprach Sandra das Paar reiferen Alters an.

»Ja …, wird aber auch Zeit, dass endlich einer von euch Kiberern hier aufkreuzt«, schnauzte sie der Mann an.

»Gerhard, ich bitte dich … Entschuldigen Sie meinen Mann, Frau Inspektor. Er hat's nicht so gemeint. Ja, wir haben die Leiche gefunden«, bestätigte die Frau neben ihm. Dem Akzent nach zu schließen, stammten die beiden Wanderer aus Wien oder aus der näheren Umgebung der Bundeshauptstadt.

»Könnten Sie sich zuallererst einmal ausweisen?«, bemühte sich Sandra, die Unhöflichkeit des Mannes zu übergehen.

»Wieso? Wir hab'n ja nix verbrochen«, erwiderte dieser um nichts weniger renitent als zuvor.

»Das hoffe ich für Sie«, meinte Sandra, weiterhin beherrscht, »dennoch sind Sie Zeugen in einem Mordfall und haben sich gegenüber einer Kriminalbeamtin zu legitimieren.«

»Ich hab ja gar nicht gewusst, dass ihr Steirer so g'schwolln daherreden könnts«, ätzte der Mann.

»Gerhard, bitte …«, versuchte die Frau ihn erneut zu bremsen, während sie mit beiden Armen nach ihrem

Rucksack unter dem Tisch fischte. Schließlich kramte sie eine Brieftasche hervor und überreichte Sandra einen zerschlissenen rosa Führerschein. Der Jüngling auf dem Passbild wies kaum eine Ähnlichkeit mit jenem alten Grantscherb'n auf, der Sandra gegenübersaß. Warum ist Gerhard Bauernfeind nur dermaßen verbittert?, fragte sie sich insgeheim. Dahinter steckte doch mehr als nur eine Leiche, die ihm einen kostbaren Urlaubstag versaut. An seiner Frau schien es auch nicht zu liegen. Zumindest wirkte diese deutlich freundlicher und sympathischer als er. »Sie sollten beizeiten einen neuen Führerschein beantragen. Sie sind ja auf dem Foto kaum noch wiederzuerkennen«, stichelte Sandra, während sie sich die Personalien des Mannes notierte. In diesem Fall verzichtete sie ausnahmsweise auf die an sich viel schlauere Deeskalationstaktik, die heutzutage jedem Polizeischüler eingebläut wurde. Von Bauernfeind schien keinerlei Gefahr auszugehen, nur jede Menge schlechte Laune. Bevor er ihren Vorschlag kommentieren konnte, bekam er den Ellenbogen seiner Frau zwischen die Rippen gestoßen. Wütend sah er sie an. Doch irgendetwas in ihrem Blick ließ ihn seine Antwort hinunterschlucken. Noch ehe Sandra wusste, was genau den Mann zum Verstummen gebracht hatte, betrat Miriam den Buschenschank und steuerte schnurstracks auf sie zu. Ihr Gesicht hatte wieder die übliche Alabasterfarbe angenommen. Es schien ihr also besser zu gehen. Sandra stellte die Kollegin kurz vor. »Das sind Herr Gerhard Bauernfeind und seine Frau«, setzte sie hinzu.

»Renate heiß ich«, merkte die Frau an. »Leider hab ich keinen Ausweis zum Wandern mitgenommen.«

»Das macht nichts.« Miriam schrieb alle wichtigen Daten auf, darunter auch die Adresse des Hotels am Reinischkogel, in dem das Ehepaar untergekommen war. »Der Ausblick ist einfach atemberaubend. Und Schwammerl gibt's dort in Hülle und Fülle«, schwärmte die Wienerin.

Sandra setzte ohne weitere Widerrede des Mannes ihre Befragung fort. Die Bauernfeinds hatten Pias Leiche eine gute Stunde zuvor auf dem Weinberg aufgefunden und über die Notrufnummer die Polizei verständigt. Es habe kaum 15 Minuten gedauert, bis sie die Martinshörner gehört hätten und die Beamten wenig später aufgetaucht wären, berichtete Renate Bauernfeind, die unter einer schwachen Blase litt und daher den Weg in den Weingarten, abseits des Wanderpfades, eingeschlagen hatte, um sich im Schutz der belaubten Weinstöcke zu erleichtern. Nur wenige Schritte entfernt von ihr habe sie dann mitten beim Wasserlassen die Leiche entdeckt. »Ich hab mich vielleicht erschreckt, kann ich Ihnen sagen.«

»Selber schuld. Hättest es zurückg'halten, dann hätt' ma uns die Leich' erspart«, warf der Mann seiner Frau vor.

»Eh klar, dass ich wieder schuld bin ... Soll ich meine Notdurft vielleicht rausschwitzen, oder was?«, konterte die Frau.

Sandra räusperte sich. »Schon gut. Derartige Bedürfnisse sind ja nur menschlich.«

»Pah! Menschlich? Meine Frau ist undicht, so oft wie die aufs Klo rennt«, beschwerte sich Gerhard Bauernfeind.

»Und du bist woanders nicht ganz dicht«, entgegnete seine Frau und tippte mit dem Zeigefinger mehrmals gegen ihre Schläfe.

Sandra musste unwillkürlich an Julius denken. Ob sie sich nach einigen Jahren Ehe ebenso verhalten würden? Sie erschrak über ihren Gedanken. Wie kam sie in diesem Zusammenhang überhaupt auf Julius? Er hatte sich seit Sonntagabend nicht mehr bei ihr gemeldet. Langsam würde sie sich wohl oder übel damit abfinden müssen, seine samtige Stimme künftig nur noch im Radio zu hören. Schade eigentlich. Oder sollte sie ihn einfach anrufen?

»Ich sag's ja. Das ist alles deine Schuld.« Gerhard Bauernfeinds anklagende Worte holten Sandra in die Realität zurück.

»Haben Sie sich der Leiche genähert oder sie gar angefasst?«, wollte sie wissen.

»Um Gottes willen, nein! Wo denken Sie hin? Ich hätt mir vor Angst fast in die Hosen gemacht. Ich meine, wenn ich mein Geschäft nicht eh gerade erledigt gehabt hätte. Ich hab mich nicht von der Stelle gerührt und meinen Mann gerufen.«

»Und Sie?«, wollte Sandra von Herrn Bauernfeind wissen.

»Ich? Na, ich bin gleich zu meiner Frau rüber. Näher als sie bin ich aber auch nicht zu der Toten hin. Das war mir viel zu grauslich. Obwohl's eigentlich eine schöne Leich' war …«

»Ist Ihnen sonst noch etwas aufgefallen? Oder ist Ihnen im Weingarten jemand begegnet? Vorher vielleicht oder nachher? Überlegen Sie bitte mal. Alles könnte von Bedeutung sein.«

»Nein …, ach ja, doch. Von oben sind uns vier Damen

mit Nordic Walking-Stöcken entgegengekommen. Die müssen so in unserem Alter gewesen sein«, berichtete Frau Bauernfeind.

»Ich hab mich noch darüber lustig gemacht, weil ich die Hatscherei mit den Stecken so deppert find'«, ergänzte Herr Bauernfeind. »Das ist doch kein Sport, bitte schön.«

»Sonst noch was?«, fragte Sandra.

Bauernfeind überlegte nicht lange. »Ja. Das waren vier Piefke-Tanten«, berichtete er weiter.

»Deutsche Touristinnen also … Sind sie Ihnen vor oder nach dem Leichenfund begegnet?«, fragte Sandra.

»Kurz davor«, antwortete Frau Bauernfeind. »Ich hab noch gewartet, bis die Damen außer Sichtweite waren, bevor ich zum Wasserlassen in den Weingarten abgebogen bin.«

»Die Damen sind Ihnen also von oben her entgegengekommen?«, vergewisserte sich Sandra.

Die Bauernfeinds nickten im selben Takt.

»Haben Sie sonst noch jemand in der Gegend gesehen?«

»Nur den alten Fürnpass, da draußen auf dem Bankl. Der hat seinen Steirerhut gelüpft, wie wir ihn im Vorbeigehen gegrüßt haben«, meinte Gerhard Bauernfeind.

»Wir kennen das Weingut und die Winzerfamilie schon vom letzten Jahr. Da sind wir ein paar Mal hier eingekehrt, weil uns der Schilcher so gut geschmeckt hat«, erklärte Renate Bauernfeind.

»Und du hast davon wieder tausend Mal aufs Klo rennen müssen«, ergänzte ihr Mann.

Renate Bauernfeind warf ihm einen giftigen Blick zu.

Der älteren Tochter des Hauses waren die beiden

offenbar noch nie begegnet, sonst hätten sie deren Leichnam doch erkennen müssen, kombinierte Sandra. Sie hielt es nicht für nötig, die Bauernfeinds über die Identität der Toten aufzuklären. Es würde ohnehin nicht allzu lange dauern, bis die Journalistenmeute hier aufkreuzte und wesentlich mehr preisgab, als für die polizeilichen Ermittlungen förderlich war. »Das wär's dann«, meinte sie abschließend zu den Bauernfeinds. »Halten Sie sich bitte für etwaige weitere Fragen zur Verfügung.«

»Wir sind aber nur mehr bis Samstag hier«, sagte Renate Bauernfeind.

»Das macht nichts. Wir haben ja Ihre Daten«, meldete sich Miriam zu Wort. Dabei strahlte sie Herrn Bauernfeind dermaßen freundlich an, dass dieser verlegen wegsah. Womöglich wäre ihm sonst ein Lächeln über die Lippen gekommen.

»Ich hoffe, dieser Zwischenfall hat Ihnen Ihren Urlaub im Schilcherland nicht total vermasselt«, wandte sich die junge Kollegin nun an Frau Bauernfeind und klang dabei wie eine Vertreterin des Tourismusverbandes. In ihrem schwarzen Kostüm, dessen Rock gerade mal bis zu den Knien reichte, nahm man Miriam die Jungmanagerin ohnehin viel eher ab als die Kriminalpolizistin. Oder aber das Model, das man in ein Businessoutfit gesteckt hatte.

»Aber geh'n S', Fräulein«, beschwichtigte Frau Bauernfeind, »Verbrechen gibt's doch überall. Gerade bei uns in Wien. Obwohl ich da noch nie eine Leich' gefunden hab. An dem Anblick werd ich sicherlich noch länger kiefeln.«

Miriams Blick signalisierte Mitgefühl. Möglicherweise würde sie selbst länger zum Verarbeiten brauchen als das resolute Ehepaar aus Wien, dachte Sandra.

Renate Bauernfeind empfahl sich auf die Toilette, und die Kriminalbeamtinnen wechselten den Tisch. Miriam bat den aschblonden Jüngling hinter der Schank um ein großes Glas Wasser und Sandra schloss sich ihrem Wunsch an, bevor er sich – auf ihre Aufforderung hin – zu ihnen gesellte. Gerhard und Renate Bauernfeind verließen den Buschenschank bald darauf, immer noch zankend.

Mit wenigen gezielten Fragen fand Sandra heraus, dass Ronny Fischer – so hieß der Bursche aus Dresden – offenbar keine Ahnung hatte, dass es sich bei der Toten im Weingarten um die ältere Tochter des Hauses handelte. Er hatte scheinbar auch nicht mitbekommen, dass Pia nicht wie geplant mit der Familie zum Begräbnis gefahren war. Als er – ausnahmsweise später als sonst – um zehn Uhr morgens seinen Dienst angetreten hatte, sei nur noch der Opa im Haus gewesen, erzählte Ronny. Die Chefin habe ihm lediglich einen Zettel hinterlassen, auf dem sie ihn bat, im Buschenschank sauber zu machen. Vor allem die Speisenvitrine solle er gründlich reinigen. Valentina Trimmel habe er nur ein einziges Mal persönlich getroffen, darum sei er auch nicht zu deren Begräbnis mitgefahren, berichtete er weiter. Und Opa Fürnpass sei zu Hause geblieben, weil er sowieso nicht mehr alle Tassen im Schrank habe.

»Wissen Sie, ob das Stubenmädchen noch hier ist?«, fragte Sandra.

»Die Hanni ist um halb zwölf nach Hause gegangen.«

Von draußen hörte Sandra Motorengeräusche. Ein Blick aus dem Fenster verriet ihr, dass hinter den beiden silbernen Vans der Tatortgruppe ein roter Kombi die Einfahrt hochfuhr. Wenn dieser dem Winzer gehörte, war das Timing denkbar ungünstig. Eilig wies sie Miriam an, die Familie umgehend in den Buschenschank zu lotsen, ohne ein Wort darüber zu verlieren, was passiert war. »Wenn es sein muss, stell dich dumm. Du weißt nichts – bist selbst eben erst gekommen. Warte auf mich, und lass die Leute ja nicht aus den Augen, bis ich wieder hier bin. Ich kümmer mich nur rasch um die Kollegen von der Tatortgruppe.«

Ronny sah Sandra verwirrt an.

»Tut mir leid, Herr Fischer. Sie werden dann auch gleich Näheres erfahren. Am besten, Sie widmen sich inzwischen wieder der Vitrine.« Ronny nickte und warf den beiden Kriminalbeamtinnen besorgte Blicke nach, als diese aus dem Buschenschank stürmten.

»Was ist hier los? Ist was mit der Pia?«, rief Frau Fürnpass, kaum, dass sie aus dem Kombi ausgestiegen war. Bisher hatten sie also noch nichts von dem Leichenfund in ihrem Weingarten gehört.

»Kommen Sie, bitte«, meinte Sandra. »Meine Kollegin begleitet Sie ins Haus. Ich bin gleich bei Ihnen.«

»Aber, was ist denn passiert? Sie müssen uns doch …«, setzte Herr Fürnpass nach.

»Frau Fürnpass, Herr Fürnpass! Kommen Sie bitte?«, unterbrach ihn Miriam und hielt die Tür zum Buschenschank auf. Der Winzer gab sich vorerst geschlagen und winkte stumm seine Frau herbei, die ängstlich nach der Hand ihrer jüngeren Tochter griff, um ihm ins Haus zu folgen. Sandra sah den Eltern an, dass sie mit dem Schlimmsten rechneten. Die beiden Streifenwagen vor dem Haus und die Männer, die mit Tatortkoffern aus den beiden Vans stiegen, ließen fürwahr nichts Gutes erahnen. Noch schlimmer wäre zu diesem Zeitpunkt nur mehr das Eintreffen des Leichenwagens gewesen, was jeden Moment der Fall sein konnte. Kaum war Miriam mit der Familie im Haus verschwunden, wies Sandra die Kriminaltechniker ein. »Ruft mich an, sobald ihr am Tatort so weit seid«, meinte sie abschließend. Den Polizisten im Streifenwagen bat sie, der Gerichtsmedizinerin den Weg zum Weinberg zu zeigen, sobald diese eintraf. Dann forderte sie ihren Autoschlüssel zurück und bedankte sich für das Umparken der Fahrzeuge.

Als Sandra zum zweiten Mal an diesem Tag den Buschenschank betrat, saß Miriam mit Pias Eltern am selben Tisch wie zuvor schon die Leute, die deren Tochter tot aufgefunden hatten. Wenngleich die Winzer davon noch nichts wussten, hatten sie Ronny und ihre jüngere Tochter offenbar aus einer bösen Vorahnung heraus weggeschickt. Sandras Herz schlug bis zum Hals. Alle Augen waren auf sie gerichtet, während sie sich dem Tisch näherte und den Moment, der unmittelbar bevorstand, verfluchte.

Pias Mutter brach sofort in Tränen aus. Der Vater wirkte wie versteinert und hörte sich die wenigen Fakten an, die Sandra bekanntgab. »Wo ist die Pia jetzt?«, fragte er leise.

»Oben. Im Weingarten.«

Der stattliche Mann stöhnte auf, ehe auch er bitterlich zu weinen begann.

Miriam sah aus, als würde sie ebenfalls mit den Tränen ringen. Das fehlte gerade noch! Sandra war froh, dass sie sich momentan selbst ganz gut beherrschen konnte,

obwohl sie diese Situation alles andere als kaltließ. Sie
gab der Kollegin ein diskretes Zeichen, nach draußen
zu verschwinden, und zwang sich, an etwas Schönes
zu denken. Einmal mehr kam ihr die Nacht mit Julius
in den Sinn, und sie beschloss, ihn noch am selben Tag
anzurufen. Nicht nur, um seine Stimme wiederzuhören.
Das Leben war einfach zu kurz, um irgendetwas auszu-
lassen, was Spaß machte und niemandem wehtat, rief sie
sich den Leitspruch ihrer Freundin ins Gedächtnis. Wie
recht Andrea damit hatte, wurde ihr durch Pias frühen
Tod gerade eben wieder vor Augen geführt.

»Es tut mir wirklich sehr leid«, sprach Sandra die
Eltern an, um ihren bevorstehenden Abgang vorzubereiten. Es war höchste Zeit, dass sie wieder an den Tatort
zurückkehrte, um vielleicht anhand erster Spuren neue
Hinweise zu erhalten. Soeben stieg auch Frau Doktor
Kehrer aus ihrem Wagen, wie Sandra durch das Fenster
beobachten konnte. Sie wollte aufstehen, als Pias Mutter
von ihrem Taschentuch aufblickte und sie ansah. »Und
Sie sind sich wirklich sicher, dass es unsere Pia ist?«

»Ich habe Pia persönlich gekannt, sie ist es zwei-
fellos – leider«, bestätigte Sandra. Wieder verlor Frau
Fürnpass den Kampf gegen die Tränen. Erst vor Kurzem hatte ihre Tochter um die tote Freundin geweint,
erinnerte sich Sandra nur allzu gut. Jetzt lag sie selbst
tot im Weingarten, und ihre Familie trauerte um sie.
In solchen Momenten hasste sie ihren Beruf wahrlich.

Sandra ging davon aus, dass die Winzertochter ein
weiteres Opfer desselben Mannes geworden war, der
Valentina ermordet hatte. Trotzdem der Täter diesmal
anders vorgegangen war, ließen sich doch Gemeinsam-
keiten erkennen: Beide Mädchen waren die Töchter

von Landwirten aus derselben Region gewesen. Beide hatte man auf dem Boden ihrer Väter – kaum mehr als 15 Kilometer voneinander entfernt – tot aufgefunden, selbst wenn sie längst von zu Hause ausgezogen waren und in der Landeshauptstadt lebten. Fast konnte man den Eindruck gewinnen, als wären sowohl Valentina als auch Pia heimgekehrt, um zu sterben. Aber warum? Und warum stellte ihr Mörder sie dermaßen aus?, fragte sich Sandra wieder und immer wieder. Was wollte der Täter mit der auffälligen Inszenierung seiner Opfer aussagen? Wenn er die Mädchen für etwas bestrafen wollte, wofür? Die meisten Serientäter wählten ihre Opfer zufällig aus, ohne ihnen vorher jemals begegnet zu sein. Das machte es so schwierig, ihnen auf die Schliche zu kommen. Doch in diesem Fall schloss Sandra das Zufallsprinzip eher aus. Die Mädchen waren miteinander aufgewachsen, hatten zuletzt in derselben Stadt gelebt. Ihr Freundeskreis wies zahlreiche Überschneidungen auf. Viel wahrscheinlicher war es doch, dass der Täter die Freundinnen absichtlich ausgewählt hatte. Aber warum? Und wenn Sandra recht hatte, wer würde nach diesem Muster dann die Nächste sein? Gab es ein weiteres Bauernmädchen, das aus der Umgebung stammte und das nun in Graz wohnte? Wenn der Mörder seine Opfer tatsächlich kannte und nach diesem Muster vorging, konnte es doch nicht so schwierig sein, ihn zu finden … Oder waren ihm Valentina und Pia doch zufällig in die Arme gelaufen? Waren sie bloß zur falschen Zeit am falschen Ort gewesen?

»Können wir unsere Tochter noch einmal sehen?«, unterbrach Herr Fürnpass Sandras Gedankenkette.

»Sicher. Wenn Sie es wünschen … Ich muss nur mal

nachsehen, wie weit die Kollegen mit ihrer Arbeit sind, dann lasse ich Sie holen. Kann ich Sie inzwischen hier allein lassen? Es wird gleich eine Psychologin eintreffen, die sich um Sie kümmert«, versprach Sandra.

»Wir schaffen das auch ohne Seelenklempner«, meinte der Winzer unter Tränen.

Sandra warf einen prüfenden Blick auf Frau Fürnpass und war froh, dass Miriam den psychosozialen Notdienst längst verständigt hatte. Spätestens, wenn die Mutter vor ihrer toten Tochter stand, würde sie vermutlich endgültig zusammenbrechen. Leider hatte Sandra Ähnliches schon viel zu oft erlebt.

Wieder war von draußen ein Motorengeräusch zu vernehmen. Der Ferrari, der die Auffahrt hochjagte, konnte nur Engelbert Hausner gehören. Den würden sie auch noch nach seinem Alibi befragen müssen. Immerhin war nicht auszuschließen, dass er der Täter war. Obwohl die große, blonde Pia so gar nicht in sein übliches Beuteschema passte.

Miriam plauderte gerade mit dem alten Fürnpass, als Sandra um die Ecke bog. »Kommst du, bitte?«, winkte sie die junge Kollegin zu sich. »Alles okay bei dir?«

»Ja, klar. Der Alte hat noch immer nichts von dem Mord an seiner Enkelin gecheckt.«

»Kein Wunder. Er ist dement.«

»Warum hast du mich vorhin hinausgeschickt?« Miriam klang ein wenig enttäuscht.

»Ich wollte keinen Gefühlsausbruch von dir riskieren. Die Situation war auch so schon angespannt genug«, erklärte Sandra.

»Du dachtest doch nicht etwa, ich heul' los? Ich hab mich voll im Griff gehabt«, protestierte Miriam.

»Wirklich? Das sah für mich aber anders aus. Hör zu, Miriam: Befrag bitte die beiden Hausners getrennt voneinander. Ich muss noch einmal zum Tatort hinauf. Lass dir haarklein erzählen, wann die beiden hier gestern eingetroffen sind und was sie wann getan haben, bis sie soeben hier am Parkplatz vorgefahren sind. Und frag sie nach etwaigen Zeugen. Kann ich mich auf dich verlassen?«

»Ja, klar.« Miriam nickte eifrig und folgte Sandra. Mit der neuen Aufgabe war ihre Verstimmung sofort verflogen. »Übrigens, der Opa will durchs Fenster gesehen haben, wie Pia und ein junger Mann zeitig in der Früh miteinander auf den Weinberg gegangen sind«, erzählte sie, ehe sie um die Ecke auf den Parkplatz bogen. Sandra blieb abrupt stehen und wandte sich um. »Und? Kannte er den Mann?«

»Nicht namentlich, aber er meint, er hätte ihn schon irgendwo einmal gesehen …«

»Sie schon wieder!«, unterbrach Engelbert Hausner die Frauen mit einem Lächeln, wenngleich seine Worte alles andere als freundlich klangen. Beim Begräbnis war Sandra ihm wohlweislich aus dem Weg gegangen. Beim anschließenden Leichenschmaus hatte sie ihn und seinen Sohn aus Zeitnot nicht mehr befragen können. Dennoch war sie zu spät gekommen, um Pias Leben zu retten.

Beide Männer musterten Miriam von oben bis unten, wobei Sandra die Art und Weise, wie der alte Hausner die Beine der Kollegin angaffte, einfach nur widerlich fand. Gleich würde er zu sabbern beginnen.

Miriam ließ die Blicke der Männer gekonnt an sich abprallen und streckte ihnen ihren Dienstausweis entgegen. »Inspektorin Miriam Seifert – LKA. Ich möchte

Ihnen einige Fragen stellen. Ich hoffe, Sie kooperieren freiwillig«, meinte sie unerwartet streng.

»Mit Ihnen kopu ... kooperiere ich sehr gerne, Fräulein«, sülzte Engelbert Hausner sie an. Über den gescheiterten Versuch, witzig zu sein, konnte nicht einmal sein Sohn lachen.

»Für Sie immer noch Frau Inspektorin, Herr Hausner«, wies Miriam den aus ihrer Perspektive vergleichsweise kleinen Mann von oben herab in die Schranken.

Sandra machte grußlos kehrt, um noch einmal den Weg zum Tatort anzutreten. Sie konnte nur hoffen, dass Miriam besser mit Engelbert Hausner zurechtkam als sie selbst. Obwohl sie die Jacke auf halbem Weg auszog, war ihr T-Shirt durchgeschwitzt, als sie oben eintraf. Es war typisch für diese Jahreszeit, dass man entweder zu wenig oder zu viel anhatte. Auch die Gerichtsmedizinerin, die Sandra als Erste begrüßte, war vom Aufstieg sichtlich erhitzt. Immer wieder fächelte sich Doktor Kehrer mit der flachen Hand Luft zu. »Na? Ganz alleine heute, Frau Mohr?«, erkundigte sie sich.

»Nein. Meine Kollegin vernimmt gerade Zeugen – unten im Winzerhof«, stellte sich Sandra naiver, als sie war. Natürlich war ihr klar, dass die Nachfrage der Medizinerin Bergmann gegolten hatte. Aber die Kehrer musste ja nicht unbedingt wissen, was Sandra wusste und was nicht. Falls es da überhaupt etwas zu wissen gab. Sandra wandte sich dem Kollegen zu, der, wenige Meter von ihr entfernt, Miriams halb verdaute Frühstücksreste vom Boden aufsammelte, um DNA-Spuren sicherzustellen.

»Das können Sie getrost bleiben lassen!«, rief sie ihm zu und bewegte sich in seine Richtung. »Meine junge

Kollegin hat sich vorhin hier übergeben. Ihr Magen muss sich erst an derartige Anblicke gewöhnen«, meinte Sandra und deutete zur Leiche hinüber.

»Ach so«, erwiderte der Mann und ließ von Miriams ehemaligem Mageninhalt ab.

»Können wir dann?«, wandte sich Sandra an den leitenden Kriminaltechniker.

»Wir haben nur auf Sie gewartet«, meinte Manfred Siebenbrunner reichlich arrogant, was Sandra lieber überging. Stattdessen zog sie die Handschuhe über und versuchte, sich auf ihre Arbeit zu konzentrieren. Sie musste verdrängen, dass sie das Opfer persönlich gekannt hatte. »Kommen Sie, Frau Doktor«, sagte sie und ging zwischen den beiden Reihen von Rebstöcken auf den Leichnam zu. »Können Sie mir mal helfen, die Weinreben hier wegzuräumen?«, wandte sie sich erneut an Siebenbrunner. Der winkte einen jungen Kollegen herbei, der die Reben beiseiteschaffte. Das Erste, was Sandra auffiel, außer dem, was sie bereits bei der kurzen Tatortbesichtigung zuvor gesehen hatte, war das schwarze Lederband um den Hals der Toten, das dort dieselbe dünne Strangmarke hinterlassen hatte wie bei Valentina. Vorsichtig griff sie hinter den Nacken der Leiche und fand das silberne Herz, nach dem sie gesucht hatte. Dass darauf die Initiale P wie Pia eingraviert war, überraschte sie ebenso wenig. Sie hatten es also wirklich mit einem Serientäter zu tun. Dieses Schmuckstück konnte nur vom Mörder stammen. Pia hätte ihr doch sicher erzählt, dass sie selbst ein solches Lederhalsband mit einem Herzanhänger besaß, als Sandra sie im Zusammenhang mit Valentinas Tod danach gefragt hatte. Pia war eine intelligente junge Frau gewesen und auch, wenn keiner außer dem Ermittlerteam wusste, dass es sich bei dem Schmuckstück um die Tatwaffe handelte, hätte sie doch zumindest misstrauisch werden und ahnen können, dass ein ebensolches Lederband eine Rolle beim Tod ihrer Freundin gespielt hatte. Sandra bezweifelte daher, dass Pia dieses Schmuckstück freiwillig oder sogar selbst angelegt hatte. »Können Sie das hier, bitte, ins Labor schicken«, sagte sie zum Kriminaltechniker und übergab ihm die Asservate.

»Strangulationssymptomatik – wie bei Valentina Trimmel«, meldete sich Frau Doktor Kehrer zu Wort.

Sandra nickte. »Hat sie sich gewehrt?«

Die Gerichtsmedizinerin begutachtete die Arme, Hände und Finger der Toten. Dann kratzte sie Proben unter den Fingernägeln hervor und stellte diese sicher. »Das hier geht ins Labor«, sagte sie und übergab die Phiolen ebenfalls dem Kriminaltechniker. Dann schob sie den Rock des Leinenhemdchens nach oben und begutachtete die Innenseiten der Oberschenkel. »Wie es aussieht, war hier weder Gewalt noch Vergewaltigung im Spiel«, meinte sie. »Ganz sicher kann ich das aber erst nach der Obduktion sagen.«

»Und der Todeszeitpunkt?«, fragte Sandra.

»Zwischen fünf und acht Uhr morgens.«

»Um neun hat das Begräbnis begonnen«, überlegte Sandra laut. Zeit genug für den Mörder, um nach der Tat noch rechtzeitig zum Friedhof zu gelangen.

»Welches Begräbnis?«, fragte Frau Doktor Kehrer.

»Das von Valentina Trimmel.«

»Die beiden Mordopfer kannten sich?«

»Sie waren die besten Freundinnen.«

»Tragisch.« Der Ton der Gerichtsmedizinerin ließ

keinerlei Emotionen vermuten. Dass Bergmann auf gefühlskalte Frauen stand, war Sandra neu. Aber wahrscheinlich war er gar nicht so besonders wählerisch. Oder die Ärztin war privat ganz anders.

»Ihre Füße sind sauber«, mischte sich der Kriminaltechniker ein. »Entweder hat er die Leiche hier heraufgetragen oder er hat ihr post mortem die Schuhe ausgezogen und sie dann mitgenommen«, kombinierte er.

»Sehen Sie sich um, ob Sie ihre Schuhe irgendwo finden können«, sagte Sandra und richtete sich auf. Fürs Erste hatte sie hier genug gesehen. Auf dem Weg nach unten wählte sie Julius' Nummer.

KAPITEL 9

Freitag, 9. September

I.

»Engelbert Hausner hat also auch für die zweite Mordnacht kein Alibi. Allmählich wird es eng für ihn.« Bergmann stand vor der Magnettafel und studierte die Fotos
der beiden Frauenleichen.

»Kannst du dir denn wirklich vorstellen, dass er diese
Morde begangen hat?«, fragte Sandra. Selbst wenn sie
ihre persönliche Abneigung gegen Engelbert Hausner – soweit ihr das überhaupt möglich war – außen vor
ließ, traute sie dem Autohändler alles zu. Nur nicht,
dass er ein wahnsinniger Serienmörder war. Vor einer
knappen Stunde hatte sie das genetische Gutachten des
Zentrallabors erhalten, welches zweifelsfrei bestätigte,
dass er die Freundin seines Sohnes geschwängert hatte.
Und da Valentina Trimmel laut Aussage ihres Bruders
den folgenschweren Akt nicht ganz freiwillig über sich
ergehen hatte lassen, stand zumindest der Vorwurf der
Vergewaltigung gegen Engelbert Hausner im Raum,
für den er sich vor Gericht verantworten würde müssen. Um ihn auch wegen Mordes dranzukriegen, fehl-
ten ihnen jedoch die Beweise. Außerdem sprach einiges
dagegen, dass Engelbert Hausner die beiden Mädchen
getötet hatte. Nicht nur die recht zweifelhafte Aussage des alten Herrn Fürnpass, der in Egon Hausner den jungen Mann erkannt haben wollte, der Pia

in der Morgendämmerung auf den Weinberg begleitet hatte. Im nächsten Moment war es dann einer der
Polizisten gewesen – bloß nicht in Uniform –, den der
Alte angeblich zuletzt mit seiner Enkeltochter gese-
hen hatte. Obwohl Fürnpass senior geistig verwirrt
und offiziell entmündigt war, wollte Sandra zumindest
den Hinweis, dass seine Enkelin unmittelbar vor ihrer
Ermordung in Begleitung eines jungen Mann gewesen sei, nicht ganz außer Acht lassen. Noch dazu, wo
Fürnpass den alten Hausner bei der improvisierten
Gegenüberstellung im Gastgarten, die sie noch vor
Ort veranlasst hatte, vehement ausgeschlossen hatte.
Der Mann sei viel zu alt, hatte der noch ältere Fürnpass versichert. Vielleicht entsprach ja zumindest das
der Realität. Vielleicht aber auch nicht. Kamen theore-
tisch noch Ronny Fischer, Volker Neidhardt und Egon
Hausner als Tatverdächtige infrage, wobei Letzterer
auch für den zweiten Mord ein Alibi hatte. Sein Vater
hatte bestätigt, dass sie die ganze Zeit über zusammen
gewesen waren, was zwar bei Weitem nicht so stichfest
war wie der Urlaub auf Mauritius, aber immerhin war
es ein Alibi. An den Reaktionen, Aussagen und Bio-
grafien von Volker Neidhardt und Ronny Fischer war
nichts Auffälliges zu entdecken. Jedenfalls nichts, was
einen begründeten Tatverdacht auf sie lenkte. Zudem
hatte Fischer für die erste Tatnacht ein Alibi, war er
doch mit seiner Besucherin aus Dresden im selben
Bett gelegen. Was Volker Neidhardts Locationsuche
betraf, so bestätigten die Eigenschaftsinformationen
der Fotos, die sie inzwischen überprüft hatten, dessen und Charly Kramers Aussage. Blieb also nur noch
der große Unbekannte.

Bergmann ließ sich auf seinen Sessel fallen und verschränkte die Arme hinterm Kopf. »Prinzipiell würde ich dem alten Hausner schon zutrauen, dass er Valentina Trimmel ermordet hat. Aber alles, was danach passiert ist ...? Nein. Das doch eher nicht«, meinte er und steckte einen Bleistift in den Spitzer. »Außerdem hat er zumindest für die zweite Tat ein Alibi, wenn auch ein etwas wackeliges durch seinen Sohn. Wie sieht's in Sachen Vergewaltigung aus? Was ist mit dem Haftbefehl und dem Durchsuchungsbefehl für Hausners Villa?«

»Beides beantragt«, sagte Miriam. »Vielleicht hat der Alte Valentina im Affekt getötet. Sie könnten sich doch gestritten haben«, fügte sie hinzu.

»Du meinst, es war Totschlag? Nachdem er sie vermutlich zwei Tage lang irgendwo versteckt hat? Das halte ich für unwahrscheinlich«, erwiderte Sandra.

»Vielleicht ist Valentina freiwillig untergetaucht, um nachzudenken. Dann hat sie Hausner besucht, mit ihm gestritten, und er hat sie erdrosselt«, meinte Miriam.

»Wo soll sie denn untergetaucht sein? Und wieso hat sich ihr Handy nirgends mehr eingeloggt?«, fragte Sandra. »Und was ist mit dem Lederhalsband, mit dem sie erdrosselt wurde? Hat Hausner das zufällig zu Hause gehabt und ihr um den Hals gelegt, um sie zu erdrosseln? Dann hat er die Leiche von Graz mit einem alten Transporter nach Krottendorf-Gaisfeld gebracht, sie dort gepfählt und hernach ein zweites Opfer getötet, um die Spur zu einem Serienkiller zu legen? Das ist doch ein völlig unnötiger Aufwand für eine Beziehungstat.«

»Außerdem war die Gefahr, bei den Leicheninszenierungen entdeckt zu werden, doch viel zu groß. Warum sollte sich Engelbert Hausner auf ein dermaßen riskantes Nachtatverhalten einlassen? So wahnsinnig scheint er mir nicht zu sein. Er hat auch keine kriminelle Vergangenheit«, meinte Bergmann.

»Er war niemals in psychiatrischer Behandlung und hat keinerlei Vorstrafen«, bestätigte Sandra.

»Das schließt aber nicht aus, dass er dennoch wahnsinnig ist«, gab Miriam zu bedenken.

»Dann sollten wir das dringend herausfinden. Vielleicht gibt's in seiner Villa irgendetwas, was uns weiterbringt«, meinte Sandra.

»So etwas wie ein SM-Studio?«, fragte Bergmann.

Sandra zuckte mit den Schultern. »Irgendetwas … Was weiß denn ich?«

»Und wenn Hausner beim Mord an Valentina auf den Geschmack gekommen ist und sich später ein zweites Opfer gesucht hat, um noch einmal dieselbe Lust zu empfinden?« Miriam schien keine Theorie zu weit hergeholt zu sein, die Engelbert Hausner belastete.

»Hausner hätte doch ziemlich sicher sein Beuteschema beibehalten. Klein, zart, dunkelhaarig. Pia war eine attraktive junge Frau, aber vom Typ her das genaue Gegenteil von Valentina«, gab Sandra zu bedenken.

»Vielleicht hat den zweiten Mord ja gar nicht er begangen«, warf Miriam ein, »vielleicht hat sein Sohn Pia erdrosselt, um ihm zu helfen, von der ersten Tat abzulenken.«

»Also, ich weiß nicht. Das klingt alles reichlich absurd, Miriam. Egon Hausner ist zwar von seinem Vater abhängig – vor allem finanziell –, aber dass er deshalb zum Mörder wurde, kann ich mir nur sehr schwer vorstellen«, widersprach Sandra auch dieser Theorie.

»Er könnte ja genauso wahnsinnig wie der Vater sein. So was kann sich doch auch vererben«, blieb Miriam beharrlich.

Sandra überlegte, ob die Kollegin damit recht haben konnte. »Tut mir leid, Miriam. Das ist mir alles zu weit hergeholt«, entschied sie sich schließlich dagegen.

»Dann war es vielleicht doch ein Nachahmungstäter?« Miriam ließ nicht locker.

»Bisher ist doch noch nichts von der Tatwaffe nach außen gedrungen. Das spricht gegen einen Nachahmungstäter. Und dass die beiden Mädchen die besten Freundinnen waren, auch.« Sandra unterstrich ihre Aussage mit einem Kopfschütteln. Nein, keine von Miriams Szenarien erschien ihr plausibel.

»Das Augenscheinlichste an dem ersten Mord war doch die Pfählung. Die hätte ein Nachahmungstäter doch wohl am ehesten kopiert. Oder es zumindest versucht«, ergänzte Bergmann. »Das war aber nicht der Fall«, meinte er.

»Christiane Reichelt sieht das auch so. Mit der hatte ich gestern ein längeres Gespräch«, merkte Sandra an.

Bergmann legte Bleistift und Spitzer beiseite. Sein Körper straffte sich, während er Sandra mit seinem Blick fixierte. »Sag bloß, du hast eine externe Fallanalytikerin hinzugezogen, ohne vorher mit mir Rücksprache zu halten. Noch dazu Christiane Reichelt. Sie ist nicht nur die beste, sondern auch die teuerste Fachfrau.«

»Nicht offiziell natürlich. Ich kenne doch das interne Prozedere. Und ich weiß auch, dass wir Kosten einsparen müssen, wo immer es geht«, meinte Sandra. »Dennoch habe ich mir erlaubt, mich mit Christiane zu unterhalten. Sie war mir noch einen Gefallen schuldig.«

»Ach so – na dann ...« Bergmann wirkte erleichtert, dass er nicht den nächsten Rüffel für seinen lockeren Umgang mit den beschränkten Ressourcen des LKA würde einstecken müssen. Erst vor wenigen Wochen hatte er sich vor dem Controller des Landespolizeikommandos für den enormen Kaffeeverbrauch in seiner Abteilung rechtfertigen müssen, der unmöglich nur auf Zeugeneinvernahmen zurückzuführen sein konnte. Mit solchen Erbsenzählern stand Bergmann auf Kriegsfuß. Wenn er jetzt auch noch die kostspielige Doktor Christiane Reichelt auf einen Serienmord ansetzte, der offiziell gar keiner sein durfte, weil es noch keine drei Leichen gab, würde ihm das mit Sicherheit wieder angekreidet werden. Bisher hatte das polizeiliche Datenbanksystem, das solche Tötungsdelikte erfasste und anhand bestimmter Merkmale miteinander verglich, keinen fallanalytisch begründeten Tatzusammenhangsverdacht zwischen dem Mord an Valentina Trimmel und einem früheren Fall erkennen können. Erst wenn sich nach dem Mord an Pia Fürnpass offiziell neue Hinweise fanden, die auf einen begründeten Serientatverdacht hinwiesen, durfte ein neuer Anlauf gestartet werden.

»Unsere Profilerin glaubt also inoffiziell an einen Serienmörder?«, fragte Bergmann nach.

Sandra nickte. »Inoffizieller geht's gar nicht. Und nenn sie ja nicht Profilerin. Das hasst sie wie die Pest.«

Bergmann grinste und prostete Sandra mit seinem Kaffeebecher zu. »Was ist denn jetzt mit diesem Halsband? Haben wir noch immer keine Laborergebnisse?«

»Nein. Ich werde gleich noch mal nachfragen«, sagte Miriam.

»Mach das. Sobald sich bestätigt, dass das Schmuckstück auch im zweiten Mordfall die Tatwaffe war, hole
ich die Reichelt offiziell ins Boot. Selbst wenn es bisher
erst zwei Leichen gibt. Ich warte doch nicht, bis wir ein
drittes Opfer zu beklagen haben.«

Sandra lächelte ihn an. Man konnte Bergmann vieles
nachsagen, aber nicht, dass er den Weg des geringsten
Widerstands ging. »Mal abgesehen von den offensicht-
lichen Übereinstimmungen«, kehrte sie zu den Tat-
szenarien zurück. Dabei rollte sie mit ihrem Stuhl zur
Seite, um die Magnettafel besser überblicken zu können.
»Warum hat der Täter seinen Modus Operandi geändert? Sowohl vor der Tat als auch danach? Valentina war
allem Anschein nach zwei Tage lang verschwunden, ehe
sie erdrosselt wurde«, wiederholte Sandra. »Anschließend hat der Täter ihre Leiche ins heimatliche Krottendorf-Gaisfeld gefahren, sie gepfählt und auf dem Kürbisacker aufgestellt. Pia hingegen war schon daheim und
ist ihrem Mörder vermutlich freiwillig in den Weingarten gefolgt. Am Tatort und an der Leiche waren keine
Kampfspuren auszumachen – zumindest keine offen-
sichtlichen. Auch das Nachtatverhalten spricht dafür,
dass der Täter das Opfer gekannt hat.«

»Wegen der gefalteten Hände?«, fragte Miriam.

»Genau. Eine solch typische Wiedergutmachungsge-
ste fehlte bei Valentina. Im Weingarten gab es auch keine
Schleifspuren wie auf dem Kürbisacker. Um sicherzugehen, müssen wir allerdings noch die gerichtsmedizinischen und die kriminaltechnischen Gutachten abwarten. Vorerst spricht aus meiner Sicht aber alles dafür,
dass Pia ihren Mörder kannte. Auch die – zugegebener-
maßen ziemlich wackelige – Aussage des alten Herrn

Fürnpass. Bei Valentina wissen wir nicht, ob sie den Täter kannte. Zumindest hat sie sich laut gerichtsmedizinischem Gutachten heftig gewehrt. Unser Serientäter scheint auf alle Fälle ungewöhnlich flexibel zu sein und dennoch strukturiert vorzugehen. Er plant, berücksichtigt die Rahmenbedingungen und hinterlässt kaum Spuren.«

»Stimmt. Pia Fürnpass war zu schwer, um ihre Leiche auf den Berg hinaufzuschleppen. Also musste er zu einer anderen Taktik greifen. Er hat sie wohl unter irgendeinem Vorwand in den Weingarten gelockt, um sie dort zu töten«, meinte Bergmann. »Die Stelle hat er wahrscheinlich auch nicht zufällig gewählt.«

»Du hast recht. Er dürfte ziemlich intelligent sein und geht äußerst planvoll vor. Das meint auch Christiane.«

»Und was ist mit den Schuhen der Opfer? Nimmt er die mit?«, fragte Miriam.

»Anzunehmen. Sie könnten Trophäen für ihn sein«, sagte Sandra.

»Ein Schuhfetischist?« Bergmann überlegte, während er den Kaffeebecher in seinen Händen drehte. »Wie weit seid ihr denn mit dem Abgleich der Freundeskreise der Opfer?«, fragte er schließlich.

»Fast fertig«, meldete Miriam, die in den beiden vergangenen Tagen hauptsächlich damit beschäftigt gewesen war, unzählige Handykontakte von Pia zu überprüfen. »Abgesehen von fünf Kontakten, die ich noch nicht erreichen konnte, bin ich damit durch.«

»Und?«

»42 Übereinstimmungen. 16 Männer haben beide Mädchen gekannt – und 26 Frauen. Auf Facebook sind es noch wesentlich mehr.«

Bergmann verdrehte die Augen. »Konzentrieren wir uns doch erst mal auf die realen Kontakte, bevor wir uns den virtuellen Mördern zuwenden.«

»Von den Handykontakten entsprechen bisher zwei Mädchen, die sowohl mit Pia als auch mit Valentina befreundet waren, dem möglichen Opferprofil, das wir gestern mal so im Groben erstellt haben. Der Befund der Obduktion lässt wie das Gutachten der Kriminaltechniker noch immer auf sich warten. Könntest du nicht wenigstens bei Frau Doktor Kehrer mal ein bisschen Druck machen?«, meinte Sandra.

»Nichts lieber als das …« Bergmann grinste. »Wo ich doch jetzt wieder ein freier Mann bin«, fügte er hinzu.

»Sag bloß! Ist deine Scheidung endlich durch?« Die Bemerkung, dass er auch während seiner Ehe nichts hatte anbrennen lassen, schluckte Sandra in Miriams Anwesenheit lieber hinunter. Obwohl die Kollegin dies wahrscheinlich selbst längst mitbekommen hatte.

Bergmann nickte.

»Herzlichen Glückwunsch«, sagte Sandra stattdessen. »Deshalb mussten wir also drei Tage lang auf dich verzichten.«

Bergmann nickte erneut. Sein Grinsen war jedoch verschwunden. »Es ging leider nicht anders. Habt ihr schon Personenschutz für die beiden potenziell gefährdeten Mädchen angefordert?«, wechselte er das Thema.

»Den genehmigen sie uns doch nie und nimmer – ohne dass Gefahr im Verzug wäre«, meinte Sandra.

»Wie bitte? Der Fall hat höchste Priorität!«, wurde Bergmann laut.

»Das musst du nicht mir sagen«, meinte Sandra.

»Dann werde ich mich also auch darum noch kümmern. Ich möchte nicht ein weiteres Mädchen verlieren, nur weil an allen Ecken und Enden gespart wird. Diese McKinseys und Konsorten kotzen mich dermaßen an!« Und wieder landete ein leerer Kaffeebecher in hohem Bogen im Papierkorb.

»Vielleicht sollte man einfach zu den guten, alten, umweltfreundlichen Kaffeetassen zurückkehren, die vor der Automatenära verwendet wurden. Das wäre doch mal eine sinnvolle Einsparungsmaßnahme«, schlug Sandra vor.

»Das hab ich auch schon angeregt, aber die neue Einwegbecher-Automatenlösung sei hygienischer und am Ende des Tages auch effizienter, hat es geheißen.« Bergmann klang gewollt gespreizt.

»Ach ja? Am Ende des Tages wird die Erde im Müll ersticken«, meinte Sandra und seufzte.

»Stimmt. Das regt mich auch voll auf«, echauffierte sich nun auch Miriam. »Wisst ihr was? Morgen bring ich uns Häferln mit.«

»Von mir aus«, meinte Bergmann, als Sandras Telefon klingelte.

»Wer? ... Ja, geht klar. Ist der Verhörraum frei? ... Dann schick sie rauf. Wir kommen gleich. Danke«, meinte Sandra und legte auf.

»Und?«, fragte Miriam.

Sandra atmete tief durch, ehe sie die Kollegen einweihte. »Frau Fürnpass ist hier. Sie möchte dringend mit uns sprechen.«

»Aha ... Miriam, du bleibst bitte an den ausstehenden Kontakten der beiden Opfer dran«, sagte Bergmann und erhob sich. »Und finde endlich heraus, wo diese Halsbänder gekauft wurden.«

»Nichts leichter als das …«, maulte Miriam und verzog ihren Mund. Viel lieber wäre sie mit den Kollegen mitgekommen, wusste Sandra.

»Dir entgeht schon nichts. Du darfst ihre Aussage dann gleich abtippen«, meinte Bergmann, was Miriams Unmut sichtlich noch verstärkte. Doch sie schwieg.

»Das war ja nun nicht gerade motivierend«, rügte Sandra ihn, kaum dass sie die Bürotür hinter sich geschlossen hatte.

Bergmann zuckte mit den Schultern, als wäre ihm sein jüngstes Teammitglied auf einmal völlig egal.

Sandra verstand seine Reaktion nicht. »Wir waren uns doch einig, dass wir Miriam respektvoll begegnen und sie nicht von oben herab behandeln, wie es unsere Vorgesetzten so gern tun.«

»Ich dachte, das machen wir ohnehin.«

»Du hast sie aber gerade behandelt, als wäre sie die letzte Tippse«, widersprach Sandra.

»Wie bitte? Ich bin noch immer ihr Boss und habe sie lediglich höflich ersucht, ihren Job zu erledigen.«

»Ach, das war höflich?«

»Verdammt! Jetzt mach kein Drama draus, Sandra! Außerdem bin ich auch noch *dein* Boss, wenn ich dich daran erinnern darf.«

Sandra erschrak über Bergmanns schroffen Ton. Was war bloß in ihn gefahren? »Ich bin nicht deine Ex, Sascha«, wehrte sie sich und brachte ihn damit offenbar noch mehr in Rage. Bergmann blieb abrupt stehen. »Ich möchte, dass du Manuela nie wieder in meiner Gegenwart erwähnst. Nie wieder! Ist das klar?«

Sandra schluckte. So hatte Bergmann noch nie mit ihr gesprochen. »Ja. Sonnenklar.« Sie nickte. Was hatte

Manuela Bergmann bloß getan, um ihren Mann dermaßen zu verletzen?, fragte sie sich einmal mehr.

Entschlossen drückte Bergmann die Türklinke hinunter und betrat das Verhörzimmer, um Frau Fürnpass zu begrüßen. Sandra folgte ihm. »Was können wir für Sie tun?«, sprach sie die Zeugin an.

Frau Fürnpass zögerte. Schließlich gab sie sich einen Ruck, um mit brüchiger Stimme zu erzählen, was ihr sichtlich schwerfiel. »Vor sieben Jahren gab es bei uns daheim eine hässliche Geschichte.«

Sandra startete die Tonaufzeichnung. »Ja?« Mit einer Geste ermunterte sie die Mutter des zweiten Mordopfers fortzufahren.

Frau Fürnpass räusperte sich, ehe sie weitersprach. »Mein Bruder Sepp – Josef Laubichler – hat die Pia damals belästigt. Sexuell. Und die Valentina auch.« Sie stockte.

»Und was genau ist damals vorgefallen?«, fragte Sandra möglichst behutsam nach.

Frau Fürnpass fuhr sich durch die halblangen kastanienbraunen Haare, die von einigen wenigen weißen Strähnen durchzogen waren. Obwohl sie tiefe Trauer ausstrahlte, war sie in Sandras Augen eine sehr attraktive Frau.

»Erst hat der Sepp mit den Mädchen Verkleiden gespielt. Er hat sie wie kleine Prinzessinnen herausgeputzt ...« Wieder machte Frau Fürnpass eine Pause.

Sandra rechnete nach. »Die beiden waren damals zwölf Jahre alt?«, vergewisserte sie sich.

Frau Fürnpass nickte und ignorierte die Tränen, die über ihre Wangen liefen. Erst nachdem sie als Tropfen auf der Tischplatte gelandet waren, wischte sie diese mit ihrem Ärmel weg.

»Und dann? Was hat er dann mit den Mädchen gemacht?«

»Anfangs mussten sie dabei zusehen, wie er sich selbst befriedigte. Später zwang er meine kleine Pia, seinen Penis in den Mund …« Wieder stockte Frau Fürnpass.

»Er hat Ihre Tochter zum Oralverkehr gezwungen?«

»Ja.« Diesmal kam die Zeugin ihren Tränen zuvor und wischte sie von den Wangen, bevor sie erneut auf die Tischplatte tropfen konnten. Dann kramte sie aus ihrer Handtasche ein Taschentuch hervor.

»Wie lange ging das?«, fragte Sandra.

»Wenige Wochen. Die Pia ist recht bald zu mir gekommen und hat mir davon erzählt. Ihr hat so gegraust vor ihrem Onkel …« Frau Fürnpass schnäuzte sich.

»Und Valentina?«

»Die hat nur geweint, als ich sie darauf angesprochen habe. Sie hat sich fast zu Tode geschämt und mich angefleht, nur ja nichts ihren Eltern zu erzählen.«

»Und? Haben Sie den Trimmels davon erzählt?«

»Nein. Keiner Menschenseel' hab ich was gesagt. Außer unserem Herrn Pfarrer.«

»Sie haben Ihren Bruder demnach nicht angezeigt?«, wollte Sandra wissen.

»Nein. Ich hab den Mädchen versprochen, dass sie den Onkel Sepp nie wieder zu Gesicht bekommen werden. Dafür haben sie mir umgekehrt geschworen, unser Geheimnis für sich zu behalten.«

»Sie haben Ihren Bruder mit dem Missbrauch Ihrer Tochter durchkommen lassen?«, meldete sich Bergmann zu Wort.

»Ich wollte einen Skandal vermeiden. Wir sind doch

eine kleine Gemeinde … Er sollte nur für immer aus unserem Leben verschwinden.«

»Da haben Sie ihn umgebracht?« Bergmanns Frage klang, als wäre ein Mord die einzig logische Konsequenz gewesen. Was war bloß in den Chefinspektor gefahren? Seine Hände waren zu Fäusten geballt, und er sah aus, als würde er vor Wut gleich platzen. Sandra hoffte, dass er die Nachwehen seiner Scheidung bald überstanden haben und wieder normal werden würde. Sofern man im Zusammenhang mit Bergmann überhaupt von Normalität sprechen konnte.

»Wie bitte? Ich hab den Sepp doch nicht umgebracht!«, entgegnete Frau Fürnpass entsetzt. »Ein Ultimatum hab ich ihm gestellt.«

»Was denn für ein Ultimatum?«

Frau Fürnpass zupfte an ihrem Taschentuch. »Er sollte mir das Weingut unserer Eltern überschreiben und freiwillig aus der Gegend verschwinden. Andernfalls hätt ich ihn angezeigt.«

»Na, das nenn ich doch mal einen guten Deal!« Bergmann sprang auf. »Sie haben Ihren pädophilen Bruder einfach weggeschickt und damit riskiert, dass er sich woanders an kleinen Mädchen vergreift?«, schnauzte er Frau Fürnpass an. Sandra versuchte, ihn mit Blicken zu beruhigen.

Die Zeugin nickte, ohne von ihrem Taschentuch aufzublicken. Es war offensichtlich, dass sie sich schämte. »Ich kann es leider nicht mehr ungeschehen machen«, sagte sie, »aber ich hoffe von Herzen, dass keine anderen Kinder zu Schaden gekommen sind. Doch das ist nicht der Grund, warum ich damit heute zu Ihnen gekommen bin.«

Sandra glaubte zu wissen, warum Frau Fürnpass diese Beichte ablegte. »Sie befürchten, dass Ihr Bruder Pia und Valentina ermordet haben könnte, richtig?«

»Ja. Womöglich ist er pervers.«

»Das ist er sogar ganz sicher! Sonst würde er sich doch nicht an kleinen Mädchen vergreifen!«, echauffierte sich Bergmann lautstark.

Sandra deutete ihm, sich wieder hinzusetzen. Schnaubend ließ er sich auf den Sessel fallen. »Wir werden auf alle Fälle seine Alibis überprüfen«, meinte Sandra. »Wissen Sie, wo sich Ihr Bruder derzeit aufhält?«

»Keine Ahnung. Ich hatte keinen Kontakt mehr zu ihm, seit er damals mit Sack und Pack weggezogen ist.«

Sandra notierte sich das Geburtsdatum von Josef Laubichler.

»Den finden wir schon. Verlassen Sie sich drauf. War's das?« Bergmann erhob sich wieder.

»Ja. Meinen Sie, dass mein Mann etwas von der Sache erfahren wird?«, fragte Frau Fürnpass.

»An Ihrer Stelle würde ich lieber reinen Tisch machen«, antwortete Bergmann von oben herab.

Sandra bedankte sich bei Frau Fürnpass, dass sie mit ihrem Verdacht – spät, aber immerhin doch – zu ihnen gekommen war. Konnte ihr Bruder tatsächlich der Serientäter sein, nach dem sie suchten?, überlegte sie, während Bergmann bereits aus dem Verhörzimmer stürmte.

»Wissen Sie schon, wann ich meine Tochter bestatten lassen kann?«, fragte Frau Fürnpass beim Hinausgehen.

»Ihre Leiche sollte spätestens Anfang nächster Woche von der Gerichtsmedizin freigegeben werden«, antwortete Sandra.

»Gut«, meinte Frau Fürnpass leise und verabschiedete sich.

Sandra hatte alle Mühe, Bergmann auf dem Korridor einzuholen. »Was ist denn bloß los mit dir, Sascha? Warum rennst du so? Bist du auf der Flucht?«

»Unsinn! Ich kauf mir diesen Typen. Und wenn es die ganze Nacht dauern sollte. Wenn ich etwas überhaupt nicht ertragen kann, sind es solche Arschlöcher, die kleine Mädchen oder Jungs missbrauchen. Verdammte Kinderficker … Ich muss jetzt unbedingt eine rauchen. Geh du schon mal vor und mach mir diesen Abschaum ausfindig!«

Sandra sah dem Chefinspektor kopfschüttelnd nach, ehe sie auf ihre Armbanduhr blickte. Wenngleich sie seine Ansichten über Kindesmissbrauch teilte, hoffte sie, dass sie ihre private Verabredung, die in knapp zwei Stunden stattfinden sollte, nicht versetzen musste. Es war doch immer wieder dasselbe. Dieser Scheißjob ließ einfach kein geregeltes Privatleben zu, dachte sie frustriert, als sie das Büro betrat.

»Und? Was wollte die Fürnpass?«, begrüßte Miriam sie. Sandra überreichte ihr das Tonband, das sie heute noch abtippen sollte. »Hör es dir selbst an«, meinte sie und lächelte bitter. Dann setzte sie sich an ihren Computer und gab die Daten von Josef Laubichler ins zentrale Melderegister ein. Zuallererst wollte sie den aktuellen Aufenthaltsort des Verdächtigen ausfindig machen.

Erneut blickte Sandra auf ihre Uhr. Wo blieb Bergmann nur? Konnte er nicht schneller rauchen? Schließlich hatte sie heute Abend noch etwas anderes vor. Ärgerlich schrieb sie die Adresse auf, an der der

Gesuchte derzeit gemeldet war, und fragte hernach das Strafregister ab. Zuletzt gab sie noch seinen Namen in die Suchmaschine ein.

Als Bergmann den Raum betrat, druckte Sandra gerade die Ergebnisse ihrer Ermittlungen aus. »Laubichler ist hier in der Stadt gemeldet. In der Brockmanngasse in Jakomini«, schmetterte sie Bergmann ungefragt entgegen und erhob sich, um die Papiere aus dem Drucker zu nehmen.

»Sehr gut. Dann nichts wie hin«, erwiderte Bergmann und warf ihr vom Garderobenständer aus ihre Jacke zu. Sandra fing sie mit einer Hand auf. Die Ausdrucke ließ sie auf dem Schreibtisch liegen. Das Wichtigste hatte sie ohnehin im Kopf. »Bis morgen«, verabschiedete sie sich von Miriam und nahm ihre Handtasche.

»Pfiat euch«, grüßte die Kollegin zurück.

»Gemma, gemma!«, drängte Bergmann und schob Sandra aus dem Büro.

»Ich komm ja schon«, motzte sie zurück.

»Was wissen wir sonst noch über diesen Laubichler? Irgendwelche Vorstrafen?«, fragte Bergmann auf dem Weg zum Wagen.

»Außer einem Führerscheinentzug wegen Alkohol am Steuer sind keinerlei Verstöße gegen das Strafgesetz registriert. Das war vor knapp drei Jahren«, berichtete Sandra.

»Und womit verdient dieser Kerl sein Geld?«

»Laut seiner Homepage arbeitet er als selbstständiger Software-Entwickler.« Sie stiegen in den Wagen ein.

»Na bitte, das passt doch bestens …« Bergmann seufzte. »Los, fahr schon! Kaufen wir uns dieses Schwein.«

»Welche Taktik schwebt dir denn vor?«

»Wirst du schon sehen …«

»Sascha, bitte! Mach bloß nichts Unüberlegtes«, warnte Sandra ihn.

»Keine Sorge«, brummte Bergmann.

Ohne nachzudenken, schaltete Sandra das Radio ein.

»Seit wann hörst du beim Einsatz Radio?« Die Verwunderung in Bergmanns Stimme war nicht zu überhören. Für den spontanen Chefinspektor zählte die ihm zugeteilte Abteilungsinspektorin zu den berechenbaren Zeitgenossen, die kaum je ihre Gewohnheiten änderten. Dass Sandra dies nun ausnahmsweise doch einmal tat, irritierte ihn offenbar.

»Wieso? Stört es dich?«, antwortete sie mit einer Gegenfrage.

Bergmann schüttelte den Kopf und schwieg fortan.

Den Sender, bei dem Julius arbeitete, hatte Sandra am Montagmorgen auf der Fahrt ins Büro eingestellt. Doch das ging Bergmann nun wirklich nichts an.

Glaubte man dem Nachrichtensprecher, stand ihnen am Wochenende weiterhin sonniges bis bewölktes Wetter bevor, ehe am Sonntagabend vom Westen her eine Schlechtwetterfront ins Land zog, die massive Abkühlung mit sich brachte. Ihr morgiger Ausflug würde also nicht ins Wasser fallen, freute sich Sandra, auch wenn es nicht Julius' Stimme war, die diese Prognose verkündete. Aber der sprach ja auch keine Wetter-Nachrichten.

Kaum hatte Sandra den Wagen vor dem gesuchten Hauseingang in der gebührenpflichtigen Grünen Zone geparkt, sprang Bergmann hinaus auf den Gehsteig. »Welches Stockwerk?«, fragte er ungeduldig.

»Zweites. Tür Nummer acht. Laubichler, Josef«, fasste Sandra die wichtigsten Informationen zusammen und lief hinter dem Kollegen her. An der Gegensprechanlage drückte Bergmann mehrere Türglocken zugleich, woraufhin ein Stimmengewirr einsetzte. »Ja, bitte?«, lautete die erste Antwort einer Hausbewohnerin. Der Chefinspektor klingelte weiter. Es folgten mehrere Hallos und einige aufgeregte bis missmutige Nachfragen, wer dort unten Einlass begehre. Bergmann deutete Sandra, still zu sein. »A Ruah is, es Pleampln!«, hörte sie eine Frauenstimme die Idioten da unten um Ruhe bitten. »Rotzbuam!«, bellte ein anderer. Im nächsten Moment gab ein Schnarren das Schloss frei, und Bergmann öffnete die Haustür. Sandra hetzte hinter ihrem Partner die Treppe hinauf, genau wie er immer zwei Stufen gleichzeitig nehmend. Vor der Tür griff er nach seiner Dienstwaffe.

»Spinnst du?«, fragte Sandra, ein wenig außer Atem. »Was willst du denn mit der Waffe? Wir haben noch nicht einmal einen Hausdurchsuchungs-, geschweige denn einen Haftbefehl«, ermahnte sie ihn.

Wortlos ließ Bergmann von der Pistole ab und klingelte Sturm an der Wohnungstür, die sich schließlich eine Handbreit öffnete. »Kriminalpolizei! Herr Laubichler, machen Sie die Tür auf! Wir müssen mit Ihnen reden!« Bergmann hielt seinen Ausweis vor das dunkle

Augenpaar des bärtigen Mannes, der ihnen durch den Spalt entgegenspähte. Aufgrund des Fotos auf seiner Homepage glaubte Sandra, in ihm den Beschuldigten zu erkennen. »Haben Sie einen Durchsuchungsbefehl?«, fragte Laubichler.

Da er laut Polizeiakte bisher nur als Verkehrsteilnehmer in Konflikt mit dem Gesetz geraten war, fragte sich Sandra, ob er zu viele Krimis im Fernsehen gesehen oder ob er mit ihrem Besuch schon gerechnet hatte. Die Frage nach einem Hausdurchsuchungsbefehl hatte man früher nur von der kriminellen Stammkundschaft gehört. Heute verlangte jeder danach, selbst wenn man sich als Polizist nur nach der Uhrzeit erkundigte.

Im Augenwinkel bemerkte Sandra, wie sich die Tür der Nachbarwohnung schloss. Dann fiel auch Laubichlers Tür zu und sollte sich nicht mehr öffnen.

»Scheiße!«, meinte Bergmann nach einigen Sekunden, die Sandra wie eine Ewigkeit vorkamen. Noch einmal läutete er Sturm. Doch diesmal blieb die Tür geschlossen. »Der poscht uns womöglich ab! Bleib du hier, falls er die Tür doch noch aufmacht«, sagte Bergmann in der Befürchtung, dass der Gesuchte die Flucht ergreifen könnte, und jagte die Treppe wieder hinunter.

Erneut drückte Sandra den Klingelknopf. Dann lauschte sie eine Weile an der Tür. Doch dahinter war kein Geräusch zu vernehmen.

»Macht er Ihnen nicht auf, der Herr Laubichler? Was wollen S' denn von ihm?«, fragte die alte Dame, die plötzlich in der offenen Tür der Nachbarwohnung stand.

Sandra läutete erneut an der Tür.

»Sie sind von der Kriminalpolizei, gell?« Die Alte hatte offensichtlich noch ganz gute Ohren.

»Ja, ich bin vom Landeskriminalamt«, erklärte Sandra ihr.

»Marandjosef! Ist dem netten Herrn Laubichler am End was g'schehn?«, meinte die alte Dame besorgt.

»Schon möglich.« Bevor Sandra sie zurück in ihre Wohnung schicken konnte, schlurfte ihr die Frau mit einem Schlüsselbund entgegen. »Warten S'. Ich sperr Ihnen die Wohnung auf. Ich hab ja einen Reserveschlüssel – wegen der Fisch, die ich manchmal füttern muss.«

Sandra wusste, dass sie Laubichlers Wohnung nicht unaufgefordert betreten durfte. Aber in diesem Fall konnte man getrost eine Ausnahme machen und kurz nachsehen, ob mit dem Mieter alles in Ordnung war. Seine Nachbarin machte sich schließlich Sorgen um ihn. Der Ordnung halber zückte Sandra ihren Dienstausweis, bevor sie der alten Dame den Schlüsselbund abnahm. »Welcher Schlüssel ist es denn?«, erkundigte sie sich.

»Der mit dem hellblauen Plastikring.«

»Danke schön. Es wäre auf jeden Fall besser, wenn Sie jetzt wieder in Ihre Wohnung zurückkehrten, Frau …«

»Kirchler. Luzia Kirchler heiß ich.«

»Gut, Frau Kirchler. Vielen Dank für Ihre Hilfe. Und jetzt gehen Sie bitte unverzüglich in Ihre Wohnung zurück«, wiederholte Sandra eindringlich. Sie war angespannt, zumal sie nicht wusste, was sie hinter der Tür erwartete.

»Und was ist mit meinem Schlüsselbund?«, quengelte die Alte.

Sandra sah zur ihrer Tür hinüber. »Den werf ich Ihnen nachher durch den Briefschlitz hinein. Und jetzt gehen Sie, bitte. Ich möchte nicht, dass Ihnen etwas zustößt.«

Sandra bemerkte, wie sich Angst in den neugierigen Blick der Alten mischte. Endlich trat sie ohne weitere Widerrede den Rückzug an. Erst als die Tür hinter der betagten Nachbarin zugefallen war, steckte Sandra den Schlüssel ins Schloss und sperrte auf. Zügig tauschte sie den Schlüsselbund in ihrer Hand gegen die Pistole aus und trat blitzschnell gegen die Tür, sodass diese nach innen aufflog. Sandra lauschte. Nichts regte sich, also verließ sie ihre Deckung. Mit gestreckten Armen und der Glock im Anschlag, trat sie hinter der dicken, alten Mauer neben dem Türstock hervor. Entschlossen betrat sie zuerst das fensterlose Vorzimmer, das nur vom Licht aus dem Flur erhellt wurde. Vorsichtig schlich sie weiter, öffnete die nächste Tür, um anschließend das Wohnzimmer zu überprüfen, wie sie es schon tausendfach trainiert und oft genug auch bei realen Polizeieinsätzen getan hatte. Ohne Partner an ihrer Seite hatte sie allerdings ein noch mulmigeres Gefühl als sonst. Das Adrenalin jagte durch ihren Körper, die Gedanken durch ihren Kopf. Wo blieb Bergmann nur? Wo war der Verdächtige? War er wirklich aus der Wohnung geflüchtet? Oder versteckte er sich hier irgendwo? Sandra betrat das Schlafzimmer, die Waffe immer noch im Anschlag. Ihr erster Blick galt dem riesigen Aquarium, das über dem Kopfende des breiten Doppelbetts in die Wand eingelassen war. Wegen dieser exotisch-bunten Zierfische hatte Laubichler also seiner Nachbarin den Schlüssel überlassen, überlegte Sandra. Wie leichtsinnig von ihm! Er hatte wohl nicht damit gerechnet, dass die alte Dame den Schlüssel der Polizei beinahe aufdrängen würde. Entweder er war nicht besonders clever oder er hatte nichts zu verbergen. Aber warum war er dann vor ihnen getürmt? Sandras zweiter Blick fiel auf das Fenster, das sperrangelweit offen stand. Doch zuerst musste sie am Schrank vorbei. Mit einem Ruck schob sie die Schiebetüren beiseite und wartete einen Augenblick. Dann strich sie mit der Waffe über die Kleidungsstücke. Auch im Schrank war nichts Verdächtiges zu entdecken. Sandra schlich weiter zum Fenster, um hinauszusehen und sich schließlich über den Fenstersims zu beugen. Gut möglich, dass Laubichler von hier aus über die Regenrinne bis auf das Wellblechdach des Schuppens und von dort aus hinunter in den Hof gelangt war. Momentan war jedoch weit und breit niemand zu sehen. Sandra machte kehrt und zog die Eingangstür im Vorzimmer zu, damit niemand unbemerkt eintreten konnte. Übers Wohnzimmer betrat sie danach einen weiteren Raum, den Laubichler als Büro nutzte. Ob sein PC eingeschaltet war? Sie näherte sich dem Schreibtisch, der noch um einiges unaufgeräumter als Bergmanns war. Ein Klick auf die Enter-Taste erhellte den Bildschirm. Sandra aktivierte den Button auf dem Desktop, der schließlich preisgab, womit Laubichler zuletzt beschäftigt gewesen war. Wieso hatte er nicht wenigstens versucht, die Spuren zu beseitigen? Noch leichter hätte er es ihnen nicht machen können. Sandra wählte Bergmanns Handynummer. »Hast du ihn erwischt?«, erkundigte sie sich.

»Nein! Wenn er sich nicht in seiner Wohnung verkrochen hat, ist er abgehauen«, keuchte Bergmann ins Telefon. »Wo bist du?«

»In Laubichlers Wohnung.«

»Hat er dich doch noch hineinlassen?«

»Nein. Ich bin allein hier drin.«

»Was? Das glaub ich jetzt aber nicht!«

»Glaub es ruhig. Und beweg deinen Hintern schleunigst hierher. Ich hab belastendes Material auf seinem PC gefunden«, sagte sie und legte auf. Danach rief sie in der Einsatzzentrale an, damit die zuständigen Kollegen informiert wurden, und beantragte nachträglich einen Hausdurchsuchungsbefehl beim Staatsanwalt. Keine fünf Minuten später klingelte es im Vorzimmer. Sandra drückte den Türöffner an der Gegensprechanlage und blickte durch den Spion, bis Bergmanns verzerrte Figur dahinter auftauchte. Dann sperrte sie die Wohnungstür auf, um hinter ihm wieder abzuschließen.

»Wie bist du denn überhaupt in die Wohnung hineingekommen? ... Du hast doch nicht etwa ...?«, fragte er, immer noch atemlos.

»Wo denkst du hin? Die Nachbarin war so nett, mir den Reserveschlüssel zu überlassen.«

Bergmann schüttelte ungläubig den Kopf und folgte Sandra ins Arbeitszimmer.

»Sieh dir das mal an.« Sie deutete auf den PC-Monitor.

Bergmann trat näher. »Wusste ich es doch! Solche Typen ändern sich nicht ...«

»Warum macht er es uns so einfach? Er hätte doch wenigstens den Computer herunterfahren können, bevor er türmt«, meinte Sandra.

»Kurzschlussreaktion, würde ich sagen.« Wütend starrte Bergmann auf den Monitor und klickte ein Foto nach dem anderen an.

»Dieses Aquarium im Hintergrund befindet sich in seinem Schlafzimmer«, erklärte Sandra ihm.

»Das ist abartig!« Bergmanns Faust knallte auf die Tischplatte, sodass einige DVDs zu Boden fielen.

»Sascha, bitte! Das hier geht uns erstmal nichts an. Solange es keinen begründeten Verdacht auf ein Tötungsdelikt im Zusammenhang mit diesem pornografischen Material gibt, sind hier die Kollegen zuständig. Ich hab die Zentrale schon verständigt«, rief Sandra ihren Partner zur Ordnung.

»Dieses verdammte Arschloch!« Seinem Gesichtsausdruck nach zu urteilen, war es ein Segen für den mutmaßlichen Täter, dass Bergmann weder für Kindesmissbrauch noch für Internetkriminalität zuständig war.

»Psst! Da kommt jemand«, flüsterte Sandra und spitzte die Ohren. Dann hörte sie die Wohnungstür ins Schloss fallen.

»Los, ab ins Wohnzimmer«, wisperte Bergmann und griff zur Waffe. Gleichzeitig ging das Licht im fensterlosen Vorzimmer an.

»Mach keinen Unsinn«, flüsterte Sandra. »Das könnten doch auch die Kollegen sein«, meinte sie und folgte Bergmann, um Deckung zu suchen. Die Waffe hatte er wieder ins Holster gesteckt. Schneller als Sandra ihn zurückhalten konnte, sprang er den Mann an, der eben das Wohnzimmer betreten hatte. »Polizei!«, schrie er und fixierte ihn bäuchlings mit dem Gewicht des eigenen Körpers am Boden. Der Mann schnappte nach Luft, während Bergmann auf seinem Rücken kniete und seinen rechten Arm am Handgelenk festhielt.

»Sind Sie Josef Laubichler?«, fragte Sandra, worauf ein halb ersticktes Ja folgte.

»Wir sind wegen Pia Fürnpass und Valentina Trimmel hier«, sagte Bergmann, immer noch auf Laubichlers Rücken kniend.

»Wegen wem?«, ächzte der Mann.

»Wegen deiner Nichte und ihrer damals ebenfalls minderjährigen Freundin, die du sexuell missbraucht hast«, wurde Bergmann konkret.

»Wer behauptet das?«

»Das tut nichts zur Sache. Hast du die beiden missbraucht oder nicht?«, fragte Bergmann und drehte Laubichlers Arm auf dem Rücken noch weiter ein. Der Beschuldigte schrie vor Schmerz auf.

»Sascha, hör auf damit!«, schimpfte Sandra. »Lass das!«

»Ich denke gar nicht daran. Hast du die Mädchen dazu gezwungen, deinen dreckigen Schwanz in den Mund zu nehmen oder nicht? Ich weiß doch, dass du pervers bist. Ich hab die Bilder auf deinem PC gesehen …«

»Kleine Schlampen«, presste Laubichler hervor.

Und dann ging alles viel zu schnell, als dass Sandra es hätte verhindern können. Bergmann sprang auf, packte den Mann, zog ihn hoch und stieß ihn gegen die Wand. Laubichler stolperte, konnte sich gerade noch mit den Händen an der Raufasertapete abstützen. Kaum hatte er sich umgedreht, traf ihn Bergmanns Fuß mit voller Wucht mitten im Geschlechtsteil. Erneut ging er ächzend zu Boden. »Sascha, das reicht jetzt!«, ermahnte Sandra den Chefinspektor, der dem knienden Mann einen weiteren Tritt in die Seite verpasste, sodass dieser umkippte und – noch immer gekrümmt vor Schmerzen – seitlings liegen blieb.

»Schluss jetzt!«, schimpfte Sandra.

Doch Bergmann ignorierte ihre Worte. »Du bist der allerletzte Abschaum! Im Knast werden sie dir den Arsch aufreißen und dir die Eier abschneiden. So macht man es dort mit Kinderfickern wie dir. Du wirst dir wünschen, tot zu sein«, drohte er dem wimmernden Mann und wollte sich erneut auf ihn stürzen. Doch diesmal ging Sandra dazwischen.

»Sascha! Du verschwindest jetzt auf der Stelle! Oder willst du wegen diesem Mistkerl suspendiert werden? Du bringst uns beide in Teufels Küche!«, schrie sie den Chefinspektor an.

Bergmann schluckte. Allmählich schien ihm klarzuwerden, dass er die Grenzen der Legalität bereits viel zu weit überschritten hatte.

»Da, nimm die Autoschlüssel und warte unten auf mich! Und keine Widerrede! Los! Verschwinde schon!«

Bergmann atmete tief durch. »Kommst du allein hier klar?«, fragte er.

»Sicher«, meinte sie und deutete auf das Häuflein Elend auf dem Parkettboden.

»Brauchen Sie einen Arzt?«, fragte Sandra, nachdem ihr Kollege die Wohnung verlassen hatte.

»Nein. Geht schon«, stöhnte Laubichler und rappelte sich mit Sandras Hilfe mühsam vom Fußboden hoch.

»Setzen wir uns dort drüben hin«, schlug sie ihm vor, »und machen Sie ja keine falsche Bewegung. Noch einmal wird es Ihnen nicht gelingen zu flüchten.« Sandra schob ihre Jacke gerade so weit beiseite, dass der Mann ihr Schulterholster sehen konnte. Mit schmerzverzerrter Miene nahm er auf der Couch Platz, während sie sich auf dem Fauteuil niederließ und das Diktiergerät aus der Jackentasche zog. »Das Einzige, was Ihnen jetzt noch helfen kann, ist, mit der Wahrheit rauszurücken. Möglicherweise fällt das Strafmaß damit etwas geringer aus.«

Laubichler starrte ins Leere.

»Herr Laubichler, geben Sie zu, Pia Fürnpass und Valentina Trimmel vor sieben Jahren sexuell missbraucht zu haben?«

»Sieben Jahre ist das schon her …«, sagte Laubichler, ohne Sandra anzusehen.

»Das müssten Sie doch am besten wissen.«

Laubichler nickte langsam. »Ja. Tatsächlich. Sie haben recht.«

»Womit?« Sein Schulterzucken verriet Sandra, dass er resigniert hatte. Manchmal schienen Verbrecher nur darauf zu warten, endlich erwischt und für ihre Straftaten zur Rechenschaft gezogen zu werden. »Geben Sie zu, die minderjährigen Mädchen Pia Fürnpass und Valentina Trimmel zu sexuellen Handlungen genötigt zu haben?«, fragte sie nach.

Laubichler nickte wieder.

»Könnten Sie mir, bitte, eine deutlich hörbare Antwort geben?«

»Ja.«

»Danke. Haben Sie die beiden Mädchen auch getötet?«

»Was? Nein! Ich habe sie seit damals nicht mehr gesehen.«

»Sie wissen aber, dass sie erst unlängst ermordet wurden.«

»Das war doch überall zu lesen und auch im Radio und Fernsehen.«

»Wo waren Sie vom 23. bis 26. August beziehungsweise am 6. September dieses Jahres?«

Laubichler überlegte. »Da muss ich in meinem Kalender nachschauen«, sagte er schließlich.

»Und der befindet sich wo?«

»In meinem PC.«

»Kommen Sie! Gehen wir!«

Laubichler erhob sich umständlich und stapfte breitbeinig voraus in sein Büro. Dass er nach Bergmanns Volltreffer noch immer Schmerzen hatte, war nicht zu übersehen.

»Setzen Sie sich! Ich stehe direkt hinter Ihnen und beobachte ganz genau, was Sie hier tun. Sie brauchen also gar nicht erst zu versuchen, irgendwelche Beweise zu vernichten.«

Laubichler setzte sich genauso umständlich hin, wie er vorhin aufgestanden war, öffnete sein E-Mail-Programm und klickte auf die fraglichen Seiten im Kalender. »Ich habe keine Termine eingetragen. Also war ich wohl zu Hause und habe gearbeitet.«

»Gibt es dafür Zeugen?«

»Ich hatte keinen Besuch, soweit ich mich erinnern kann.«

»Und die Fotos aus Ihrem Schlafzimmer, die Sie gerade bearbeitet haben? Wann haben Sie die aufgenommen? Haben Sie die mit Selbstauslöser gemacht?«

Laubichler zuckte mit den Schultern, als wäre es völlig belanglos, wann und wer die kleine Meerjungfrau, die einen Mann seiner Statur vor seinem Aquarium oral befriedigte, und all die anderen teils nackten, teils nur spärlich verkleideten Mädchen und Jungs fotografiert hatte. Sandra rief sich in Erinnerung, dass es Kriminalexperten gab, die in solchen Fällen ermittelten, und ließ es dabei bewenden. »Die Kollegen werden Ihren PC beschlagnahmen und alles, auch Ihre E-Mails und Internetzugriffe, überprüfen.«

»Dürfte ich aufs Klo gehen?«

»Dürfen Sie. Wenn Sie die Türe dabei offen lassen.«

»Ich soll vor Ihren Augen schiffen?«

»Meinen Sie denn, ich hätte noch nie einen urinierenden Mann gesehen?«

»Das kann ich nicht.«

Er konnte sich zwar von kleinen Mädchen einen blasen lassen, aber vor erwachsenen Frauen traute er sich noch nicht einmal zu pinkeln! Sollte sich dieser elende Feigling doch ruhig in die Hosen machen. Sandra kostete es jede Menge Beherrschung, um hinunterzuschlucken, was sie von Laubichler dachte. »Tja«, sagte sie stattdessen, »dann gehen wir jetzt zurück ins Wohnzimmer und warten auf meine Kollegen.«

»Wie sind Sie eigentlich hier hereingekommen? Dürfen Sie das überhaupt ohne Durchsuchungsbefehl?«

»In diesem Fall durfte ich das, ja«, bluffte Sandra.

»Aber Ihren Kollegen werde ich anzeigen. Der kann mich doch nicht einfach so zusammenschlagen.«

»Das steht Ihnen selbstverständlich frei. Wenn Sie meinen, dass eine solche Anzeige Ihrem Strafmaß zuträglich ist.« Hatte sie das eben wirklich gesagt?, wunderte sich Sandra über sich selbst. Sie musste Ruhe bewahren, durfte nicht auch noch die Kontrolle verlieren. Auch wenn sie Kinderschänder genauso sehr verabscheute wie Bergmann. Endlich klingelte es an der Tür. »Kommen Sie, Herr Laubichler«, sagte Sandra und erhob sich. »Wir machen jetzt gemeinsam die Tür auf.«

Sandra informierte die Kollegen und wies sie an, unverzüglich einen Haftbefehl für Josef Laubichler zu beantragen. Bis die nötigen Formalitäten erledigt waren, sollten sie ihn in Polizeigewahrsam nehmen. Es bestünde Fluchtgefahr. Dann verließ sie die Wohnung, warf den Schlüsselbund der Nachbarin durch deren Briefschlitz und lief die Treppe hinunter. Vor der Haustür hielt sie inne und holte ihr Handy aus der Tasche. ›15 Minuten noch. Sorry‹, tippte sie ein und schickte die SMS ab. Dann erst verließ sie das Haus und stieg zu Bergmann in den Wagen. »Bist du jetzt völlig übergeschnappt, Sascha? Was hast du dir nur dabei gedacht?«, schnauzte sie ihn an.

Bergmann schwieg.

Sandra betrachtete ihn von der Seite. Waren das Tränen, die da über seine unrasierten Wangen liefen? Mit dem Handrücken wischte er sich über die feucht-glänzenden Augen. »Tut mir leid, Sandra. Dieser miese Kinderficker, der sich auch noch im Recht glaubt, hat mich komplett ausrasten lassen.«

»Das war nicht zu übersehen. Was ist bloß mit dir los, Sascha? So kenn ich dich gar nicht.«

»Ich mich auch nicht«, meinte er und wandte sich ab.

»Ich sollte diesen Vorfall melden …«

»Nur zu …, ich hab eh nichts mehr zu verlieren«, murmelte er, das Gesicht noch immer dem Fenster auf der Beifahrerseite zugewandt.

»Du hast immerhin deinen Job zu verlieren. Ist das etwa nichts?«

Bergmann reagierte nicht.

»Könntest du mich bitte ansehen und mit mir reden?«

»Du hast dich doch noch nie für meine privaten Angelegenheiten interessiert.« Noch immer sah er aus dem Fenster.

»Wenn dein Verhalten unsere Zusammenarbeit dermaßen gefährdet, interessieren sie mich aber schon.«

Langsam wandte sich Bergmann um, sodass Sandra sein Gesicht sehen konnte. Ja, das waren tatsächlich Tränen, die da über seine Wangen rollten und die sie zutiefst verunsicherten. Bergmann weinte! Sollte sie ihren Partner jetzt in die Arme nehmen und ihn trösten? Oder ging das zu weit? Eine SMS unterbrach ihren Zwiespalt. ›OK. Ich warte auf dich.‹ Fragt sich nur, wie lange noch, dachte sie und steckte das Handy in die Halterung der Freisprecheinrichtung. Bevor sie sich entschieden hatte, was sie als Nächstes sagen oder tun sollte, ergriff Bergmann das Wort. »Ich stehe völlig neben mir, Sandra. Von mir aus kannst du ruhig wissen, warum.« Er stockte und schluckte hart.

Sandra war sich gar nicht mehr sicher, ob sie den Grund wirklich wissen wollte. Ein heulender Bergmann überforderte sie. Trotzdem sie nicht antwortete, redete er weiter. »Es ist nicht die Scheidung, die mich so fertiggemacht hat. Es ist meine Tochter …« Er brach ab, um gegen weitere Tränen anzukämpfen.

Hatte sie eben richtig gehört? »Du hast eine Tochter?« Sandra war fassungslos, dass Bergmann ihr diese Tatsache bisher verschwiegen hatte.

Er lachte kurz auf.

»Ich finde es nicht besonders witzig, dass du mir noch nie von der Existenz deiner Tochter erzählt hast«, unterbrach Sandra ihn.

»Ich konnte es dir nicht erzählen. Es hat so wehgetan, Sarah nicht mehr bei mir zu haben. Aber dass ich nun gar keine Tochter mehr habe – nach fast fünf Jahren –, macht mich fix und fertig.«

»Scheiße … Sie ist doch nicht etwa …?«

»Nein, nein. Sarah ist wohlauf. Aber seit Kurzem weiß ich, dass sie gar nicht meine Tochter ist.« Wieder lachte Bergmann verzweifelt auf. »Manuela hat sie mir einfach untergejubelt.«

Wieder fiel Sandra kein passender Kommentar ein. Also schwieg sie lieber.

»Sarah ist ein Kuckuckskind«, fuhr Bergmann fort. »Kannst du dir das vorstellen? Meine beschissene Frau hat mich sowas von verarscht!« Ein wütender Bergmann war Sandra allemal lieber als ein weinerlicher. Und nun war ihr auch klar, was seine ungewöhnlichen Ausflüge in die Kuckuckskinder-Statistik zu bedeuten gehabt hatten.

»Dann hat diese miese Schlampe auch noch den Nerv, hierherzukommen und mich weiterhin um Unterhalt für Sarah zu bitten. Rechtlich und emotional betrachtet, wäre ich doch immer noch ihr Vater … Soll sie sich doch an den verfluchten Erzeuger wenden!«

Also war es doch seine Frau gewesen, die Sandra mit ihm auf der Murpromenade gesehen hatte. »Ich kann dir nur einen Rat geben, Sascha: Such dir möglichst rasch psychologische Hilfe, wenn du mit der Situation nicht klarkommst. Sonst drehst du noch komplett durch.«

»Vielleicht hast du recht.«

»Ich habe sogar ganz sicher recht. Und wenn du mir versprichst, dass du dir gleich morgen einen Termin beim Psychologen geben lässt, versuch ich, dich zu decken. Im Rahmen der legalen Möglichkeiten, versteht sich.«

Bergmann sah sie an und nickte.

»Und jetzt bring ich dich nach Hause. So, wie du aussiehst, kann ich dich doch nicht auf die Straße lassen.«

Bergmann klappte die Sonnenblende herunter und betrachtete sich im Spiegel. »Und ich dachte immer, ihr Frauen steht auf Männer, die auch mal weinen können.«

»Du wirst es nicht glauben, Sascha, aber wir Frauen mögen nicht alle dasselbe«, meinte Sandra und fuhr den Wagen aus der Parklücke.

3.

»Ich hab es einfach nicht früher geschafft«, entschuldigte sich Sandra.

Julius stand auf und küsste sie auf den Mund. »Hauptsache, du bist jetzt hier«, meinte er und wollte ihr aus der Jacke helfen.

Im letzten Moment fiel ihr ein, dass sie das Schulterholster mit ihrer Dienstwaffe noch trug. »Meine Jacke behalt ich lieber an«, sagte sie und setzte sich an den reservierten Tisch des Innenstadtlokals.

»Schade«, meinte er und nahm seinen Platz ihr gegenüber wieder ein.

Diese Stimme! Sandra lächelte Julius an.

»Wie geht es dir?«, fragte er und griff wie selbstverständlich nach ihrer Hand.

»Frag mich lieber nicht«, winkte Sandra ab.

»Dann zieh ich meine Frage wieder zurück ... Was möchtest du trinken?«, wechselte er das Thema und schob ihr die Speisekarte hinüber.

»Erst einmal einen Apfelsaft. Zum Essen trink ich dann gern ein Glas Weißwein.« Sandra betrachtete die Speisekarte.

»Die haben hier einen ausgezeichneten Sauvignon Blanc ... Du siehst ein bisschen gestresst aus.«

»Ich hatte noch nicht einmal Zeit, mich umzuziehen ..., bin direkt von einem Einsatz hierher gehetzt.«

Dass Bergmanns Verhalten die Hauptursache für ihren desolaten Zustand war, verschwieg Sandra ihm wohlweislich. Lieber studierte sie die Karte.

»Ich hab kein Problem mit deiner Kleidung. Außerdem wirst du sie eh nicht mehr allzu lang anbehalten.«

Sandra blickte überrascht auf. Julius grinste sie an. Deutlicher konnte er ihr nicht mitteilen, dass er dort weiterzumachen gedachte, wo sie letztens aufgehört hatten. Und sie hatte nichts dagegen einzuwenden. Im Gegenteil: Sie zog es vor zu wissen, woran sie war. Rätselhafte Männer wie Bergmann, die einen immer wieder mit unliebsamen Überraschungen konfrontierten, waren ihr viel zu anstrengend.

»Weißt du schon, was du essen möchtest?«, fragte Julius.

Sandra nickte, und Julius winkte den Kellner herbei. »Ich bin am Verhungern«, meinte er, »was möchtest du?«

»Für mich bitte den kalt geräucherten Saibling und danach die Kürbisravioli«, wandte sich Sandra an den Kellner.

»Ich nehm die Rindssuppe mit Schulterscherzel und die Forelle im Teigmantel.« Julius bestellte zudem einen Apfelsaft und zum Essen ein Viertel Sauvignon Blanc für Sandra sowie ein weiteres Murauer Bier für sich selbst.

»Du hättest inzwischen ruhig die Suppe essen können. Immerhin wartest du seit fast einer Stunde auf mich«, sagte Sandra schuldbewusst, nachdem der Kellner sich mit den Speisekarten entfernt hatte.

»Wenn es sein muss, kann ich auch warten«, versicherte ihr Julius, »vor allem, wenn ich nachher ausgiebig für meine Geduld belohnt werde.« Erneut nahm er Sandras Hand und lächelte sie verschmitzt an. Diese Augen!, dachte sie und konnte nicht anders, als zurückzulächeln. Wie alt war Julius eigentlich? Sie schätzte, dass er ein paar Jahre jünger war als sie. Egal. Sie würde ihn später fragen. Dass sie hundemüde war, hatte sie inzwischen beinahe vergessen.

Beim Essen erzählte ihr Julius von den Terminen, die er am nächsten Tag beim Volkskulturfest in der Grazer Altstadt wahrnehmen musste. Sandra könne ihn herzlich gern begleiten, wenn er seine Interviews mit den Trachtengruppen, Volksmusikern und Kunsthandwerkern führte und allerlei akustische Impressionen vom Event aufnahm, mit denen er anschließend einen Radiobeitrag gestalten wollte.

»Da sind sicher auch Volksmusikvereine aus der Grogga dabei«, überlegte Sandra laut.

»Ja. Warum? Sag bloß, du bist aus der steirischen Krakau.«

Sandra nickte. Mehr musste er zum jetzigen Zeitpunkt nicht über ihre Wurzeln wissen. Seine Arbeit erschien ihr viel interessanter. Außerdem gab es nichts Besseres, als einen Tag mit Julius zu verbringen, um sich vom eigenen Job abzulenken, der sie momentan gehörig schlauchte.

»Dann hast du doch sicher ein Dirndl?«, erkundigte sich Julius.

Sandra stöhnte auf. »Muss das denn wirklich sein?« Sie war nicht gerade ein Fan alpiner Trachtenmode. So hübsch ein Dirndl auch sein mochte, so unbequem fand sie dieses volkstümliche Kleidungsstück. Außerdem war ihr darin immer entweder zu warm oder zu kalt.

»Ich bestehe darauf, dich morgen im Dirndl zu sehen«, sagte Julius lächelnd. Und wer konnte diesem Lächeln schon einen Gefallen ausschlagen?

»Entschuldigst du mich bitte kurz?«, fragte Sandra nach dem Hauptgang und machte sich auf den Weg zur Toilette. Als sie fertig war und die Kabine wieder aufsperrte, erschrak sie fast zu Tode. Erst auf den zweiten Blick bemerkte sie, dass der Mann, der direkt vor ihr stand, Julius war. Ihr Herz klopfte wie wild. »Musst du mich so erschrecken?«, fragte sie. »Was machst du hier?«

Julius legte seinen Zeigefinger auf den Mund und schob sie sanft in die Kabine zurück. Dann versperrte er die Tür von innen.

»Wenn uns wer erwischt, Julius. Ich bin Poli…«, protestierte Sandra halbherzig.

Julius erstickte ihre zaghafte Gegenwehr im Keim, indem er seine Lippen auf die ihren drückte. Von draußen hörte Sandra Schritte und Stimmen. Sie zählte zwei Frauen, die in den beiden Kabinen gegenüber verschwanden. Von der vierten Zelle direkt nebenan waren keine Geräusche zu vernehmen. Möglichst sachte taumelte sie einen Schritt zurück gegen die Seitenwand der Kabine. Julius ließ von ihren Lippen ab. »Warte«, flüsterte sie ihm zu und zog ihre Jacke und das Holster aus, um diese wie auch ihre Handtasche auf die Ablagefläche über dem Spülkasten zu legen.

»Ich steh auf gefährliche Ladys«, kommentierte Julius die Waffe im Flüsterton und schob hastig ihr T-Shirt hoch, um ihre Brüste aus den BH-Körbchen zu holen. Während sich seine Lippen an ihrem Fleisch festsaugten, umspielte seine Zunge ihre Brustwarze. Sie stöhnte auf.

»Alles okay mit dir, Trixi?«, hörte sie die Frauenstimme aus einer der besetzten Kabinen fragen.

Sandra hielt den Atem an.

»Ja, sicher. Warum?«, antwortete die zweite Stimme ebenfalls von gegenüber.

Julius ließ sich nicht davon abhalten fortzufahren. Er richtete sich auf und machte sich an Sandras Gürtel und an den Knöpfen ihrer Jeans zu schaffen.

»Ich dachte, du hättest …, na egal, war wohl jemand anders«, erwiderte die erste Stimme.

Sandra blendete alle weiteren Geräusche aus, die von draußen an ihre Ohren drangen, und tastete nach seiner Hose, um ihn aus seinem viel zu engen Gefängnis zu befreien. Wieder entkam ihr ein Stöhnen. Sie musste darauf achten, ihre Lautstärke zu drosseln! Doch das erledigte Julius einmal mehr für sie. Seine Zunge spielte mit der ihren, während er in sie eindrang. Dann packte er sie an den Oberschenkeln und hob sie hoch. Sandra schlang die Arme um seinen Hals, ihre Füße fanden Halt auf dem Klodeckel. Julius sah ihr in die Augen, während er noch tiefer in sie eindrang.

»Ich dachte, du kannst warten«, hauchte sie.

»Und jetzt will ich meine Belohnung dafür haben.« Immer heftiger stieß Julius zu, ohne ihren Blickkontakt auch nur einmal zu unterbrechen. Die Stimmen und das Lachen von draußen waren Sandra inzwischen egal. Dass sie eines Tages auf einer öffentlichen Toilette kommen würde, hatte sie nicht erwartet, aber es störte sie genauso wenig. Ihr Blick haftete weiterhin auf Julius, dessen Erregung nun ebenfalls in einem Höhepunkt gipfelte. Im Gegensatz zu ihrem war der seine wenigstens akustisch um einiges dezenter. Stellte sich nur noch die Frage, wie sie der Damentoilette möglichst unauffällig wieder entkommen würden. Sandra fuhr sich durchs halblange Haar, strich eine hellbraune Strähne hinters Ohr und lauschte. Draußen hörte sie eine Tür ins Schloss fallen. Wieder näherten sich Schritte. Die Kabinentür nebenan schloss sich. Dann war ein Plätschern zu vernehmen. Julius grinste. »Ich will hier nicht übernachten, neben all den soachenden Weibern«, flüsterte er ihr zu.

Sandra kicherte lautlos über den ursteirischen Ausdruck, mit dem er urinierende Damen bedachte, und deutete ihm, still zu sein. Beim Observieren hatte sie immer zu den Besten gezählt. Das sollte ihr doch auch im Privatleben zum Vorteil gereichen. Noch einmal fiel eine Tür ins Schloss. Das Plätschern in der Nebenkabine wurde dünner. »Schnell, Julius, raus hier!«, befahl sie ihm plötzlich und drehte den Riegel am Türschloss blitzschnell herum. Julius schlüpfte durch die Tür, die Sandra hinter ihm wieder versperrte. Blieb zu hoffen, dass sich im Waschraum niemand aufhielt, der über den verirrten Mann erschrak. Falls doch, würde sich Julius schon irgendwie herausreden, war Sandra sicher. Während sie die Spülung nebenan vernahm, zog sie ihr Holster und die Jacke an. Dann spazierte sie aus der Kabine und öffnete die Tür zum Waschraum. Glück gehabt! Die Luft war rein. Sandra seifte ihre Hände ein, während sie ihre Erscheinung im großen Wandspiegel an der Seite überprüfte. Sie musste grinsen. Böses Mädchen!, rügte sie sich gut gelaunt, als die Mittvierzigerin von der Toilette in den Waschraum trat. Über den Spiegel lächelte Sandra der Frau flüchtig zu. Nein, sie hatte nichts bemerkt, stellte sie zufrieden fest. Dann fuhr sie sich noch einmal durch die Haare, trug ein wenig farblosen Lipgloss auf und verließ den Waschraum.

Niemand schenkte ihr besondere Beachtung, als sie an den Restauranttisch zurückkehrte. Außer Julius. »Wo warst du denn so lange?«, fragte er mit diesem verschmitzten Lächeln, dem Sandra nicht widerstehen konnte. Sie grinste zurück, ohne ihm zu antworten.

»Wie wär's mit einem Dessert?«

»Ich hatte gerade eines«, lehnte sie dankend ab.

Wieder nahm er ihre Hand und sah ihr in die Augen. »Ach, das war doch nur eine klitzekleine Kostprobe ... Wollen wir bei dir weitermachen?«

Sandra spürte das Kribbeln in ihrem Unterleib, das ihr ungebrochenes Verlangen signalisierte, und nickte ihm zu.

Julius winkte den Kellner zum Zahlen herbei.

KAPITEL 10

Samstag, 10. September

»Nicht böse sein. Aber das sieht ein wenig altvatrisch aus«, meinte Julius, als er Sandra in ihrem traditionellen Dirndl betrachtete. Er selbst lag nackt und prachtvoll, wie Gott und regelmäßiges Training ihn erschaffen hatten, in ihrem Bett.

»Ist halt eine klassische Tracht und inzwischen über zehn Jahre alt«, erklärte ihm Sandra, während sie die fliederfarbene Schürze glatt strich.

Julius runzelte die Stirn. »Ist das dein einziges?«

Sandra nickte und löste den Knoten der Schürze.

»Ich hatte mir eigentlich etwas Peppigeres vorgestellt. Kürzer und mit einem tieferen Dekolletee«, meinte er ein wenig enttäuscht.

»Du meinst doch hoffentlich keines dieser kreischpinkfarbenen oder quietschgrünen Wies'n-Dirndln.«

»Es muss kein Lollipop-Dirndl sein, wie es meine beiden jüngeren Schwestern so gern tragen. Farblich darf's bei dir ruhig ein wenig dezenter ausfallen.«

»Na, ich weiß nicht ...«, blieb Sandra skeptisch.

»Aber ich. Das steht dir sicher ganz hervorragend. Ich werde es dir beweisen.« Mit einem Satz sprang Julius aus dem Bett.

»Ach ja? Und wie willst du das, bitte schön, anstellen?« Sandra ließ ihr Dirndl zu Boden fallen, unter dem sie – außer der kurzen Dirndlbluse – noch nichts anhatte. Diesmal ließ sich Julius von ihrem reizvollen

Anblick nicht aufhalten. Sandra gelang es gerade noch, seinem knackigen Hinterteil einen Klaps mit der flachen Hand zu verpassen, als er an ihr vorbeihuschte. Abrupt blieb er stehen, drehte sich um und stellte sich vor sie hin, die Arme in die speckfreien Hüften gestützt. »Das wirst du dann schon sehen«, meinte er vergnügt, »aber jetzt lass mich mal duschen, sonst komme ich noch zu spät. Kannst du mir noch einen Kaffee machen? Bitte …«, sagte er und warf ihr von der Tür aus eine Kusshand zu.

»Sicher. Und was zieh ich jetzt an, damit der Herr mit mir zufrieden ist?«, rief sie ihm hinterher.

»Irgendetwas! Völlig egal!«, hörte sie ihn antworten.

»Jetzt auf einmal …«, murmelte Sandra zu sich selbst und hob das Dirndl vom Boden auf. Sie beschloss, die Tracht nun endgültig zur Altkleidersammlung zu bringen, wie auch einige andere Kleidungsstücke, die sie seit Jahren nicht mehr getragen hatte. Sie hängte das Dirndl und die Bluse zurück in den Schrank und suchte nach einer Alternative, die Julius gefallen könnte. Sich ein paar neue Teile zuzulegen, war sicher nicht die schlechteste aller Ideen, gestand sie sich angesichts der eher dürftigen Auswahl in ihrem Kleiderschrank ein. Andrea wollte ohnehin ständig mit ihr shoppen gehen, was die Freundin liebte, Sandra hingegen hasste. Ein Dirndl war allerdings das Letzte, was sie in ihrer Garderobe vermisste. Doch Julius stand anscheinend auf Trachten. Hätte ja auch schlimmer kommen können, tröstete sie sich. Schließlich hatte jeder so seinen Klescher, verzieh sie ihm die kleine Macke, noch ehe sie in ihre beste Spitzenunterwäsche geschlüpft war. Dann zog sie die dunkelblauen Jeans, eine weiße Bluse und ihren Trachtenjanker an. Mehr hatte sie Julius vorerst nicht zu bieten.

Wenig später stand Sandra vor der Umkleidekabine im Trachtengeschäft in der Herrengasse, in das Julius sie geschleppt hatte, und betrachtete sich im Spiegel. Sie musste ihm recht geben: Das nicht ganz knielange Dirndl, mit hellgrünem Leib, schwarzem Rock und maisgelber Schürze, stand ihr hervorragend. Die Farben schmeichelten ihrem Teint und den grünen Augen. Den tiefen Ausschnitt fand sie etwas gewöhnungsbedürftig, aber dass Männer ihre Freude daran hatten, war nicht besonders schwer nachzuvollziehen. Hoffentlich würde sie Bergmann in diesem Aufzug nicht über den Weg laufen. Seinen Kommentar über ihr ungewöhnlich üppiges Dekolletee wollte sie sich lieber ersparen.

»Voll geil! Das nehmen wir!« Julius freute sich wie ein kleines Kind. »Es gefällt dir doch auch, Sandra?«, fragte er und trat von hinten an sie heran, um ihr über die Schulter in den Ausschnitt zu blicken, was Sandra im Spiegel beobachten konnte.

»Für ein Dirndl gar nicht mal so schlecht«, gab sie zu.

Julius drehte sie herum. »Du siehst verdammt sexy aus, Lady. Wusste ich's doch …« Er küsste sie auf den Mund, fasste ihr mit beiden Händen an die Pobacken und drückte sie an sich. »Am liebsten würde ich dich gleich hier in der Umkleidekabine vernaschen«, flüsterte er ihr zu, »aber leider müssen wir jetzt los. Ich bin ohnehin schon spät dran. Sonst hätt ich noch die Jeans gegen meine Lederhose getauscht.« Dass Julius auch im zünftigen steirischen Beinkleid umwerfend aussah, bezweifelte Sandra keine Sekunde. Mit ihren alten Kleidungsstücken unterm Arm, folgte sie ihm zur Kassa, wo Julius seine Brieftasche zückte.

»Das kommt überhaupt nicht infrage. Ich zahl das selber«, protestierte sie. Gehorsam steckte Julius seine Brieftasche wieder ein. »Können Sie mein G'wand bitte einpacken? Das Dirndl und die Strümpfe behalt ich gleich an«, wandte sie sich an die Verkäuferin und legte ihre alten Sachen auf den Tresen. Wenigstens die schwarzen Schuhe passten so einigermaßen zu ihrem neuen Outfit.

»Aber ich wollte dir doch eine Freude bereiten.« Julius klang enttäuscht, als sie ihre Kreditkarte aus der Geldbörse zog.

»Ich freu mich doch auch so.« Sandra reichte der Verkäuferin die Karte. Das Dirndl war viel zu teuer, als dass sie es Julius bezahlen lassen wollte. Schließlich waren sie kein Paar. Nicht im herkömmlichen Sinn jedenfalls.

»Ist meine Freundin nicht wunderschön?«, meinte Julius stolz, zur Verkäuferin gewandt, und nahm ihr den bunt bedruckten Papiersack mit Sandras alten Sachen ab.

Hatte er eben *meine Freundin* gesagt? Sandra wusste nicht, ob sie sich freuen oder davonlaufen sollte, bevor es zu spät war. Sie wollte keine feste Beziehung. Dafür waren weder Platz noch genügend Zeit in ihrem Leben, wie die Vergangenheit mal mehr, mal weniger schmerzlich, aber durchwegs deutlich gezeigt hatte. Warum sollte es ausgerechnet mit Julius klappen? Andererseits – warum nicht? Sollte sie ihm und sich nicht doch eine Chance geben? Vielleicht würde er sie nicht mit Haut und Haar vereinnahmen wollen wie die Männer vor ihm, ihr die nötigen Freiräume lassen, die sie für ihren Beruf benötigte, aber auch für sich selbst. War sie am Ende gar verliebt in diesen kindischen Kerl? Diesen wunderbar einfallsreichen, ausdauernden Liebhaber. Diesen erfrischend ungestümen, einfach nur bezaubernden Mann.

Noch am selben Abend musste sich Sandra all diese Fragen mit Ja beantworten. Ja, sie war verrückt nach Julius Czerny. Und wie es aussah, war er es auch nach ihr.

KAPITEL 11

Sonntag, 11. September

I.

»Ich muss los! Bergmann wartet auf mich.« Sandra versuchte zum wiederholten Mal, sich aus Julius' Umarmung zu lösen. In zehn Minuten sollte sie den Chefinspektor abholen. Das war unmöglich zu schaffen. Sie war zwar nicht zwanghaft pünktlich wie ihre Mutter, die immer versucht hatte, ihr diese Eigenschaft ebenfalls einzubläuen, aber Dienst war nun mal Dienst.

»Es ist Sonntag. Und ich brauche dich noch viel mehr als dieser Bergmann«, meinte Julius und hob die Bettdecke hoch. »Schau mal: Er will dich schon wieder.«

»Daran zweifle ich nicht im Geringsten, Julius. Trotzdem muss ich jetzt gehen. Ich habe Bereitschaft, und der Einsatz geht nun mal leider vor.« Sandra versuchte aufzustehen.

Julius hielt sie an der Schulter fest. »Nur noch ein letztes Mal drücken. Komm her zu mir ...«, bettelte er und zog sie näher an sich heran. Einfach machte er es ihr nicht gerade, standhaft zu bleiben. Während er sie küsste, nahm er ihre Hand und führte sie an seine stramme Männlichkeit.

Dennoch gelang es Sandra, sich von ihm loszureißen. »Julius! Bitte! Ich muss jetzt wirklich gehen«, sagte sie so streng, wie sie nur konnte.

»Dann mach ich es mir eben selbst und denk dabei

an dich.« Noch einmal präsentierte er Sandra sein bestes Stück, das ihr inzwischen schon einige vergnügliche Stunden beschert hatte.

Sie seufzte und wandte sich eilig ab, um sich endlich anzuziehen. Dann warf sie Julius einen letzten wehmütigen Blick zu. Wie gern hätte sie auch noch den Nachmittag mit ihm im Bett verbracht. Stattdessen verabschiedete sie sich, ohne sich noch einmal in seine Nähe zu wagen. Er hätte höchstens einen neuen Anlauf gestartet, um sie doch noch zu verführen. Wenn sich Julius etwas in den Kopf gesetzt hatte, ließ er nicht mehr locker, bis er es bekam. So gut hatte sie ihn inzwischen kennengelernt. Er war hartnäckig auf seine eigene, unverkrampfte Art. Auch das gefiel Sandra an dem eigentlich viel zu jungen Julius Czerny. Mittlerweile hatte sie herausgefunden, dass sie mit ihren 32 ganze fünf Jahre älter war als er. Doch heutzutage spielte ein solcher Altersunterschied ohnehin keine Rolle mehr, redete sie sich selbst ein. Und Julius schien er auch nicht zu stören. »Wirf die Wohnungstür einfach hinter dir zu, wenn du gehst«, sagte sie und küsste die Luft. Dann ließ sie ihn schweren Herzens allein in ihrem Schlafzimmer zurück.

Kaum hatte Sandra den Wagen gestartet, signalisierte ihr Handy den Eingang einer SMS. An der ersten roten Ampel rief sie die letzte Kurznachricht ab. ›Es war wunderschön mit dir. 1000 Küsse, J.‹

Sandra lächelte das Display an und überlegte, was sie Julius antworten sollte. Als die Ampel auf Grün sprang, steckte sie das Handy zurück in die Halterung der Freisprecheinrichtung und seufzte. Er würde sich wohl oder übel noch ein wenig gedulden müssen, rief sie sich selbst zur Ordnung. Jetzt musste sie erst einmal Bergmann abholen. Und sich vorher zusammenreißen, damit er ihren Hormonrausch nicht sofort witterte. Ob es dem Kollegen nach seinem Ausraster wieder besser ging? Sie hoffte, dass er sein Versprechen wahrmachen und sich möglichst bald in Therapie begeben würde.

2.

»Tut mir leid«, entschuldigte sich Sandra bei Bergmann, als dieser zu ihr ins Auto stieg.

Er griff zum Gurt, um sich anzuschnallen. »Was tut dir leid?«

»Dass ich dich warten habe lassen.«

»Ach, Liebling … Die zwei Minuten sind doch völlig wurscht. Wenigstens konnte ich meine Zigarette in Ruhe fertig rauchen, ohne dass du wieder mit mir keppelst«, meinte er grinsend.

Sandra schenkte ihm ein gezwungenes Lächeln. Allem Anschein nach hatte er sich wieder gefangen. Jedenfalls klang er ganz wie der alte Bergmann, stellte sie einigermaßen beruhigt fest. Auch wenn sie nun wieder seine Sticheleien ertragen musste. »Wie lautet Hausners Adresse?«, erkundigte sie sich nach ihrem Einsatzziel.

»Mariagrün. Schönbrunngasse.«

»Nummer?«

Bergmann zückte den Durchsuchungsbefehl und nannte ihr die Hausnummer. »Im Übrigen tut es mir auch leid«, fügte er hinzu.

»Hä? Was tut dir leid?« Sandra hielt an der roten Ampel an und sah ihn an.

»Dass ich dein sonntägliches Liebesleben stören musste.«

»Was? Wieso? ... Herrgott, wie kommst du denn darauf?«

Bergmann schürzte die Lippen und warf ihr einen provokanten Blick zu. Die Rolle der Ahnungslosen kaufte er ihr offensichtlich nicht ab. »Na bitte, wusste ich es doch«, meinte er siegessicher.

Sandra widerstand der Versuchung, ihm zu widersprechen, und schluckte ihren Protest hinunter, um das Thema nicht noch interessanter zu machen. Zweifelsfrei verfügte Bergmann über eine hervorragende Beobachtungsgabe. Oder er besaß eine Glaskugel, in der er sie beobachten konnte. Bei dieser Vorstellung musste Sandra lauthals lachen.

Bergmann überging ihren plötzlichen Heiterkeitsausbruch. »Während sich die Kriminaltechniker umsehen, werden wir uns Hausner noch einmal vorknöpfen«, meinte er nachdenklich.

An der Kreuzung Mariagrüner Straße/Anton-Wildgans-Weg warteten bereits zwei Funkstreifen, ein weiterer ziviler Einsatzwagen und ein Kleinbus der Kriminaltechnik auf die LKA-Ermittler, um die letzten 500 Meter bis zu Hausners Villa im Konvoi zurückzulegen. Das blattgoldverzierte Einfahrtstor aus Schmiedeeisen war geschlossen und wurde von zwei Videokameras überwacht. Bergmann stieg aus dem Wagen und klingelte. Nachdem er ihren Besuch in der Gegensprechanlage angekündigt hatte, öffneten sich die beiden Torflügel automatisch. Er winkte seine Leute herbei und ging selbst zu Fuß den Kiesweg hinauf. Sandra parkte den

Passat in der Auffahrt. Daneben hielten der Transporter der Kriminaltechniker und eine der Funkstreifen, während die anderen beiden Einsatzfahrzeuge die Einfahrt von draußen blockierten. »Wir beide gehen erst einmal allein hinein. Der Rest der Truppe wartet hier auf das Einsatzzeichen«, ordnete Bergmann an.

»Ihr könnt schon mal die Ausrüstung vorbereiten«, instruierte Siebenbrunner seine Männer.

Sandra und Bergmann näherten sich dem Eingangsportal. Die junge Frau, die dort auf sie wartete, wirkte nervös. Bergmann zückte seinen Dienstausweis, und die Dunkelhaarige trat beiseite. »Bitte, kommen Sie weiter«, bat sie die beiden Kriminalpolizisten herein. »Herr Hausner fühlt sich heute nicht besonders wohl. Er zieht sich gerade an«, sagte sie und führte die Besucher durch die Eingangshalle. Sandras Blick fiel auf den bombastischen Kristallluster, der hoch über ihren Köpfen hing. Der überladene Stil der Villa passte viel besser zu Engelbert Hausner und seiner peinlichen Rolex als sein puristisch gestaltetes Büro, fand sie. Aus einem der hinteren Zimmer war gedämpftes Hundebellen zu vernehmen. Sandra vermutete, dass es sich dabei um die Boxerhunde handelte, die Hausner bei ihrer ersten Begegnung erwähnt hatte. Offenbar waren sie weggesperrt worden. »Sie sind eine Bekannte von Herrn Hausner, nehme ich an?«, wandte sie sich an die junge Dame, kaum dass sie den nicht minder prunkvoll eingerichteten Salon betreten hatten. Alles hier war viel zu protzig. Nichts von dem sündteuren Kitsch entsprach auch nur annähernd Sandras eher schlichtem Geschmack.

»Entschuldigen Sie, dass ich mich nicht vorgestellt habe. Ich bin Daniela Toifl, Engelbert Hausners Freundin. Bitte setzen Sie sich doch. Ich schau inzwischen nach, wo der Bertl bleibt. Es geht ihm heute wirklich nicht gut«, wiederholte die zarte, mädchenhafte Frau und verschwand wieder.

»Sein Frauengeschmack ist jedenfalls besser als das hier«, murmelte Bergmann und ließ einen abschätzigen Blick durch den Raum schweifen.

»Ausnahmsweise muss ich dir recht geben«, stimmte ihm Sandra zu. »Obwohl die Dame auch für dich viel zu jung ist. Über ihre charakterlichen Qualitäten kann ich allerdings noch nicht viel sagen.«

»Charakter?« Bergmann grinste. »Wie du weißt, bin ich ziemlich oberflächlich, Liebling«, stichelte er und ließ sich in einen der Fauteuils vor dem Kamin fallen. Mit seinen Fingerspitzen streichelte er sanft über die vergoldeten Löwenpranken, die gleichzeitig die Armlehnen der außergewöhnlichen Sitzmöbel bildeten. »Wie lange muss man wohl suchen, um eine derart hässliche Sitzgarnitur zu finden?«, fügte er belustigt hinzu.

»Und wie oft muss ich dir noch sagen, dass du mich nicht Liebling nennen sollst! Schon gar nicht, wenn es jemand hören könnte.« Sandra warf Bergmann einen vorwurfsvollen Blick zu, den er wie so oft gekonnt ignorierte. Sie beschloss, die Wartezeit zu nutzen und die Bar im Salon zu inspizieren. Zuerst sah sie sich die Spirituosen an, an denen ihr nichts Ungewöhnliches auffiel. Dann nahm sie sich die beiden Schubladen – direkt unter der Arbeitsfläche aus versiegeltem Wurzelholz – vor und überprüfte deren Inhalt, ehe sie sich dem Kühlschrank zuwandte. Außer einem Dutzend Veuve-Clicqout-Flaschen war darin nichts zu entdecken. Auch kein Fläschchen mit K.o.-Tropfen. Sofern Hausner das

Betäubungsmittel nicht in eine der handelsüblichen Spirituosenflaschen umgefüllt hatte, schien hier alles in Ordnung zu sein. Und wenn nicht, würden es die Kriminaltechniker schon herausfinden.

Kaum hatte Sandra wieder auf der ebenso kitschigen wie vermutlich teuren Sitzbank vor dem Kamin Platz genommen, betrat der Hausherr den Raum. Daniela Toifl hatte nicht übertrieben. Die Gesichtsfarbe ihres Sugar-Daddys wirkte an diesem Tag tatsächlich noch um einiges ungesünder als sonst. In Anbetracht des sonntäglichen Polizeibesuches fand Sandra dies jedoch nicht weiter verwunderlich. Engelbert Hausner war zwar überheblich, um nicht zu sagen größenwahnsinnig, aber sicher nicht dumm. Er wusste genau, dass der Tag der Abrechnung gekommen war.

Bergmann blieb sitzen und streckte ihm die richterlichen Beschlüsse entgegen, die erstens die Durchsuchung seiner Villa genehmigten, und die ihn zweitens wegen des Verdachts der Verabreichung von illegalen Drogen und Vergewaltigung zum Untersuchungshäftling machten. Der Autohändler ignorierte die Papiere, welche Bergmann nun über die gläserne Couchtischplatte, die von vier vergoldeten Löwenbeinen getragen wurde, schob. Hausner schwankte leicht und sank wortlos auf einen der ausladenden Fauteuils.

Auf die Handschellen konnte sie getrost verzichten, dachte Sandra. Offensichtlich war der Mann nicht in der körperlichen Verfassung, um zu flüchten. Mit dem Handrücken wischte er sich den Schweiß von der Stirn.

Sandra erhob sich und öffnete eines der Fenster. Nicht nur, um frische Luft ins Zimmer zu lassen, sondern auch, um Siebenbrunner das Einsatzzeichen zu geben. Jetzt, da Hausner informiert war, konnte mit der Spurensicherung begonnen werden.

Hinter Sandras Rücken sprach Bergmann mit dem Beschuldigten. »Sie sollten Ihren Anwalt verständigen«, riet er ihm. »Bewahren Sie im Haus unerlaubte Substanzen auf? GHB, auch Liquid Ecstasy genannt, oder K.o.-Tropfen?«, fragte er weiter, während Sandra sich wieder zu den Männern begab.

Hausner schüttelte den Kopf.

»Ich rate Ihnen, die Wahrheit zu sagen«, sagte Bergmann, als Siebenbrunner den Kopf zur Tür hereinsteckte. »Die Kollegen werden gleich Ihr Haus auf den Kopf stellen. Die finden alles. Das können Sie mir glauben. Fangt am besten oben an!« Der Kriminaltechniker verschwand wieder.

»Halten Sie mich wirklich für so dumm, dass ...« Hausner stockte jäh und schnappte nach Luft. Mit Panik im Blick griff er sich an die Brust.

Bergmann sprang auf. »Ruf einen Notarzt, Sandra! Das sieht mir nach einem Herzinfarkt aus ...« Er zog den röchelnden Mann vom Fauteuil auf den Perserteppich, während Sandra die Notrufnummer wählte.

»In fünf bis zehn Minuten ist jemand hier«, sagte sie nach einer gefühlten Ewigkeit und kniete sich neben Bergmann, der Hausners Puls fühlte.

Der Atem des übergewichtigen Mannes ging inzwischen wieder ein wenig ruhiger. »Ich hab sie ... nicht umgebracht, die Valentina ... Ich hab sie doch geliebt«, stammelte er.

»Deshalb haben Sie ihr Drogen verabreicht und sie anschließend vergewaltigt?«, fragte Bergmann.

Hausner rang nach Luft.

»Ruhig, Herr Hausner. Versuchen Sie, ganz ruhig zu atmen. Der Notarzt wird gleich hier sein.«

»Ich hab ihr doch nur … diese harmlose Party-droge gegeben …« Hausners Röcheln war besorgnis-erregend.

»… und sie anschließend vergewaltigt«, beendete Bergmann den Satz. »Wir wissen inzwischen, dass Sie der Vater ihres Kindes gewesen wären«, fügte er hinzu.

Sandra stieß dem Chefinspektor ihren Ellenbogen in die Rippen. Das und ihr eindringlicher Blick brachten ihn augenblicklich zum Schweigen. Jede weitere Aufre-gung konnte Engelbert Hausner umbringen. Sie glaubte dem Mann, dass er Valentina nicht ermordet hatte. Und Pia erst recht nicht. Im Angesicht des eigenen Todes gab es wohl auch keinen Grund mehr zu lügen. Vermut-lich starb es sich nach einer Beichte sogar leichter als mit einem Mord auf dem Gewissen, selbst wenn man nicht gläubig war. Hoffentlich segnete Hausner nicht ausgerechnet vor ihren Füßen das Zeitliche und ent-ging auf diese Weise seiner irdischen Strafe. Das Mar-tinshorn, das sie in der Ferne vernahm, riss Sandra aus ihren morbiden Gedanken. Ihr fiel ein, dass der Ret-tungswagen gar nicht bis zum Haus vorfahren konnte. »Unsere Autos müssen von der Einfahrt verschwin-den«, erklärte sie knapp und stand auf.

»Schick die Kollegen am besten gleich nach Hause. Die Einvernehmung ist hier fürs Erste beendet. Zu einer Überstellung in die JVA wird es heute wohl nicht mehr kommen. Nur die Tatortgruppe soll hier weiterma-chen«, gab Bergmann ihr mit auf den Weg nach draußen.

In der Halle kam ihr Daniela Toifl entgegen. »Was ist los? Ist was passiert?«, fragte die junge Frau besorgt.

»Herr Hausner hat einen Schwächeanfall. Der Notarzt ist bereits verständigt«, erklärte ihr Sandra im Vorbeilaufen.

Wenige Minuten später wurde Engelbert Hausner vom Notarzt erstversorgt und anschließend ins Grazer LKH-Universitätsklinikum abtransportiert. Sandra und Bergmann sahen sich in den Wohnräumen und im Keller um, die außer noch mehr sündhaft teurem Kitsch, einer Finnischen Sauna und einem Schwimmbad nichts Außergewöhnliches zu bieten hatten. Augenscheinliche Spuren eines möglichen Gewaltverbrechens waren nirgendwo auszumachen. Den Rest überließen sie der Spurensicherung, die ihre Arbeit in aller Ruhe zu Ende führen sollte. Auch wenn Sandra fast sicher war, dass sie hier nichts Brauchbares finden würden. Sie verabschiedeten sich von Hausners völlig aufgelöster Freundin, für die Sandra einfach keine tröstenden Worte einfallen wollten. Wenn Engelbert Hausner den Infarkt überlebte, würde er – sobald es sein körperlicher Zustand erlaubte – die Untersuchungshaft antreten müssen. Danach erwartete ihn ein Gerichtsprozess, der ihn voraussichtlich für längere Zeit hinter Gitter brachte. Auch kein besonders tröstlicher Gedanke für die junge Frau. Also beschränkte sich Sandra auf einen – wie sie hoffte – aufmunternden Blick, ehe sie Bergmann aus der Villa folgte. »Soll ich dich zu Hause absetzen?«, fragte sie ihn auf dem Weg zum Dienstwagen.

»Lass uns vorher noch versuchen, die beiden Mädchen zu warnen«, meinte Bergmann. »Ich möchte nicht noch weitere strangulierte Bauerntöchter auf irgendwelchen steirischen Feldern einsammeln müssen.«

»Das möchte ich auch nicht. Hast du ihre Namen und Adressen dabei? Oder müssen wir vorher noch ins Büro fahren?«

»Den Umweg können wir uns sparen«, meinte Bergmann und zog sein Smartphone aus der Jackentasche. »Luise Meixner wohnt in der Goethestraße, Nathalie Janisch in der Rosenberggasse.«

Sandra passierte das Einfahrtstor. »Beides in der Nähe«, erwiderte sie.

»Ich weiß. Immerhin wohne ich schon seit über einem Jahr in Graz. Wahnsinn, wie die Zeit vergeht …«

»Findest du? Mir kommt es schon viel länger vor, dass du hier bist«, entgegnete Sandra.

»Im Ernst? Das war doch hoffentlich als Kompliment gemeint?«

»Aber sicher doch.«

Bergmann sah sie an und klimperte mit den Augen. »Ich möchte dich auch nicht mehr missen, Liebling.«

»Lass es endlich gut sein, Sascha«, sagte Sandra und seufzte. Niemand verstand es wie Bergmann, ihr mit einem dermaßen blöden Schmäh immer wieder auf die Nerven zu gehen.

Luise Meixner war eine unscheinbare junge Frau. Das Auffälligste an ihr war die runde Brille, die Sandra an Harry Potter erinnerte. Als sie der Studentin der Sozialwissenschaften nahelegten, in nächster Zeit besonders aufmerksam zu sein und ungewöhnliche Vorfälle sofort zu melden, auch wenn diese mit Bekannten zusammenhingen, vermutete Luise gleich, dass die Vorsichtsmaßnahme mit der Ermordung ihrer beiden Freundinnen zusammenhing. Es bestehe keine unmittelbare Gefahr

für Leib und Leben, beruhigte Sandra sie und hinterließ ihre Telefonnummern für alle Fälle. Danach wollten die Kriminalbeamten auch der zweiten Studentin
zur Vorsicht raten. Leider hielt sich Nathalie Janisch
wie an den meisten Wochenenden bei ihren Eltern am
Bauernhof auf, wusste ihre Mitbewohnerin zu berichten, und so vertagten sie ihr Vorhaben auf Montagabend,
wenn Nathalie wieder in Graz sein sollte. Sie übers Telefon zu warnen, hielten die Kriminalpolizisten für keine
gute Option, zumal sie nicht einzuschätzen vermoch-
ten, ob die junge Frau ihren Anruf für einen dummen
Scherz halten und ihn nicht ernst nehmen oder ob sie
womöglich in Panik geraten würde. Beides wäre kon-
traproduktiv gewesen.

Sandra setzte Bergmann vor seinem Wohnhaus ab
und schlug dann den Weg nach Hause ein. Sie freute sich
auf eine Joggingrunde, bevor die angekündigte Schlechtwetterfront eintreffen würde.

3.

Dass Julius' Schuhe noch immer in ihrem Vorzimmer
standen, überraschte Sandra. Erstaunt rief sie seinen
Namen, während sie ihre Jacke neben seiner an die Garderobe hängte.

»Julius?«

»Ja-a!«, drang es fröhlich aus dem Badezimmer.
Prompt öffnete sich die Tür, und Julius stand mit nas-
sen Haaren und einem ihrer Badetücher um die Hüften
im Türrahmen. »Hallo! Ich bin noch mal eingeschla-
fen, nachdem du gegangen bist. Dann hab ich Kaffee

getrunken und mich rasch geduscht. Das passt doch, oder?«, meinte er.

»Ja, sicher«, sagte Sandra und ließ sich von ihm küssen. Die Folgen bekam sie unmittelbar zu spüren. Obwohl ihre Körper unterhalb der Gürtellinie durch ein dickes Frotteetuch und ihre Jeans getrennt waren, kehrte auch bei Sandra schlagartig die Begierde zurück, die einen wohligen Schauer durch ihren Unterleib jagte. Julius nahm sie an der Hand und führte sie ins Wohnzimmer. Dort half er ihr aus der Kleidung. »Du wirkst ein wenig angespannt. Alles in Ordnung mit dir?«, erkundigte er sich.

»Mit mir schon. Nur einer unserer Verdächtigen hat vorhin einen Herzinfarkt erlitten«, sagte sie, ohne zu überlegen. »Das bleibt aber unter uns«, setzte sie sofort hinzu.

»Klar«, versprach Julius und ließ das Frotteetuch zu Boden fallen. »Hab's schon vergessen. Komm her zu mir.« Julius fiel rücklings aufs Sofa und streckte sich dort lang. »Setz dich auf mich drauf, ja?«

Sandra erfüllte ihm seinen Wunsch und kletterte auf ihn, um ihn in sich aufzunehmen. Langsam bewegte sie sich auf und ab, allmählich immer schneller und schneller, bis sich ihre Lust mit einem langgezogenen Schrei ergoss. Julius zog ihren Oberkörper an sich, sodass sie auf seiner Brust zu liegen kam. Mit den Händen dirigierte er ihr Becken, gab selbst das Tempo vor und stieß immer wieder zu, bis sein Höhepunkt den lustvollen Ritt beendete.

Eine Weile rührten sie sich nicht von der Stelle. Als wären sie für immer miteinander verschmolzen. Er fühlte sich noch immer gut in ihr an. »Eigentlich wollte ich ja joggen gehen. Aber das hier war wesentlich besser«, meinte Sandra irgendwann.

»Na, das hoffe ich doch«, erwiderte Julius und half ihr, sich wieder aufzurichten. »Ich hab übrigens noch eine kleine Überraschung für dich.«

»Ach ja?« Mit etwas wackeligen Knien stieg Sandra von ihm ab.

»Warte. Ich bring sie dir gleich.«

Sandras Blick folgte dem nackten Mann, bis dieser aus ihrem Wohnzimmer verschwunden war. Was für ein knackiger Arsch, dachte sie und kuschelte sich in die Kaschmirdecke. Welche Überraschung konnte er für sie haben? Ihr fiel beim besten Willen nichts ein.

Julius kehrte mit einer weißen Schatulle aus Lederimitat zurück, auf der zwei ineinander verschlungene Herzen prangten. »Für dich, Sandra. Ich hoffe, es gefällt dir«, meinte er ungewöhnlich kleinlaut und überreichte ihr das Geschenk. Sandra verkniff es sich, ihre spontane Befürchtung auszusprechen, es könne sich um einen Verlobungsring handeln und bedankte sich stattdessen. »Wann hast du das denn besorgt?«, wollte sie wissen.

»Gestern nach dem letzten Interview in der Stadt.«

»Als ich in der Vinothek im Generalihof auf dich gewartet habe?«

»Genau. Ich wollte es dir später zu Hause geben, aber dann waren wir viel zu beschäftigt …« Julius grinste. »Möchtest du es nicht aufmachen?«

Langsam klappte Sandra die Schatulle auf und fühlte kurz ihren Herzschlag aussetzen. Auf einmal wünschte sie sich, es wäre nur ein harmloser Verlobungsring gewesen, auf den sie da starrte. Das konnte doch nicht

wahr sein! Wie ferngesteuert nahm sie das Schmuckstück aus der Verpackung.

»Gefällt es dir?« Julius' Stimme drang wie aus der
Ferne an ihre Ohren. Dabei saß er direkt neben ihr.
»Soll ich es dir umlegen?«

Erschrocken sah sie ihn an und hielt das schwarze
Lederband in ihrer Hand krampfhaft fest. Auf einmal
drehte sich alles. Die Gedanken schossen durch ihren
Kopf. War es nur ein Zufall, dass er ihr ein schwarzes Lederband mit einem silbernen Herzanhänger
schenkte, auf dessen Rückseite ein S eingraviert war?
Oder würde er ihr das Schmuckstück als Nächstes
entreißen, ihr um den Hals legen und zuziehen, bis
ihre Kehle zerquetscht war? Sollte sie ihre Dienstwaffe aus dem Vorzimmer holen? Oder ihn jetzt gleich
ohne Waffe attackieren? Plötzlich fühlte sie die Übelkeit in sich aufsteigen und ließ die Schatulle fallen. Das
Schmuckstück immer noch fest umkrallt, rannte sie so
schnell sie konnte ins Badezimmer. Auch als sie sich
über dem Waschbecken übergab, ließ sie das Lederband nicht los.

»Was ist denn mit dir, Sandra?«, fragte Julius, der
nun hinter ihr stand.

Lass das Band nicht los!, dachte sie und wagte nicht,
vom Waschbecken aufzublicken. Sie war auf einmal
wie gelähmt vor Angst. Schlimmer noch: nackt und
gelähmt. Solange sie das Lederband festhielt, konnte
er sie damit nicht erdrosseln. Sie spürte seine Hand auf
ihrem Nacken. »Warte, ich helfe dir«, sagte er.

Voller Panik richtete sie sich auf und starrte ihn über
den Spiegel an. War Julius gekommen, um sie zu töten?
War er der Mörder, den sie suchte? Ihr Herz raste. Ein

Schrei löste sich aus ihrer Kehle. Julius sprang mit einem Satz zurück, während sie noch immer schrie.

»Sandra, du bist ja völlig hysterisch! Was ist denn bloß in dich gefahren? Ist es dieses Halsband? So beruhig dich doch!«

Sandra zitterte, wie sie es das letzte Mal aus panischer Angst vor ihrem Halbbruder getan hatte. Sie musste sich wieder in den Griff bekommen! In diesem Zustand war sie trotz Nahkampfausbildung handlungsunfähig. Sosehr sie es auch hasste, Tabletten zu nehmen, sosehr zwang sie sich nun, den Spiegelschrank zu öffnen und nach der Medikamentenschachtel zu greifen, von der sie gehofft hatte, sie nie wieder anrühren zu müssen. Als sie erneut in den Spiegel blickte, war Julius verschwunden. Sandra hielt das Lederband weiterhin fest und drehte den Hahn am Waschbecken auf, um die Tablette mit kaltem Wasser hinunterzuspülen. Sie ekelte sich vor der Pille, doch sie wusste, dass die beruhigende Wirkung unmittelbar einsetzen würde. Erschöpft ließ sie sich am Rand der Badewanne nieder und atmete ein paar Mal tief durch. Das Schmuckstück in ihrer Hand starrte sie an. Hätte Julius ihr etwas antun wollen, hätte er es längst getan, rief sie sich zur Vernunft. Sie spitzte die Ohren. War er überhaupt noch da? Wahrscheinlich hatte sie ihn in die Flucht geschlagen. Sicher war er fürchterlich erschrocken über ihr Verhalten. Julius war doch kein Mörder! Er war ihr Geliebter, kein verdammter Serienkiller! Und Sandra war nicht die Tochter eines Landwirts. Oder spielte das am Ende gar keine Rolle? Ruhig, Sandra! Sei ruhig, redete sie sich selbst gut zu. Julius ist kein Verbrecher! Er ist niemals der Mörder, nach dem du suchst. Er kann es gar nicht sein. Oder etwa doch? Vielleicht waren die beiden Mädchen auch zu gutgläubig gewesen. Und nun waren sie tot.

»Soll ich einen Arzt rufen?« Julius stand jetzt angezogen in der Tür und sah sie besorgt an.

»Nein. Es geht schon wieder. Es tut mir so leid, Julius.«

»Erklärst du es mir, bitte?« Er stand da wie ein geprügelter Hund.

»Das sollte ich wohl, nachdem ich mich so aufgeführt habe.« Was musste er nur von ihr denken? So etwas Peinliches war ihr noch nie passiert. »Es tut mir so leid, Julius«, wiederholte Sandra ihre Entschuldigung und schlüpfte in den Bademantel. Julius trat näher an sie heran. Sie wagte es nicht, ihm ihn die Augen zu blicken. Ebenso wenig wollte sie das Halsband loslassen.

»Schon gut«, sagte er und strich über ihre Wange. »Was hältst du von einem Tee und einer Jausn?«

Sandra nickte. »Ein Tee wär fein.« Julius nahm sie in die Arme und drückte sie, ohne etwas zu sagen. Es fühlte sich gut an. Er roch vertraut. Er wollte ihr nichts zuleide tun. Er war kein wahnsinniger Serienmörder. Sie war paranoid. Das Mittel wirkte und ließ sie wieder klar denken.

Julius lockerte seine Umarmung. »Komm, gehen wir in die Küche«, sagte er und ging voraus. »Setz dich hin und erzähl mir, was das eben sollte. Ich mach uns ein paar Käsebrote.«

Sandra folgte ihm und legte das Halsband vor sich auf den Tisch. Julius öffnete den Küchenschrank. »Du hast doch sicher von den Mordfällen in der Weststeiermark gehört. Diese beiden Bauerntöchter …«, sagte sie.

Julius nickte und griff nach einem Teebeutel. »Schreckliche Geschichte«, meinte er.

»Ich ermittle in diesen Mordfällen.«

»Mhm.«

»Dieses Schmuckstück, das du mir geschenkt hast ... Beide Leichen hatten genauso ein schwarzes Lederband mit einem silbernen Herzen um den Hals«, erzählte sie, während Julius ihren Tee zubereitete.

»Nun ja ... Dieser Schmuck liegt gerade voll im Trend«, meinte er.

»Mag sein. Aber wie es aussieht, hat der Täter die Bänder samt Anhänger extra für die beiden Mädchen besorgt, um sie damit zu erdrosseln. Es handelt sich um die Tatwaffe.«

»Was?« Um ein Haar wären Julius die beiden Teller entglitten und zu Boden gefallen. Er stellte sie auf der Arbeitsplatte ab und sah Sandra an.

»Ja, du hast richtig gehört. Die Opfer wurden mit dem gleichen Lederhalsband erdrosselt, das du mir geschenkt hast. Ich dachte vorhin, mich trifft der Schlag«, gab Sandra zögerlich zu. »Es tut mir wirklich leid, dass ich dermaßen in Panik geraten bin«, setzte sie nach.

»Um Gottes willen! Das versteh ich ja ... Aber ... soll das heißen, dass du mich für diesen Killer gehalten hast?« Julius verstummte. Kopfschüttelnd öffnete er den Kühlschrank.

»Na ja, so gut kennen wir uns halt noch nicht«, versuchte sich Sandra zu rechtfertigen. Dass sie früher schon mit Panikattacken zu kämpfen gehabt hatte, ließ sie an dieser Stelle lieber unerwähnt. Sie war sich nicht sicher, ob sie ihm schon so weit vertrauen konnte.

Julius stellte die Butterdose und den Plastikbehälter ab, in dem Sandra den Käse aufbewahrte, und holte das Brot aus dem Leinensack. Das Messer in seiner Rechten sägte sich durch den Laib. »Wir kennen uns vielleicht noch nicht lange, aber dass du mich nach diesem Wochenende für einen Serienmörder hältst …« Wieder schüttelte er den Kopf, während er das Brotmesser gegen ein kleineres eintauschte, um damit Butter auf die Brotschnitten zu schmieren.

»Im Nachhinein kommt mir der Gedanke ja auch ziemlich absurd vor«, gab Sandra zu. »Aber ich hab halt schon einiges miterlebt …«

»Du warst völlig panisch.« Julius platzierte ein paar dicke Scheiben Steirerkas auf den Broten und brachte die Teller und Sandras Tee zum Tisch. Dann holte er sich eine Bierflasche aus dem Kühlschrank und öffnete sie. Sandra überlegte, ob sie ihm nicht doch von Mikes brutalem Überfall und ihren anschließenden Panikattacken erzählen sollte. Sie beobachtete, wie er einen Schluck aus der Murauer-Flasche nahm. Auch ihm schmeckte das Bier aus ihrem Heimatbezirk am allerbesten. Inzwischen wusste sie doch einiges über Julius Czerny. Aber konnte sie ihm nach so kurzer Zeit wirklich schon ihre dunkelsten Geheimnisse anvertrauen? Oder würde er sie dann endgültig für verrückt halten und den Kontakt mit ihr abbrechen?

»Magst du ein Gurkerl?«, unterbrach er ihre Gedanken und sah sie bei dieser banalen Frage derart ernst an, dass Sandra plötzlich lachen musste.

Julius stutzte kurz, dann stimmte er in ihr Gelächter ein. Er setzte sich zu ihr, bis ihr Lachkrampf vorüber war. Dann nahm er ihre Hand und küsste sie. »Ich glaub, ich hab mich in dich verliebt, Sandra Mohr. Auch wenn du ein wenig durchgeknallt zu sein scheinst.«

Sandra lächelte ihn an. Wie hatte sie diesen Mann jemals für einen Serienmörder halten können? »Bitte versprich mir, dass du nichts von alledem erwähnst, was du heute hier gehört und gesehen hast. Kein Sterbenswörtchen, zu niemandem, okay?«, meinte Sandra.

»Schon vergessen«, sagte Julius und stand auf, um die Essiggurken aus dem Kühlschrank zu holen.

KAPITEL 12

Montag, 12. September

»Die Gerichtsmedizin hat Pia Fürnpass' Leichnam freigegeben. Keine Kampfspuren, kein Sperma, keine Schwangerschaft«, kommentierte Sandra den Obduktionsbefund.

»Keine Überraschung«, ergänzte Bergmann.

Sandra überging seine Bemerkung. »Sicher ist nun auch, dass sie mit demselben Lederhalsband erdrosselt wurde wie Valentina Trimmel.«

»Mit dem gleichen«, korrigierte Bergmann sie.

»Von mir aus.« Heute war der Chefinspektor wieder besonders nervtötend. Doch Sandra beschloss, den Kommentar, der ihr auf der Zunge lag, hinunterzuschlucken. Prompt fiel ihr der peinliche Zwischenfall vom Vortag ein. Sie konnte sich glücklich schätzen, dass Julius so verständnisvoll reagiert hatte. Die meisten anderen Männer wären mit einer solchen Situation total überfordert gewesen. Sie hätten sie in ihrer Panik vielleicht allein gelassen und bestenfalls noch einen Arzt verständigt. Schon dafür, dass er sich nicht einfach aus dem Staub gemacht hatte, liebte sie Julius. Na ja, zumindest war sie in ihn verliebt. Und er in sie. Warum auch immer.

»Wissen wir endlich, wo dieser Schmuck verkauft wird?«, fragte Bergmann.

»Ja. Das wissen wir«, antwortete Miriam. »Und wir wissen auch, dass dieses Modell bisher 232 Mal

236

über steirische Ladentische gegangen ist. In 124 Fällen wurde mit Bankomat- oder Kreditkarte bezahlt. Die Zahlungstransaktionsdaten der Geschäfte habe ich zum Teil schon erhalten. Die meisten Schmuckstücke wurden in Graz verkauft. 87 weitere Stück online bestellt und in die Steiermark versandt. Die Adressen der Internetbestellungen hab ich alle hier«, berichtete sie weiter.

»Und was ist mit dem Rest?«

»Es dauert noch eine Weile, bis uns alle Daten vorliegen, um sie lückenlos überprüfen zu können.«

»Lückenlos? An die Barzahler kommen wir doch niemals heran«, warf Sandra ein. »Da müsste uns schon der Zufall zu Hilfe eilen, um den Käufer zu finden, der dann noch lange nicht der Täter sein muss. Der Mörder könnte sich die Schmuckstücke ja auch von jemandem besorgen haben lassen. Oder er hat sie irgendwo anders in Österreich oder im Ausland gekauft.«

»Bei Juwelieren gibt es doch üblicherweise Überwachungskameras«, meinte Bergmann.

»Schon. Aber die meisten dieser Schmuckstücke wurden über Boutiquen, Kaufhäuser und Accessoires-Läden verkauft«, erklärte Miriam.

»Außerdem werden Videoaufzeichnungen von Kunden meist nicht länger als ein paar Tage aufbewahrt. Wenn überhaupt«, sagte Sandra.

»Auch wieder wahr. Scheißdatenschützer …« Bergmann kratzte sich am Kinn und überlegte. »Dann sammelt mal weiterhin alle Zahlungsdaten zusammen und wir überprüfen sie dann«, sagte er schließlich. »Selbst wenn wir nach der berühmten Stecknadel im Heuhaufen suchen.«

»Vielleicht haben wir unseren Mörder ja bereits gefunden«, meinte Miriam.

»Du meinst Josef Laubichler? Glaub ich nicht«, sagte Sandra.

»Und warum nicht?«

»Weil der Typ auf kleine Mädchen steht. Nicht auf erwachsene Frauen. Die machen ihm Angst.«

»Oder er hasst sie so sehr, dass er sie umbringt«, meinte Miriam.

»Als Nächstes erzählst du uns, dass er als Kind Tiere zu Tode gequält und später seine Mutter umgebracht hat«, witzelte Bergmann.

»Na ja, ich meinte ja nur ...«, reagierte Miriam eingeschnappt. Wie Sandra fand, zurecht, darum sprang sie für sie in die Bresche. »Ist schon okay, Miriam. Hier darf jeder sagen, was er will. Es schadet ja nicht, alle Theorien auf den Tisch zu legen. Wir werden uns den Mann sowieso noch genauer ansehen.«

»Heilige Sandra, bitte für uns. Jetzt und in der Stunde unseres Todes. Amen«, murmelte Bergmann vor sich hin.

Sandra ignorierte ihn und versuchte, Miriam mit einem Lächeln aufzumuntern. Auch wenn ihre Fantasie oft wilde Blüten trieb, konnte es nicht schaden, sie anzuhören. Immerhin bestand die Möglichkeit, dass die junge Inspektorin mit ihrem wenig vorbelasteten Blick etwas bemerkte, das die erfahrenen Kollegen aus Betriebsblindheit übersahen.

»Hast du noch eine Theorie?«, ermutigte Sandra sie weiterzureden, während Bergmann wieder einmal zum Bleistiftspitzer griff.

»Na ja ...«, meinte Miriam zögerlich.

238

»Na ja, was?« Sandra sah ihr in die Augen.

»Vielleicht wollten Valentina und Pia die sexuellen Übergriffe von damals jetzt auffliegen lassen …«

»Und Laubichler hat sie getötet, um das zu verhindern?«, vollendete Sandra ihren Satz.

Miriam zuckte mit den Schultern und äugte zu Bergmann hinüber. Der drehte seinen Bleistift schweigend im Spitzer herum.

»Ich denke nicht, dass Laubichler die beiden Frauen auf diese Weise umgebracht hat«, gab sich Sandra schließlich selbst die Antwort. »Wären sie Kinder gewesen, vielleicht …«, räumte sie ein.

Bergmann hörte mit dem Spitzen auf. »Ihr könnt eure Märchenstunde jetzt beenden. Laubichler hat nämlich ein Alibi. Zumindest für den Mord an Pia Fürnpass.«

»Wie bitte?« Verblüfft lehnte sich Sandra auf ihrem Bürostuhl zurück.

»Du hast schon richtig gehört. Laubichler hat ein Alibi«, wiederholte Bergmann. »Während die Fürnpass ermordet wurde, hat er ein Sex-Video aufgezeichnet, auf dem er eindeutig zu erkennen ist. Und das Datum wurde nicht manipuliert«, berichtete er weiter.

»Ach nein. Und wann hattest du vor, uns das mitzuteilen?«, fragte Sandra.

»Genau jetzt.« Bergmann grinste und rieb sich im Aufstehen die Hände. Sandra verfolgte seinen Weg zur Magnettafel mit grimmigen Blicken. Wieso war er nicht gleich mit dieser wichtigen Neuigkeit herausgerückt?

»Ich hab es selbst eben erst erfahren. Vom Kollegen Hammerschmidt aus der Internet-Abteilung. Als ich gerade eine rauchen war«, beantwortete er die Frage, die Sandra gar nicht ausgesprochen hatte.

»Und warum lässt du uns dann noch so lang hier herumdiskutieren?«

Bergmann nahm den Schwamm und den blauen Edding zur Hand. »Ich wollte nur mal sehen, wie es um eure Ermittlerqualitäten bestellt ist.« Mit dem Schwamm wischte er ein rotes Fragezeichen weg. Dann zog er die Kappe vom Stift und schrieb das Alibi des Verdächtigen unter dessen Namen. Was sollte dieser Test jetzt wieder?, fragte sich Sandra und ärgerte sich einmal mehr über die Überheblichkeit des Chefinspektors. Zweifelte er etwa an ihren Fähigkeiten? Er musste doch längst wissen, dass sie eine gute Ermittlerin war. Und Miriam stellte sich für eine Anfängerin doch auch recht geschickt an. Außerdem hatten sie wahrlich Wichtigeres zu tun, als ihre Zeit mit solchen Spielchen zu verplempern. Schon wollte sie Bergmann daran erinnern, dass sie ein Team waren, das an einem Strang zog, als er fortfuhr. »Wir sollten jetzt die Reichelt ins Boot holen«, verkündete er und legte den Stift zurück auf die Ablage.

Endlich wieder einmal eine sinnvolle Meldung aus seinem Mund, dachte Sandra erfreut und griff sofort zum Telefon. Auf Christiane Reichelt hielt sie große Stücke. Am liebsten hätte sie in deren Team gearbeitet. Der Kriminalpsychologie hatte schon immer Sandras große Leidenschaft gegolten. Und einer solchen Koryphäe wie Christiane Reichelt konnte sie stundenlang, ach was, tagelang zuhören. Leider war sie derzeit nicht in ihrem Büro zu erreichen. Sandra legte wieder auf.

»Lass uns noch bei dieser Studentin vorbeischauen. Jetzt sollte sie doch eigentlich zu Hause sein, hat es geheißen.« Bergmann holte seine Jacke vom Garderobenständer, und auch Sandra erhob sich. »Miriam, versuch du bitte, Frau Doktor Reichelt zu erreichen und für morgen in der Früh einen Termin zu vereinbaren«, delegierte sie den Anruf an die junge Kollegin.

»Gibt es sonst noch jemanden, den wir warnen sollten?«, fragte Bergmann, während Sandra ebenfalls in ihre Jacke schlüpfte.

Miriam schüttelte den Kopf. »Mit den Kontakten der beiden Opfer bin ich fertig. Julia Meixner und Nathalie Janisch sind die einzigen gemeinsamen Bekannten, die ins Opferprofil passen«, sagte sie.

»Gut. Dann bleib an dem Schmuck dran«, ordnete Bergmann an.

»Geht in Ordnung … Ich hätte da noch eine Frage, bevor ihr geht.«

»Schieß los! Aber flott«, sagte Bergmann.

»Könnte ich mir morgen ausnahmsweise einen Urlaubstag nehmen?«

»So kurzfristig?«, wunderte sich Sandra.

»Ja, es ist ein wenig kurzfristig, ich weiß. Aber meine Mutter ist morgen überraschend in der Stadt, um sich im Krankenhaus untersuchen zu lassen. Es geht ihr gesundheitlich nicht so gut. Und wir sehen uns nicht besonders oft, da hab ich mir gedacht …«

»Wenn es unbedingt sein muss, nimm dir frei«, stoppte Bergmann ihre Erklärungen.

»Das ist voll nett von dir, danke!« Miriam strahlte ihn an.

Sandra fiel auf, dass sie so gut wie nichts über Miriams Privatleben wusste. Außer, dass sie aus der Oststeiermark stammte, mit Volker Neidhardt die Volksschule besucht und früher von einer Modelkarriere geträumt hatte. Vielleicht tat sie das auch jetzt noch. Doch das war immerhin mehr, als Miriam umgekehrt über Sandra wusste. »Bis übermorgen dann«, verabschiedete sie sich von der jungen Kollegin.

»Ich geb dir dann noch wegen des Termins mit der Reichelt Bescheid. Pfiat euch«, grüßte Miriam zurück.

»Servus«, meinte Bergmann und huschte vor Sandra durch die Bürotür.

Im Auto überlegte Sandra, ob sie den launischen Chefinspektor auf seine privaten Probleme ansprechen sollte. Doch dann entschied sie sich dagegen. Schließlich waren sie nur Kollegen und keine Freunde. Vielleicht war er morgen schon wieder besser drauf. Männer wie Bergmann waren wirklich anstrengend, dachte Sandra einmal mehr und schaltete das Radio ein.

»... *keine nennenswerten Ermittlungsfortschritte. Wie jedoch kürzlich aus Polizeikreisen bekannt wurde, handelt es sich bei der Tatwaffe in beiden Fällen um ein schwarzes Lederhalsband mit einem gravierten Silberherzen des Schmuckdesigners Elias Gabo. Es wird vermutet, dass der Täter die Schmuckstücke für seine Opfer gekauft hat, um sie anschließend damit zu erdrosseln. Eine offizielle Stellungnahme hat die Polizei dazu bisher nicht abgegeben. Kommen wir nun zum Wetter: Der Regen wird auch in den nächsten Tagen–*«

Bergmanns Arm schnellte zum Radio, um es auszuschalten. »Hast du das eben auch gehört?«, fragte er ungläubig und ließ sich in den Sitz zurückfallen.

Sandra schluckte und nickte mechanisch, ohne ihren Blick von der regennassen Straße abzuwenden. Sie fühlte sich, als ob sie eben eine Faust in die Magengrube getroffen hätte. Julius! Das konnte doch nur er dem Sender gesteckt haben! Wer außer ihm hätte diese vertrauliche Information sonst weitergeben können? Sandra fuhr wie ferngesteuert weiter. Verzweifelt suchte sie nach einer anderen Erklärung, während Bergmann vor sich hin fluchte. Es half alles nichts: Sie musste dem Chefinspektor gestehen, dass sie die undichte Stelle war. »Sascha«, würgte sie leise hervor, während Bergmann sein Handy zum Ohr führte. Mit dem Zeigefinger an den Lippen deutete er ihr, still zu sein. »Grüß dich«, sprach er dann in sein Smartphone. »Ach, du hast es auch schon gehört ... verstehe ... nein, natürlich hab ich keine Ahnung, wo das Leck ist ... nein, für meine Leute leg ich die Hand ins Feuer!«, wurde Bergmann immer lauter.

Sandra parkte den Wagen ein. Das konnte doch nicht wahr sein! Dieser Verräter! Wie konnte Julius ihr Vertrauen nur derart missbrauchen? Tränen der Wut stiegen in ihr hoch, die das Ohnmachtsgefühl allmählich verdrängten.

»Miriam Seifert, meinst du?«, hörte sie Bergmann weiterreden. »Aber nein! Sie hat ganz sicher nicht mit der Presse gesprochen ... Ach, die anderen Medien haben noch nichts gebracht? Verstehe. Dann muss der Informant wohl einen Draht zu diesem Radiosender haben ... eine einstweilige Verfügung? Ja gut, aber die Information ist trotzdem draußen. Daran lässt sich jetzt nichts mehr ändern ... Verdammt! ... Ja, sicher. Was glaubst du denn, wie angefressen ich erst bin? Ja, morgen um zehn. Okay. Servus.« Bergmann beendete das Gespräch. »Im Landespolizeikommando ist die Hölle los«, meinte er und rieb sich die Augen. »So eine verfluchte Scheiße!«

Sandra seufzte. »Ich fürchte, du hast dir eben die Finger verbrannt«, verkündete sie. Ihre Kehle war auf einmal staubtrocken.

»Wie? Was meinst du?«

»Ich glaube, ich habe einen großen Fehler begangen, Sascha.« Sandra fühlte, wie er sie von der Seite anstarrte.

»Du? … Das warst du?«, fragte er ungläubig.

Sie nickte, ohne ihn anzusehen. »Ich befürchte es, ja.«

»Was soll das heißen? Warst du es oder warst du es nicht?«, schrie er sie an.

»Ja! Scheiße noch mal! Ja, ich war es!«, schimpfte sie und schlug mit der flachen Hand auf das Lenkrad.

»Aber wieso, Sandra?«

»Weil ich eine blöde, naive Trutschn bin.« Sandra kämpfte mit den Tränen. »Scheiße, Sascha!«, wiederholte sie. »Es tut mir so leid …«

»Es tut dir leid?«, unterbrach er sie. »Das war das einzige Ass, das wir im Ärmel hatten!«

»Das weiß ich doch selbst. Glaubst du etwa, ich hätte es absichtlich ausgespielt?«, fragte sie mit brüchiger Stimme.

»Ach so! Es ist dir also unabsichtlich herausgerutscht, oder wie darf ich mir das vorstellen?« Er lachte kurz auf, um gleich wieder ernst zu werden. »Wie konnte das nur passieren, Sandra? Ausgerechnet dir?«

»Herrgott! Ein Freund hat mir gestern ein solches Schmuckstück geschenkt, und ich bin fast übergeschnappt. Ich dachte plötzlich, er wäre der Mörder. Es war eine Panikattacke. Und als sie wieder vorüber war, hab ich ihm erklärt, warum ich dermaßen ausgerastet bin. Es war ein Riesenfehler, ihm zu vertrauen …« Sandra konnte nicht anders, als hemmungslos zu schluchzen. Dieser elende Verräter! Es war aus zwischen ihnen. Aus und vorbei! Wie hatte Julius sie nur dermaßen enttäuschen können?

Bergmann nahm ihre Hand und drückte sie. »Jetzt beruhig dich mal wieder, Sandra. Du bist ja nicht die Erste, die aus Liebe einen Fehler begangen hat.«

Sandra entzog ihm ihre Hand. »Hör auf! Ich liebe diesen Vernaderer nicht! Ich kann doch keinen Menschen lieben, der mir so in den Rücken fällt.«

»Wer ist dieser Mann überhaupt? Hat der Verräter auch einen Namen?«

»Julius Czerny. Er arbeitet bei diesem Scheißradiosender!«

»Julius Czerny«, wiederholte Bergmann. »Willst du ihn dir vorknöpfen oder soll ich das lieber übernehmen?«

»Das ist ausschließlich meine Angelegenheit«, sagte Sandra und schnäuzte sich. »Ich erledige das. Und du? Wirst du mich jetzt vom Dienst suspendieren?«

»Ich versuche das anders zu regeln.«

»Aber wie ...?«

»Das lass meine Sorge sein.«

»Danke, Sascha.«

»Schon gut. Lass uns jetzt aussteigen und das Mädchen warnen.«

»Kannst du das bitte ohne mich machen? Ich warte hier solang auf dich.«

»Okay. Bin gleich wieder da.« Bergmann stieg aus, und Sandra griff zu ihrem Handy.

»Hallo, Sandra!«, meldete sich Julius nach zwei Klingeltönen.

»Griaß di!« Allein ihre Begrüßung klang wie eine Anklage.

»Lass es mich dir erklären …«

»Dafür ist es jetzt zu spät, Julius. Für so etwas gibt es keine Erklärung und auch keine Entschuldigung. Deine Indiskretion kann mich meinen Job kosten. Einmal abgesehen von der menschlichen Enttäuschung, die du mir angetan hast.«

»Sandra, hör mir doch bitte einmal kurz zu …«, unternahm Julius einen neuen Anlauf.

»Ich werde dir nie wieder zuhören«, unterbrach ihn Sandra, »nicht einmal im Radio. Es ist aus, Julius. Ruf mich bitte nie wieder an«, sagte sie und trennte die Verbindung. Dann fing sie erneut zu weinen an. Diesmal nicht aus Wut, sondern weil sie zutiefst verletzt und todtraurig war.

Nach einer Weile beschloss sie, Andrea anzurufen, um sich bei ihr auszuweinen. Leider war das Handy der Freundin ausgeschaltet. Noch ehe Sandra ihr auf die Mobilbox sprechen konnte, kehrte Bergmann zurück.

»Und? Geht's wieder?«, fragte er nach.

»Ja, danke. Und bei dir?«, erkundigte sie sich nun doch noch nach seinem privaten Problem.

Doch Bergmann hatte ihre Frage – absichtlich oder nicht – falsch verstanden. »Die Kleine hat versprochen, vorsichtig zu sein und sofort anzurufen, sollte ihr irgendetwas seltsam vorkommen«, erzählte er von seinem Besuch bei der Studentin.

Sandra startete den Wagen und fuhr zügig aus der Parklücke. »Ich setz dich zu Hause ab«, sagte sie.

Bergmann bedankte sich und hing dann schweigend den eigenen Gedanken nach. Dass er ihre letzte Frage missverstanden hatte, kam Sandra nicht ungelegen. Schließlich hatte sie nun selbst ein gravierendes Problem am Hals, welches sie beschäftigte. Was hatte sie sich auch mit diesem Kindskopf einlassen müssen? Sie hätte es bei einer, maximal zwei intimen Begegnungen belassen sollen, warf sie sich vor, um sich anschließend zum gefühlten tausendsten Mal zu schwören, sich auf keine Beziehung mehr einzulassen. Nie wieder! Die SMS-Signaltöne ihres Mobiltelefons unterbrachen ihre trüben Gedanken.

»Termin mit CR morgen neun Uhr«, las Sandra Miriams Nachricht laut vor.

»Den Termin musst du ohne mich wahrnehmen«, meinte Bergmann. »Ich muss in die Höhle des Löwen.«

»In Ordnung«, meinte Sandra bang. Ihr drehte sich der Magen um, wenn sie daran dachte, was der Generalmajor von ihrem Fehltritt halten würde.

»Dann hoffen wir, dass uns die Reichelt mit ihrer Operativen Fallanalyse endlich weiterbringt«, sagte Bergmann.

Sandra wusste, dass auch er gehörig unter Druck stand. Nach ihrer Indiskretion war dieser noch um einiges stärker geworden.

»Langsam werde ich nervös«, sprach er weiter.

»Meinst du, der Täter könnte demnächst wieder zuschlagen?«

Bergmann nickte. »Ich hoffe, wir finden ihn vorher.«

Wenig später hielt Sandra vor seiner Haustür an. Bergmann wirkte erschöpft, als er aus dem Wagen stieg. Im Rückspiegel sah sie noch, wie er sich eine Zigarette anzündete. Dann bog sie um die Ecke.

Zu Hause ließ sich Sandra die Badewanne ein und überlegte, was sie zu Abend essen sollte. Bis auf wenige Reste vom Wochenende hatte ihr Kühlschrank nicht mehr viel zu bieten. Hunger verspürte sie jedoch ohnehin keinen. In emotionalen Ausnahmezuständen musste sie sich zum Essen zwingen. Jetzt war es also wieder mal so weit, dachte sie traurig und warf den Kühlschrank zu, als ihr Handy läutete.

Einige wenige Worte reichten aus, um Andrea in die Gänge zu bringen. In einer guten halben Stunde würde sie mit chinesischem Essen und einer Flasche Rotwein bei ihr eintreffen. Wenigstens auf die Freundin konnte sich Sandra verlassen. Andrea hatte sie noch nie enttäuscht. Sandra drehte die CD von Tina Turner lauter. What's love got to with it?, fragte auch sie sich, als sie ins warme, duftende Schaumbad eintauchte. Langsam lehnte sie sich zurück und schloss die Augen. Zum Teufel mit Julius Czerny!

KAPITEL 13

Dienstag, 13. September

I.

Als die Tür ins Schloss knallte, blickte Sandra von dem Täterprofil auf, das sie beim Morgentermin mit der Fallanalytikerin erstellt hatte. Bergmann stürmte an ihr vorbei zu seinem Schreibtisch und ließ sich auf den Sessel plumpsen. Hörbar blies er Luft aus und sah dann Sandra an. Noch sagte er nichts. Doch sie ahnte, dass es nichts Gutes zu bedeuten hatte, wenn der Chefinspektor derart aufgewühlt von einem Gespräch mit Generalmajor Stickler und dem Pressesprecher des Landespolizeikommandos zurückkehrte. Sie befürchtete das Schlimmste. »Soll ich meine Dienstwaffe und den Ausweis gleich abgeben?«, fragte sie kleinlaut, ehe Bergmann beides von ihr verlangen würde.

»Unsinn. Vergiss die Geschichte ...«

»Wie? Oh ...« Sandra atmete erleichtert auf. Bergmann hatte sein Versprechen also tatsächlich wahr gemacht. Wie es aussah, würde ihr Fehler für sie keine weitreichenden Konsequenzen haben. Jedenfalls keine beruflichen. Die privaten würde sie schon wegstecken, solange sie sich nur in die Arbeit stürzen konnte. »Es sind übrigens einige Hinweise aus der Bevölkerung eingegangen, was die Tatwaffe betrifft – nach dieser Radiomeldung ...«, versuchte sie, ihrem Fauxpas doch noch etwas Positives abzugewinnen.

»Dann geh ihnen nach«, brummte Bergmann.

»Klar. Mach ich. Und sonst?«, fragte Sandra.

»Den Polizeischutz für die beiden Mädchen können wir vorerst vergessen«, erwiderte er frustriert. »Hat sich bei dir inzwischen was Neues ergeben?«

»Unser offizielles Täterprofil hab ich dir schon gemailt«, sagte Sandra, »und Engelbert Hausner ist über den Berg. Wie es aussieht, wird er den Infarkt wohl überleben.«

»Geschieht ihm recht …«

»Und Pia Fürnpass wird am Freitag beerdigt«, berichtete Sandra weiter.

Bergmann seufzte. »Wir fahren zusammen hin. Es ist anzunehmen, dass wir dort auf einige gemeinsame Kontakte der beiden Opfer treffen, die wir an Ort und Stelle befragen können.«

»Seh ich auch so«, stimmte Sandra ihm zu. »Ich schau mir die aktualisierte Liste mit den Kontakten gleich noch mal an«, fügte sie hinzu.

»Dann nehm ich mir inzwischen die andere Aufstellung vor, die Miriam uns gestern noch gemailt hat. Und dann das Täterprofil von der Reichelt.« Bergmann wandte seine Aufmerksamkeit dem Bildschirm zu.

Sandra vertiefte sich in die Liste mit den Namen derer, die sowohl Pia Fürnpass als auch Valentina Trimmel gekannt hatten. Einige waren ihr bereits bekannt, alle anderen musste sie noch überprüfen. Dafür loggte sie sich erst einmal in die zentrale Datenbank ein.

»Wie lange kennst du deinen Julius Czerny eigentlich schon?«, fragte Bergmann ohne Vorwarnung.

Sandra fühlte einen Stich in der Herzgegend. Was sollte das jetzt wieder? Musste Bergmann unbedingt in ihrer frischen Wunde bohren? »Er ist nicht *mein* Julius Czerny!«, schnauzte sie den Chefinspektor an.

»Offensichtlich nicht. Julius Czerny hat am 24. August zwei dieser Lederhalsbänder mit Herzanhängern gekauft.«

Sandra starrte Bergmann ungläubig an. »*Was*? Bist du dir sicher?«, fragte sie.

»Hast du dir denn noch gar nicht Miriams Aufstellung angesehen?«

»Nicht so genau. Das wollte ich erst tun, wenn die Liste vollständig ist«, gab Sandra zu und sah hinüber zur Magnettafel. »Am 24. August kannte ich Julius noch gar nicht. Außerdem ist das doch der Tag, an dem das erste Opfer verschwunden ist«, fügte sie hinzu.

»Eben. Vielleicht war deine Panikattacke ja doch nicht ganz unbegründet. Denn es kommt noch viel besser. Wenn ich recht habe, wovon ich ausgehe, zeigt der Buchstabe in der Artikelnummer, welche Initiale auf dem jeweiligen Herzen eingraviert war. Dieses Detail hat Miriam scheinbar übersehen.«

»Du erzählst mir jetzt aber nicht, dass Julius Herzen mit V- und P-Initialgravuren gekauft hat?«

»Doch. Genau das wollte ich dir eben erzählen.«

Sandra wusste nicht mehr, was sie denken sollte. Es gelang ihr nicht einmal, den Vorfall vom Sonntag in ihrem Gedächtnis abzurufen. So sehr sie es auch versuchte. Die Bilder verschwammen. Momentan konnte sie überhaupt keinen klaren Gedanken fassen. Hatte Julius sie am Ende doch erdrosseln wollen? Hatte er die beiden Mädchen auf dem Gewissen?

»Ich schlage vor, wir statten Julius Czerny einen Besuch ab.«

Auch das noch! Sandra hatte gehofft, Julius nie wieder begegnen zu müssen. Wenn er jetzt auch noch ein Mörder war …

»Sandra? Was ist? Kommst du mit?«

»Ich?«

»Ja, sicher. Du wolltest dich doch selbst um ihn kümmern. Oder hab ich da was falsch verstanden?«

»Nein, nein. Du hast recht«, mimte Sandra die Starke. Dabei fürchtete sie sich davor, Julius gegenüberzutreten. Nicht weil sie Angst hatte, er könne ihr in Bergmanns Anwesenheit etwas antun, sondern weil sie nicht wusste, welche Gefühle diese Begegnung in ihr auslösen würden. Was, wenn Julius Czerny wirklich der gesuchte Serienmörder war? Hatte er sie dermaßen täuschen können?

2.

»Sandra!«, rief Julius überrascht, als er aus dem Studio in den Vorraum trat. Gleichzeitig mit seinem Erscheinen war die Moderatorin der nächsten Sendung im Aufnahmeraum verschwunden. Ausgerechnet jetzt befand sich Bergmann auf der Toilette! Reiß dich zusammen!, zwang sich Sandra, wenigstens nach außen hin ruhig zu bleiben. »Freu dich nicht zu früh«, erwiderte sie streng und fegte damit das Lächeln aus Julius' Gesicht. Erst jetzt fiel ihr auf, wie erschöpft er wirkte. »Ich bin beruflich hier. Und ich bin nicht allein«, ergänzte sie, als Bergmann endlich den Vorraum betrat.

»Setz dich …, setzen Sie sich, bitte.« Julius deutete auf das kleine Sofa. Er selbst nahm auf dem Klappstuhl Platz. Sandra war froh, dass sie sich hinsetzen konnte. Die Begegnung mit Julius hatte ihr weiche Knie beschert. Sie zwang sich, nicht an den großartigen Sex zu denken, den sie erst vor wenigen Tagen miteinander gehabt hatten, entgegen der Signale, die ihr Unterleib aussendete. Wie verrückt war das denn?

»Zu allererst, Herr Czerny«, eröffnete Bergmann die Vernehmung, »es mag mich nichts angehen, dass Sie das Vertrauen meiner Kollegin missbraucht und damit ihren Job gefährdet haben – schließlich ist Frau Mohr erwachsen und sollte wissen, was sie wem erzählt und was nicht. Trotzdem war es nicht nur eines Journalisten unwürdig, vertrauliche Polizeiinformationen zu veröffentlichen, es war darüber hinaus auch noch höchst unverantwortlich. Sie haben damit unsere Ermittlungen gefährdet und vielleicht sogar weitere Menschenleben.«

»Sind Sie dann endlich fertig mit Ihrer Predigt?«, platzte Julius heraus.

Bergmanns Augen verengten sich zu Schlitzen. Mit dieser Frage hatte Julius Czerny den Chefinspektor endgültig gegen sich, wusste Sandra. »Dir scheint der Ernst der Lage immer noch nicht bewusst zu sein«, übernahm sie das Wort, ehe Bergmann explodieren konnte.

»Doch, Sandra. Du glaubst gar nicht, wie bewusst mir mein Fehler ist. Aber ich habe mir nicht mehr und nicht weniger vorzuwerfen als du. Ich habe dem falschen Menschen vertraut, und er ist mir aus Sensationsgeilheit in den Rücken gefallen. Ich dachte wirklich, Reinhard hält dicht.«

»Da sehen Sie mal, wie man sich täuschen kann … Doch leider ändert das nichts am Ergebnis«, erstickte

Bergmann den Versuch, sich herauszureden, im Keim.
»Und deswegen sind wir auch gar nicht hier.«

»Weshalb dann?«

»Sie haben am 24. August dieses Jahres zwei schwarze Lederhalsbänder mit Herzanhängern der Marke Elias Gabo gekauft. Ist das richtig?«

»An das Datum kann ich mich nicht mehr so genau erinnern. Aber ja, ich habe zwei solche Halsbänder gekauft. Und letzten Samstag noch ein drittes für Sandra«, erzählte Julius bereitwillig.

Sandra blickte zu Boden. Selbst wenn Julius die beiden Mädchen nicht ermordet hatte, schien er zumindest einen beachtlichen Frauenverschleiß zu haben, stellte sie fest. Und sie konnte nicht behaupten, dass sie diese Erkenntnis kaltließ.

»Dann bitte ich Sie jetzt, uns zu begleiten. Wir werden das Verhör im Landeskriminalamt fortsetzen«, sagte Bergmann und erhob sich.

»Ist das denn unbedingt nötig? Ich habe hier noch eine Live-Moderation zu absolvieren«, Julius sah nervös auf die Uhr, »in weniger als einer Stunde. Das kann mich meinen Job kosten.«

»Das tut mir unsagbar leid für Sie«, ätzte Bergmann. »Kommen Sie freiwillig mit, Herr Czerny, oder muss ich Sie wegen Mordverdachts in zwei Fällen vorführen lassen?«

»Sie glauben doch nicht wirklich, dass ich mit diesen Morden etwas zu tun habe?«

»Genau das gilt es herauszufinden«, meinte Bergmann.

Julius stand nur zögerlich auf. »Sandra, bitte …«, wandte er sich hilfesuchend an sie.

»Ich kann daran leider auch nichts ändern«, antwortete Sandra so kaltschnäuzig, wie sie konnte.

Beim Verhör im LKA erklärte ihnen Julius, dass er die beiden Lederhalsbänder seinen Schwestern geschenkt hätte – Patricia und Viktoria. Dass die Initialen just dieselben waren wie die der beiden Opfer, sei demnach reiner Zufall, meinte er. Seine Aussage ließe sich jederzeit überprüfen, genauso wie die Alibis, die er für die fraglichen Tatzeiten angegeben hatte.

Dass Julius Czerny ihnen die Wahrheit gesagt hatte und als Täter ausschied, überraschte Bergmann offenbar mehr als Sandra. Widerwillig ließ er ihn nach über fünf Stunden wieder gehen. Und damit mussten sie einen weiteren Verdächtigen von ihrer Liste streichen.

KAPITEL 14

Mittwoch, 14. September

1.

»Wir haben hier noch acht V und zehn P, die wir überprüfen sollten. Allerdings keine weiteren Überschneidungen. Niemand hat wie Julius Czerny zwei Silberherzen mit diesen Initialen gekauft. Nicht mit Karte
jedenfalls«, berichtete Sandra. Wieder versetzte ihr
der Name ihres Ex-Lovers einen Stich in der Herzgegend. Die halbe Nacht hatte sie sich gefragt, ob Julius
sie wirklich nicht aus Absicht, sondern aus Vertrau-
ensseligkeit verraten hatte. Andrea hatte ihr angebo-
ten, seine Behauptung zu überprüfen, indem sie Reinhard mit seiner Indiskretion konfrontierte. Wenn Julius
die Wahrheit gesagt hatte, habe er auf jeden Fall eine
zweite Chance verdient, fand die Freundin. Dass Sandra ihm gegebenenfalls vielleicht verzeihen, jedoch nie
mehr vertrauen konnte, wollte Andrea partout nicht
gelten lassen. Und irgendwie hatte sie vielleicht auch
recht. Nie war eine Dimension, die niemand abschätzen
konnte. Doch Sandra war sich sicher, dass die Beziehung
mit Julius keine Chance mehr hatte. Genau genommen,
hatte sie nie eine gehabt. Sie hätte es von Anfang an besser wissen müssen.

»Was wolltest du bloß mit diesem Milchbubi?«,
riss Bergmann sie aus ihren schmerzvollen Gedanken.
Etwas in ihrem Blick ließ ihn sofort das Thema wech-

seln. »Überprüfen wir die Käufer auf dieser Liste«, meinte er ablenkend. »Vielleicht haben wir ja endlich einmal Glück in diesem Fall.«

Auch Sandra fand es allmählich frustrierend, mehr oder weniger auf der Stelle zu treten. Immer, wenn ein neuer Verdacht auftauchte, löste sich dieser wieder in Luft auf. Dabei mussten sie jederzeit befürchten, dass der Täter wieder zuschlug.

Bergmann sah auf die Uhr. »Sag mal, wo bleibt Miriam eigentlich?«, fragte er. »Sie wollte doch endlich diese Liste vervollständigen.«

»Das hab ich mich vorhin auch schon gefragt und bei ihr angerufen. Aber sie ist nicht ans Telefon gegangen. Vielleicht ist sie ja krank«, meinte Sandra.

»Wenn sie nicht im Sterben liegt, sollte sie sich aber langsam mal bei uns melden«, sagte Bergmann.

»Weißt du was? Ich frag mal bei ihrer Mutter nach. Vielleicht weiß die ja, was mit ihr los ist.« Für Sandra war es ein Leichtes, die Nummer von Miriams Mutter herauszufinden. Wenig später hatte sie Ursula Seifert am Telefon und stellte sich ihr vor. »Ja, genau. Ich bin die Kollegin Ihrer Tochter«, bestätigte sie ihr. »Miriam hat sich doch gestern frei genommen, weil Sie in Graz das Krankenhaus aufsuchen wollten …«, fuhr sie fort. »Ach, davon wissen Sie gar nichts? … Sie sind völlig gesund, aha. Dann können Sie mir wahrscheinlich auch nicht sagen, wo sich Ihre Tochter derzeit aufhält … Verstehe. Nein, bitte, machen Sie sich keine Sorgen. Wenn Miriam im Krankenhaus wäre, hätte man Sie sicher schon verständigt. Hat sie eigentlich einen Lebensgefährten oder einen festen Freund? … Momentan nicht, aha … Gestatten Sie mir bitte noch eine Frage: Was arbeiten Sie und

Ihr Mann eigentlich?« Sandra sah zu Bergmann hinüber, der unbeirrt auf seinen Monitor starrte. Dass Männer ihre Aufmerksamkeit immer nur auf eine Aufgabe konzentrierten, während Frauen mehrere Dinge gleichzeitig erledigen konnten, war ein Klischee, das – wie die meisten – nur allzu oft zutraf. »Vielen Dank, Frau Seifert. Bitte rufen Sie mich sofort an, wenn sich die Miriam bei Ihnen meldet … Ja, ich verständige Sie umgekehrt auch gleich. Auf Wiederhören.« Sandra legte auf und atmete tief durch. »Sascha?«

»Hm?«

»Ich mache mir langsam Sorgen um Miriam«, verkündete Sandra.

»Warum denn? Ist ihr was passiert?« Bergmann blickte von seinem Monitor auf.

»Keine Ahnung. Aber wie ich Miriam kenne, ist sie viel zu pflichtbewusst, als dass sie unentschuldigt blaumachen würde. Auch wenn sie uns angelogen hat, was ihren gestrigen Urlaubstag betrifft …«

»Hat sie das?« Bergmann lehnte sich zurück und verschränkte die Arme hinterm Kopf.

Sandra nickte. »Ihre Mutter war gar nicht in Graz. Sie ist pumperlg'sund, und die Eltern haben eine Landwirtschaft.«

»Ach so?«

»Die Seiferts bauen Äpfel an. Miriam ist 20 Jahre alt und ausgesprochen hübsch …«, überlegte Sandra laut.

Bergmann rückte nach vorn und stützte die Ellenbogen auf der Tischplatte auf. »Willst du damit sagen, dass Miriam das nächste Opfer sein könnte?«

»Warum nicht?«

»Aber sie ist doch keine Studentin.«

»Ich weiß. Und sie stammt aus der Oststeiermark, nicht aus der Weststeiermark.«

»Na, siehst du.«

»Christianes Profil muss doch nicht unbedingt stimmen.«

»Und das aus deinem Mund …« Bergmann fuhr sich über die unrasierten Wangen, während er wie Sandra überlegte. »Die Frage ist doch: Warum hat uns Miriam angelogen? Was hatte sie gestern wirklich vor? Das müssen wir zuallererst herausfinden«, meinte er schließlich.

»Du hast recht … Ich hab da so eine Idee. Komm, lass uns fahren.« Sandra stand auf.

»Wohin denn?«

»Erzähl ich dir im Auto.«

2.

Auf der Fahrt ins Fotostudio goss es – wie schon in den letzten beiden Tagen immer wieder – in Strömen. Der ächzende Scheibenwischer gab sein Bestes, doch das Wischerblatt gehörte endgültig ausgetauscht, notierte sich Sandra im Geiste.

»Also, wohin geht die Fahrt?«, wollte Bergmann nun endlich wissen.

»Zu Charly Kramer.« Sandra berichtete dem Chefinspektor von Miriams Jugendtraum, ein Model zu werden, und von Kramers Angebot, Testaufnahmen von ihr zu machen.

»Unsere Miriam?«, fragte Bergmann ungläubig.

»Sag bloß, dir ist noch nicht aufgefallen, wie bildhübsch unsere Kollegin ist.«

»Ich bin ja nicht blind. Aber wann hat sie dir das alles erzählt? Und warum dir?«

Sandra grinste, den Blick auf die nasse Fahrbahn gerichtet. »Bist du jetzt sauer, dass sie es dir verschwiegen hat? Vielleicht hat sie befürchtet, dass du noch mehr mit ihr anbandelst, wenn sie erst einmal den Status eines Models genießt.«

»Ich hab mit Miriam doch niemals angebandelt. Sie könnte locker meine Tochter sein«, protestierte Bergmann.

»Dann haben wir zwei deine Flirtversuche wohl völlig falsch interpretiert.«

»Das hat man nun davon, wenn man freundlich zu euch Weibern ist«, meinte Bergmann beleidigt.

Sandra musste lachen. »Zu unserer Gerichtsmedizinerin warst du dann wohl auch nur freundlich«, stichelte sie.

»Das ist etwas völlig anderes.«

Also doch!, dachte Sandra und sparte sich jeden weiteren Kommentar. Mehr wollte sie gar nicht wissen.

»Warum sollte Miriam ihre kranke Mutter vorschieben, wenn du ohnehin von diesem Fototermin wusstest?«, kam Bergmann auf die junge Kollegin zurück.

»Vielleicht, weil du im Zimmer warst, als sie nach einem Urlaubstag gefragt hat?«

»Jetzt hör schon damit auf«, sagte Bergmann sichtlich zerknirscht. Noch einmal versuchte er, Miriam telefonisch zu erreichen. Wieder vergeblich.

»Wir werden ja gleich sehen, ob ich mit meiner Vermutung richtigliege«, meinte Sandra, als sie den Dienstwagen in den Hof des ehemaligen Fabriksgeländes lenkte, das neben Charly Kramers Fotostudio noch eine Werbeagentur beherbergte.

Im Fotostudio herrschte ähnliches Treiben wie beim letzten Mal. Nur dass diesmal Lady Gaga aus den Boxen plärrte und Charly Kramer auf einer Leiter stand, um das aktuelle Model aus der Vogelperspektive zu fotografieren. Beim Anblick der Brünetten in Dessous hob Bergmann verzückt die Augenbrauen. Sandra war fast erleichtert, dass es nicht Miriam war, die sich dort vorne lasziv vor der Kamera rekelte. Andererseits hatte sie gehofft, die junge Kollegin hier anzutreffen. Leider hatte ihr Instinkt sie getäuscht. Wo, verdammt noch mal, steckte Miriam bloß?

»Kurze Pause!«, verkündete Charly Kramer bei Sandras Anblick und stieg die Leiter hinab. Auf halbem Weg hielt er inne und reichte die Kamera seinem Assistenten hinunter. »Lad die Fotos runter, Dietmar!«, rief er und wandte sich dann Sandra zu. »Sie schon wieder! Ihr Timing ist wirklich hundsmiserabel.«

»Das tut mir sehr leid«, sagte Sandra, ohne es zu meinen. Dann stellte sie dem Fotografen den Chefinspektor vor, dessen leuchtende Augen an jene eines kleinen Jungen vor dem Weihnachtsbaum erinnerten. Wenigstens war Bergmann nicht so peinlich, das Model, das inzwischen einen Frotteebademantel und Filzpantoffeln angezogen hatte, allzu auffällig anzustarren.

»Haben Sie von Miriam Seifert etwas gehört?«

Kramer starrte sie verständnislos an.

»Sie erinnern sich doch sicher an meine junge Kollegin vom letzten Mal«, half ihm Sandra auf die Sprünge.

»Ach die! Wieso sollte ich etwas von Ihrer Kollegin gehört haben?«

»Na, Sie wollten doch Testaufnahmen von ihr machen.«

»Ach so. Für Testshootings ist mein Assistent Volker zuständig. Aber soweit ich weiß, hat die kleine Polizistin einen Rückzieher gemacht.«

»Wirklich? Warum denn das?«, fragte Sandra erstaunt.

»Das müssten Sie schon Volker fragen. Aber der ist heute nicht hier. Er hat sich die ganze Woche frei genommen.«

»Ist er weggefahren?«

»Hören Sie: Das weiß ich wirklich nicht. Außerdem muss ich jetzt weiterarbeiten«, meinte der Fotograf ungeduldig. »Der Kunde schaut bereits ganz nervös herüber.«

»Das war's ja auch schon wieder. Danke, Herr Kramer.« Sandra verabschiedete sich und drehte sich auf dem Absatz um. Bergmann folgte ihr schweigend. An der Tür warf er einen letzten Blick auf die junge Elfe in weißer Spitzenwäsche, der eben wieder der wärmende Bademantel abgenommen wurde. »Was für ein geiler Job! Den hätte ich auch gern«, schwärmte er draußen.

»Du als Dessous-Model? Na, ich weiß nicht«, scherzte Sandra.

Bergmann grinste. »Ich hatte dabei mehr an Fotograf gedacht.«

»Im nächsten Leben vielleicht«, meinte Sandra und wurde wieder ernst. »Wir müssen Miriam finden. Ich mach mir jetzt wirklich Sorgen um sie.«

Bergmann stieg gerade ins Auto ein, als Sandra plötzlich der blaue Transporter auffiel, hinter dem sie parkte. Obwohl es immer noch wie aus Schaffeln goss, bückte sie sich, um das Profil des rechten Hinterreifens zu überprüfen. Dann ging sie nach vorn, um einen Blick durch das Seitenfenster in den Fahrerraum zu werfen, der vom Laderaum durch eine Wand abgetrennt war. Schließlich stieg sie zu Bergmann in den Wagen.

»Und? Was schlägst du als Nächstes vor?«, fragte er.

»Lass uns Volker Neidhardt noch einmal einvernehmen.«

3.

Isabella Rauschenbach öffnete die Tür und bat die beiden Kriminalbeamten herein. »Am besten gehen wir in die Küche. Überall anders herrscht das volle Chaos, wie Sie ja selbst sehen können«, sagte die Rothaarige im grauen Jogginganzug. Wieder kam sie Sandra einige Nuancen blasser vor als bei ihrer letzten Begegnung. Auch die Sommersprossen wirkten an diesem Tag noch etwas heller.

Die drei mussten sich erst an einer Reihe von Umzugskartons vorbeizwängen, um in die Küche zu gelangen. »Bis Ende des Monats muss die Wohnung geräumt sein«, erklärte Bella und bot ihnen Kaffee an.

»Schwarz bitte, mit Zucker«, meinte Bergmann, während Sandra nach einem Glas Wasser fragte.

»Setzen Sie sich doch«, sagte Bella und steckte die Kaffeekapsel in die Maschine.

»Sie müssen aus dieser Wohnung ausziehen?«

»Ja. Der Mietvertrag lief doch auf die Pia. Da haben wir keine Chance. Der Eigentümer will die Wohnung renovieren und danach die Miete erhöhen. Das können wir uns nicht leisten – der Volker und ich.«

»Wo ist Herr Neidhardt eigentlich?«, erkundigte sich Sandra.

Bella brachte das Wasserglas und die Espressotasse an den Küchentisch und setzte sich zu den beiden Kriminalpolizisten. »Unten im Keller. Da hat sich ja auch so einiges angesammelt, was weg muss. Er hat sich diese Woche extra frei genommen, um mit dem Ausmisten und Verpacken zu beginnen.«

»Aber Sie haben doch noch gute zwei Wochen Zeit für die Räumung«, meinte Bergmann und versenkte einen Zuckerwürfel in der Espressotasse.

»Sie glauben ja gar nicht, wie viel Arbeit das alles ist. Bisher war ich nur damit beschäftigt, Pias Sachen in Kartons zu packen. Ihre Eltern wollen spätestens am Wochenende nach dem Begräbnis alles abholen. Zum Glück hat die Fachhochschule noch nicht begonnen.«

»Könnten Sie Herrn Neidhardt auf dem Handy anrufen und ihn zu uns heraufbitten? Wir haben noch ein paar Fragen an ihn«, sagte Sandra.

»Das würde ich ja gern tun. Aber unten hat er keinen Handyempfang.«

»Ach so. Dann schauen wir einfach kurz bei ihm rein«, sagte Sandra und erhob sich wieder. Bergmann legte den Löffel beiseite und kippte seinen Espresso hinunter. Dann stand er ebenfalls auf.

»Dürfte ich noch Ihre Toilette benützen?«, fragte Sandra.

»Sicher. Am Ende des Flurs. Schieben Sie einfach die Kisten beiseite, die Ihnen im Weg sind«, meinte Bella Rauschenbach und verabschiedete sich von ihnen.

Bergmann ging voraus und half Sandra, sich den Weg durch den Flur zu bahnen.

»Welche Tür hat sie denn nun gemeint?«, fragte Sandra nach.

Bergmann zuckte mit den Schultern. »Eine von den beiden da. Was weiß ich?«

Sandra entschied sich für die rechte Tür und erwischte prompt die falsche. Sie wollte sie gerade wieder schließen, als ihr Blick auf das Poster an der Wand fiel.

»Falsche Tür«, meinte Bergmann, als ob Sandra es nicht selbst bemerkt hätte.

»Sieh dir dieses Poster an …«

»Elias Gabo. Das Herzlederband … Schon wieder … Wahrscheinlich nur ein Zufall.«

»Allmählich sind mir das zu viele Zufälle …« Sandra schloss die eine Tür, um durch die andere auf der Toilette zu verschwinden. Beide Opfer waren attraktive junge Frauen gewesen, überlegte sie. Miriam auch. Beide waren Töchter von Landwirten, die ihren Lebensmittelpunkt nach Graz verlegt hatten. Miriam auch. Beide Opfer hatten Volker Neidhardt gekannt. Miriam auch. Wenn Sandra recht hatte, konnte der blaue Transporter, dessen abgefahrene Reifen sie vorhin auf Charly Kramers Parkplatz überprüft hatte, das Fahrzeug sein, mit dem der Mörder sein erstes Opfer in die Weststeiermark gebracht hatte, ehe er sich anschließend damit auf Motivsuche begeben hatte.

War ein Herztransplantierter überhaupt in der körperlichen Verfassung, solche Taten zu begehen?, überlegte Sandra weiter. Warum nicht? Ein fremdes Herz … Die Herzanhänger, die er verschenkte … Mein Gott! Warum war sie nicht schon viel früher darauf gekommen?

»Sascha, fordere Verstärkung an«, raunte sie Bergmann beim Verlassen der Toilette zu. »Er ist es …«

»Wer ist was?«

»Volker Neidhardt ist unser Täter. Und wenn ich recht habe, hält er Miriam unten in seinem Keller fest. Falls sie überhaupt noch lebt ...«

»Du meinst ...?« Bergmann überlegte.

»Los! Wir sollten uns beeilen.« Noch einmal kehrte Sandra in die Küche zurück und fragte Isabella Rauschenbach nach Schlüsseln für den Keller, während Bergmann im Flur mit Lubensky telefonierte. Bella besaß keine Kellerschlüssel und riet Sandra, beim Hausmeister im ersten Stock nachzufragen. Der hätte am ehesten welche.

Sie solle die Wohnung vorerst nicht verlassen, bis ihr ein Polizeibeamter Entwarnung geben würde, riet Sandra der jungen Frau, die reichlich verdattert am Spülbecken zurückblieb.

Die Gittertür vor der Kellertreppe war erwartungsgemäß versperrt gewesen. Ebenso die Tür, die vom Innenhof ins Haus führte. Sandra hatte sich vom Hauswart die Schlüssel besorgt, mit denen sie zuerst das Gittertor, danach den Hintereingang aufsperrte. Einen Reserveschlüssel für die Feuertür zu Volker Neidhardts Kellerraum gab es angeblich nicht. Eilig nahmen die beiden Kriminalbeamten die letzten Stufen, die sie der vermissten Kollegin näher bringen sollten. Sofern Sandras Vermutung zutraf.

Die angeforderte Verstärkung war bereits unterwegs. Und sie hatten nun keine Zeit mehr zu verlieren. Sandra fühlte das Adrenalin durch ihren Körper jagen. Sie war hellwach. Vor Volker Neidhardts Kellertür schickte sie ein letztes Stoßgebet zum Himmel.

Hoffentlich war es für die Kollegin nicht schon zu spät. Mit einem Kopfnicken signalisierte sie dem Chefinspektor, dass sie bereit für den Zugriff war. Bergmann gab ihr das Einsatzzeichen, und Sandra drückte die Klinke hinunter. Die Kellertür war versperrt, also klopfte sie mit der Faust dagegen. »Polizei! Herr Neidhardt! Öffnen Sie die Tür!« Erst lauschte sie in die Stille, dann drosch sie erneut mehrmals mit der Faust auf die Tür. »Herr Neidhardt! Öffnen Sie die Tür! Polizei!«, wiederholte sie laut. Es war viel zu gefährlich, das Schloss mit der Dienstwaffe aufzuschießen, ohne dabei Menschenleben aufs Spiel zu setzen, ging es ihr durch den Kopf. Die Tür nicht gleich zu öffnen, konnte jedoch ebenso riskant sein – zumindest für Miriam, befürchtete sie.

»Geh zur Seite!«, nahm Bergmann ihr die Entscheidung ab und trat unterhalb des Schlosses gegen die stabile Tür, die keinen Millimeter nachgab. Nur sein Sportschuh hinterließ dort einen bleibenden Eindruck. »Hol die Brechstange«, schickte er Sandra zum Auto. »Ich halte hier so lange die Stellung.«

Sandra rannte die Stiegen hinauf und sprintete weiter durch den strömenden Regen bis zum Dienstwagen, den sie nur einige Meter vom Eingang entfernt in der Grünen Zone geparkt hatte. Dort angekommen, hörte sie die herannahenden Martinshörner heulen. Hastig griff sie sich die Brechstange aus dem Kofferraum und lief die paar Schritte zur Hauseinfahrt zurück, um dort auf die angeforderte Verstärkung zu warten und sie einzuweisen. Ihre Haare klebten klatschnass an den Wangen, als sie die Einsatzfahrzeuge herbeiwinkte, denen sie schließlich zu Fuß in den Hof folgte.

Auf dem Weg ins Kellergeschoss berichtete Sandra so knapp wie möglich, was die Männer der Einsatzgruppe schlimmstenfalls dort zu erwarten hatten. Unten angelangt, übernahm Bergmann die weiteren Erläuterungen. Sandra reichte das Werkzeug an einen der uniformierten Polizisten weiter. Mit seiner schussicheren Weste, Körperschutz und Helm war er deutlich besser ausgerüstet als die beiden Kriminalbeamten in Zivil. In kurzen Worten erläuterte der Kommandant der Sondereinheit die Zugriffstaktik. Danach lief alles sehr schnell und routiniert ab. Während sich Sandra als Letzte an dem hohen Metallschrank, den sie schon von ihrem ersten Kellerbesuch kannte, vorbeizwängte, war der vorderste Mann bereits bei der Tür am Ende des Kellerraums angelangt. Wieder musste die Brechstange herhalten, um ihnen Zutritt zum zweiten Raum zu verschaffen.

Als Erstes nahm Sandra die lauten Beats der House-Musik wahr, die den kleineren Kellerraum erfüllten. Von draußen war davon nichts zu hören gewesen, was an den schwarzen Stoffbahnen lag, mit denen Wände und Decke verkleidet waren. Vermutlich befanden sich dahinter Glasfasermatten, die den Schall isolierten. Blitze zuckten durch den ansonsten spärlich beleuchteten Raum und riefen Sandra unwillkürlich die Fotoshootings bei Charly Kramer ins Gedächtnis. Dann sah sie ihn – nur wenige Schritte vor dem Himmelbett – in der anderen Ecke des Kellers stehen. Seine Kamera zielte direkt auf die Frau, die langgestreckt vor ihm lag. Der weiße, transparente Stoff des Baldachins umwehte den regungslosen Körper, dessen schlanke Konturen sich verschwommen dahinter abzeichneten. Die langen Beine, die zwischen den Stoffbahnen hervorblitzten, schienen endlos zu sein. Sandras Zuruf, aufzugeben, ging im Lärm der Musik unter. Langsam schlichen die Männer näher heran, die Waffen im Anschlag.

Unbeeindruckt drückte Volker Neidhardt auf den Auslöser, bis ihm zwei Polizisten die Kamera abnahmen. Er wehrte sich nicht, ließ sich lächelnd die Handschellen anlegen und abführen, ohne auch nur ein Wort zu sagen. Ein anderer Polizist drehte die Musik ab. Bergmann übernahm die Kamera, während sich Sandra Miriam widmete, die ihr die zittrigen Arme entgegenstreckte. Das professionelle Make-up konnte nicht darüber hinwegtäuschen, dass sie in den vergangenen Stunden einiges durchlitten haben musste. »Danke!«, wiederholte sie wieder und immer wieder, während Sandra das breite, schwarze Klebeband, das ihre Hände aneinanderfesselte, löste. Danach nahm sie ihr das Lederhalsband mit dem Silberherzen ab, um es sicherzustellen. Wenig überraschend, baumelte ein M daran.

Miriam fiel Sandra um den Hals. Erneut bedankte sie sich, dass sie sie hier aufgespürt hatten. »Er wollte mich töten wie Valentina und Pia«, schluchzte sie. »Ich hätte wie die beiden seinem Spender geopfert werden sollen.«

»Du meinst, der Mann, der ihm das Herz gespendet hat, verlangt nach Menschenopfern?«, fragte Sandra nach.

Miriam nickte und wischte sich die Tränen ab.

»Schwerwiegender Bruch der Realität«, kommentierte Sandra ihre Aussage. »Hat er dir näher erläutert, warum er das getan hat?«

»Er ist überzeugt davon, dass sein Spender ein verurteilter Frauenmörder war und dass er seine Mission fortsetzen muss, um sein Herz am Schlagen zu halten«, berichtete Miriam.

»Er kann doch aber unmöglich wissen, von wem das Organ in seiner Brust stammt. So eine Transplantation läuft doch völlig anonym über die Eurotransplant-Zentrale in Holland ab«, wusste Sandra seit ihrer ersten Begegnung mit Volker. »Und warum tötet er erst jetzt? Sechs Jahre nach der HTX?«, fragte sie sich laut.

»Das habe ich ihn auch gefragt«, entgegnete Miriam. »Er ist erst vor Kurzem im Internet auf einen Presseartikel von damals gestoßen, hat er mir erzählt. Dieser Frauenmörder wurde bei einem Fluchtversuch aus der JVA Karlau erschossen. Und Volker hat unmittelbar danach das Spenderorgan erhalten, auf das er so lange gewartet hat.«

»Das muss doch aber noch nichts bedeuten.«

»Angeblich hatte der Spender dieselbe seltene Blutgruppe wie er: AB minus und noch irgendwas. Deshalb war er sich ganz sicher.«

»Seht euch das einmal an.« Bergmann kam mit einem Laptop auf die beiden Frauen zu.

»Diese Fotos sind ebenfalls Teil seiner kranken Visionen …«, meinte Miriam und wandte sich ab. »Das hätte ein ganz spezieller Jungbäuerinnenkalender werden sollen. Die Valentina war für den August, die Pia für den September vorgesehen. Mir hat er den Oktober zugeteilt«, erklärte sie.

Sandra betrachtete die schaurige Diashow, die Bergmann am Laptop gestartet hatte. Die tote Valentina Trimmel wachte als Vogelscheuche in der aufgehenden Sonne über die Felder ihres Vaters. Pia Fürnpass zierte, als Weinkönigin zurechtgemacht, den Weingarten ihrer

Familie, während die ersten Sonnenstrahlen ihre langen Beine küssten. »Deshalb hat er die Leichen so kunstvoll inszeniert«, sagte Sandra. Im Gegensatz zu den Polizeifotos konnte man diesen Bildern eine gewisse – wenn auch grausame – Ästhetik nicht absprechen. Dennoch bereiteten sie Sandra Übelkeit. Warum ihr Magen in letzter Zeit derart empfindlich auf den Anblick von Leichen reagierte, war ihr ein Rätsel. Vielleicht sollte sie doch einmal einen Arzt aufsuchen und sich durchchecken lassen, überlegte sie.

»Wieso hat er dich hier festgehalten – im Gegensatz zu Pia Fürnpass, die er doch gleich getötet hat?«, fragte Bergmann.

»Er hat auf besseres Wetter gewartet. Genau wie bei der Valentina. In der Zwischenzeit hat er schon mal ein paar Probeaufnahmen von mir gemacht, damit er weiß, wie ich am besten auf Fotos rüberkomme.«

»Richtig! Als Valentina Trimmel verschwunden ist, hat es auch geregnet«, fiel Sandra ein. Auf diese gleichermaßen einfache wie naheliegende Erklärung waren sie bisher nicht gekommen.

Miriam nickte. »Er wollte diese besondere Lichtstimmung festhalten, die es nur am frühen Morgen an einem schönen Tag gibt«, erzählte sie weiter.

»Und wer hat dich so geschminkt?«

»Das war er.«

»Ein wahres Multitalent«, meinte Bergmann verächtlich und beendete das Programm.

»Und die Schuhe der Opfer? Wo sind die?«

»Wie wir vermutet haben, behält er sie als Trophäen. Dort hinten in dem Kasten. Zumindest hat er meine da hineingetan.« Miriam deutete zu einem der Schränke.

»Und Valentinas Handtasche und ihr Handy?«, fragte Bergmann.

»Hat er in die Mur geworfen.«

»Sag mal, du hast Volker Neidhardt ja richtiggehend verhört. Und das in einer solchen Extremsituation. Alle Achtung!«, lobte Sandra ihre mehr als tapfere Kollegin.

»Ich hatte eine gute Lehrmeisterin.« Miriam lächelte Sandra zaghaft an. Die bezweifelte, dass sie sich an deren Stelle so strukturiert verhalten hätte. Und sie beschloss, demnächst nicht nur ihren Körper wieder einmal gründlich durchchecken zu lassen, sondern auch mit ihrer Therapeutin über die letzte Panikattacke zu sprechen.

»Lasst uns von hier verschwinden«, sagte Bergmann und klappte den Laptop des mutmaßlichen Serienmörders zu. »Den Rest soll Siebenbrunner erledigen.«

Sandra griff zum Handy und wartete auf die Stimme in der Einsatzzentrale. »Hallo, Lubensky. Schick die Tatortgruppe hierher.«

EPILOG

»Frau Mohr, kommen Sie bitte weiter.« Doktor Peter Höller streckte ihr die Hand entgegen und ließ sie in den Behandlungsraum eintreten. Sandra war nun doch ein wenig nervös, was die Laboruntersuchungen ergeben hatten. Warum sah sie der Arzt so prüfend an? Ihr fehlte doch nichts Schlimmes. Oder etwa doch?

»Ich habe eine gute und eine schlechte Nachricht für Sie«, fuhr er fort, nachdem er hinter, Sandra vor seinem Schreibtisch Platz genommen hatte. »Welche wollen Sie zuerst hören?«, fügte Doktor Höller nicht minder ernst hinzu. Dann setzte er seine Lesebrille auf und blickte auf die Befunde.

Sandra fühlte sich wie in einem Ärztewitz, nur dass das hier die Realität war und sie betraf. Sie schluckte und ließ die zittrigen Finger auf ihren Schoß herabsinken. »Die schlechte zuerst«, entschied sie sich.

»Ganz wie Sie wünschen. Also: Die schlechte Nachricht ist, dass Sie eine Gastritis haben. Nichts Ernstes. Wir sollten das mit vernünftiger Ernährung und einer vierwöchigen Kombinationstherapie wieder in den Griff bekommen. Ich stelle Ihnen gleich ein Rezept aus …« Doktor Höller lächelte Sandra an und schrieb die Medikamente auf seinem Rezeptblock auf.

Nichts Ernstes also? Gott sei Dank! Sandra fiel ein Stein vom Herzen. Der Mann mochte medizinisch vielleicht eine Koryphäe sein, psychologisch war er in ihren Augen jedoch eine Null. »Müssen Sie mir einen solchen Schrecken einjagen, Herr Doktor Höller?«, fragte sie, gleichzeitig erleichtert, aber auch ein wenig ärgerlich.

»Wollen Sie denn gar nicht die gute Nachricht hören?« Der Arzt sah von seinem Rezeptblock hoch.

»Ich dachte, das wäre sie schon gewesen.«

»Nicht ganz. Frau Mohr, Sie dürfen sich freuen …«

»Worauf denn? Was meinen Sie?« Kaum hatte Sandra nachgefragt, traf sie die Vorahnung mit voller Wucht. Sie war doch nicht etwa …? Nein, das war unmöglich!

»Herzlichen Glückwunsch, Frau Mohr! Sie sind schwanger.«

»Nein! Das gibt es nicht«, widersprach Sandra dem Arzt.

Noch einmal rückte Doktor Höller seine Brille zurecht und betrachtete den Befund. »Doch. Hier steht es schwarz auf weiß.«

»Sicher?«

»Eine Verwechslung halte ich für ausgeschlossen.«

»Oh, mein Gott!« Sandra schlug die Hand vor den Mund.

»Wenn Sie nicht die Jungfrau Maria sind, kann der nicht unbedingt etwas dafür«, scherzte Doktor Höller. Der schlechte Witz hätte glatt von Bergmann stammen können. Was der Chefinspektor wohl zu dieser Nachricht sagen würde? Und Andrea? Die Freundin liebte Kinder und würde sicher begeistert reagieren, vermutete Sandra. Und was war mit Julius? Sollte sie ihm überhaupt mitteilen, dass er in einigen Monaten Vater werden würde? Seit sie mit ihm Schluss gemacht hatte, hatte er immer wieder versucht, sie zu erreichen. Doch Sandra hatte seine unzähligen Kontaktversuche ebenso beharrlich ignoriert.

Sie verabschiedete sich von Doktor Höller und versprach ihm, in den nächsten Tagen ihren Gynäkologen aufzusuchen.

Im Chaos ihrer Gedanken und Gefühle versunken, stieg Sandra ins Auto und atmete erst einmal tief durch. So verwirrt wie jetzt war sie noch nie gewesen. Sie konnte nicht einmal sagen, was sie fühlte. War sie glücklich? Oder verzweifelt? Nur eines wusste sie ganz gewiss: dass ihr Leben mit einem Mal völlig unerwartet auf den Kopf gestellt worden war. Wie hatte das überhaupt passieren können? Sie hatten doch verhütet. Ihre Tage hatte sie ebenfalls gehabt. Wenn auch deutlich schwächer als sonst.

Sie musste Julius anrufen, beschloss Sandra schließlich. Er hatte ein Recht, es zu erfahren. Auch wenn er sie zutiefst enttäuscht hatte.

Wenig später hörte sie die samtige Stimme, die sie immer noch mitten ins Herz traf. »Sandra! Was für eine Überraschung!«, freute er sich über ihren Anruf.

Wart's ab, dachte Sandra, die wahre Überraschung kommt erst noch. »Ich hab eine gute und eine schlechte Nachricht für dich«, verkündete sie, gespannt, wie Julius gleich reagieren würde.

ENDE

GLOSSAR DER STEIRISCHEN BZW. ÖSTERREICHISCHEN AUSDRÜCKE

abposch'n abhauen

allweil immer, dauernd

altvatrisch langweilig, bieder

anbandeln flirten

Blauer Zweigelt Rotwein; meistverbreitete rote Rebsorte in Österreich

Buschenschank Gastwirtschaft, in der Weinbauern zu bestimmten Öffnungszeiten die eigenen Produkte ausschenken und dazu Brettljausn mit Geselchtem, kaltem Schweinsbraten, Schinken, Selchwürsteln, Kren (= Meerrettich), Aufstrichen, Brot und anderen Schmankerln (= Spezialitäten) auf einem Holzbrett servieren.

Dirndl Mädchen; traditionelle Frauentracht in der Alpenregion

Filzschlapfen Filzpantoffel

Gästefilzpatschen Gästefilzpantoffeln

Grantscherb'n schlecht gelaunter Mensch

Griaß di! Grüß dich!

g'stopft wohlhabend, reich

Gustostückerl Leckerbissen

Häferl große Tasse

Hatscherei einen (meist anstrengenden) Weg zu Fuß bewältigen

Hosensack Hosentasche

Jausn Jause; Zwischenmahlzeit, Brotzeit

keppeln herumnörgeln

Kiberer Polizist (Wienerisch)

kiefeln über etwas intensiv nachdenken; nagen

Klescher Knall

Kuchl Küche

liegen gehen schlafen gehen

Maschanzka alte steirische Apfelsorte, auch Hochzeits-
apfel, bzw. Destillat aus diesen Äpfeln

Pfiat di (Gott) Verabschiedung; Behüte dich Gott

Pickerl KFZ-Prüfplakette; allgemein: Aufkleber, Eti-
kette

Pleampl Idiot

pumperlg'sund völlig gesund; Pumperl leitet sich von
der Pumpe (= Herz) ab.

Rotzbua Bengel, schlimmer Junge

Schaffel großer Behälter (zwischen Eimer und Fass)

schiffen urinieren

Schilcher Roséwein, der ausschließlich aus Blauen Wild-
bacher-Trauben gewonnen wird; Die Schilcher Wein-
straße führt von Ligist über Stainz und Deutschlandsberg nach Eibiswald.

Schilcher Frizzante Perlwein aus Schilcher

Schwammerl Pilz

Schwarzbeere wilde Heidelbeere, Blaubeere

Seicherl Memme, Weichei; auch: kleines Sieb

Steirerkas Steirerkäse; Sauermilchkäse aus steirischer
Almwirtschaft

soachen urinieren

speib'n kotzen

Tatortgruppe Spurensicherung

Trutschn dumme oder eingebildete Frau

Vernaderer Verräter

vollsempern volllabern

*Weitere Titel finden Sie auf den
folgenden Seiten und im Internet:*

WWW.GMEINER-SPANNUNG.DE

LKA-Ermittler Sandra Mohr und Sascha Bergmann ermitteln:

1. Fall: Steirerblut
ISBN 978-3-8392-1136-6

2. Fall: Steirerherz
ISBN 978-3-8392-1243-1

3. Fall: Steirerkind
ISBN 978-3-8392-1396-4

4. Fall: Steirerkreuz
ISBN 978-3-8392-1536-4

5. Fall: Steirerland
ISBN 978-3-8392-1683-5

6. Fall: Steirernacht
ISBN 978-3-8392-1926-3

7. Fall: Steirerpakt
ISBN 978-3-8392-2044-3

ISBN 978-3-8392-2264-5

8. Fall: Steirerquell
ISBN 978-3-8392-2265-2

ISBN 978-3-8392-2441-0

9. Fall: Steirerrausch
ISBN 978-3-8392-2414-4

10. Fall: Steirerstern
ISBN 978-3-8392-2593-6

11. Fall: Steirertanz
ISBN 978-3-8392-2861-6

12. Fall: Steirerwahn
ISBN 978-3-8392-0198-5

13. Fall: Steirerwald
ISBN 978-3-8392-0511-2

14. Fall: Steirerzorn
ISBN 978-3-8392-0733-8

15. Fall: Steirerzwist
ISBN 978-3-8392-0906-6

Sonderausgabe:
Steirerblut & Steirerherz
ISBN 978-3-8392-0868-7

GMEINER SPANNUNG

WWW.GMEINER-VERLAG.DE
Wir machen's spannend

Weitere Titel von Claudia Rossbacher:

Enter ermittelt
ISBN 978-3-8392-1371-1

GenussSpur Steiermark
ISBN 978-3-8392-2517-2

Enter ermittelt in Wien
ISBN 978-3-8392-1877-8

**Wer mordet schon
in der Steiermark?**
ISBN 978-3-8392-1775-7

SOKO Graz – Steiermark
ISBN 978-3-8392-2078-8

Hillarys Blut
ISBN 978-3-8392-2516-5

Drehschluss
ISBN 978-3-8392-2709-1

**Lieblingsplätze in der
Steiermark**
ISBN 978-3-8392-0387-3

GMEINER SPANNUNG

WWW.GMEINER-VERLAG.DE
Wir machen's spannend

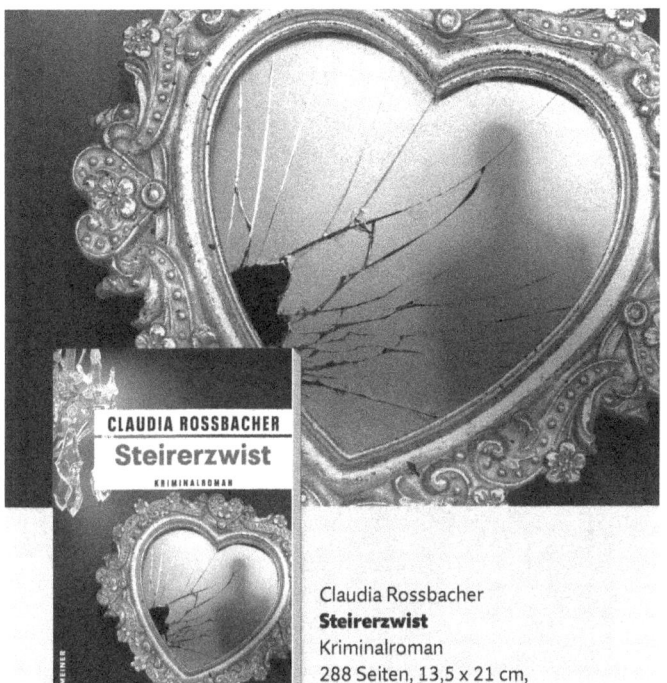

Claudia Rossbacher
Steirerzwist
Kriminalroman
288 Seiten, 13,5 x 21 cm,
Klappenbroschur
ISBN 978-3-8392-0906-6

Kaum ist Sandra Mohr aus dem Urlaub zurück, wird
in Graz eine tote Joggerin mit durchtrennter Kehle aus
der Mur geborgen. Am Einsatzort stellt die LKA-Er-
mittlerin fest, dass sie die ermordete Hoteldirektorin
flüchtig kannte. Kurz darauf wird unter einer nahen
Brücke die Leiche eines Obdachlosen mit ähnli-
chen Verletzungen gefunden. Wurde die Frau beim
Joggen zufällig zur Mordzeugin und musste deshalb
sterben? Oder war alles ganz anders? Sandra Mohr
und Sascha Bergmann ermitteln in einem Fall, der
mit jeder neuen Spur noch undurchsichtiger wird.

GMEINER SPANNUNG

WWW.GMEINER-VERLAG.DE
Wir machen's spannend

Martina Parker
Anbandelt
Kriminalroman
480 Seiten, 13,5 x 21 cm,
Klappenbroschur
ISBN 978-3-8392-8005-8

Eigentlich wollten sie nur die seltenen Pflanzen im Wüstengarten bewundern, doch prompt stolpern die Gartenfreundinnen über einen leblosen Mann im Dornbusch. Uwe Rohbeuschl, bekannt für seinen unstillbaren Durst und seine blühende Fantasie, ist überzeugt: Die sagenumwobenen Weinberghexen stecken dahinter. Während der Klub Nachforschungen anstellt, zettelt Oma Hilda eine Protestaktion zur Rettung des örtlichen Supermarkts an und rammt Demogegner Ludwig das Einkaufswagerl in die Hüfte. Zwischen Kakteen, Osterstriezel und alten Geheimnissen führt die Spur zurück in die Kommunenzeit der 1970er Jahre. Gelingt es dem Klub der Grünen Daumen ein weiteres Mal, alle Geheimnisse zu lüften?

SPANNUNG

GMEINER

WWW.GMEINER-VERLAG.DE
Wir machen's spannend

Syndikat
Mord und Mozartkugel
Kriminalroman
288 Seiten, 12,5 x 20,5 cm,
Broschur
ISBN 978-3-8392-8062-1

Die Festspielstadt Salzburg fasziniert: Wolfgang
Amadeus Mozart, barocke Herrlichkeit, Weltkultur-
erbe – Millionen Gäste aus aller Welt lassen sich jedes
Jahr begeistern. Doch hat dieses glanzvolle Am-
biente auch dunkle Seiten? Findet man Mysteriöses
oder kommt gar Unerlaubtes ans Licht, wenn man
nur gründlich sucht? 20 namhafte Autorinnen und
Autoren des SYNDIKATS haben sich aufgemacht,
um im Vorfeld des Festivals CRIMINALE Abgrün-
diges zu erforschen. Das Ergebnis sind 20 kriminell
spannende Geschichten aus Stadt und Land Salzburg.

GMEINER SPANNUNG

WWW.GMEINER-VERLAG.DE
Wir machen's spannend

Nicole Stranzl
Waldgeheimnis
Kriminalroman
320 Seiten, 12,5 x 20,5 cm,
Broschur
ISBN 978-3-8392-8000-3

In einer noblen Grazer Gegend wird ein Geschäfts-
mann ermordet aufgefunden. Die LKA-Ermittler
Alina Fink und Alexander Thaler sollen herausfinden,
wer den Unternehmer mit dessen Golfschläger getötet hat. Doch der Ausbruch des psychopathischen
Serienmörders Nikolas Novak aus der Justizanstalt
Graz-Karlau überschattet die Ermittlungen. Wird er
sich an Alina rächen, die ihn vor zwei Jahren festge-
nommen hat? Die Zeit drängt, denn Novak plant ein
morbides Kunstwerk – aus der tätowierten Haut seiner
Opfer. Während Alina der Aufklärung beider Fälle
näherkommt, gerät sie zunehmend selbst in Gefahr.

GMEINER SPANNUNG

WWW.GMEINER-VERLAG.DE
Wir machen's spannend